Graham McNeill
Botschafter der Schlacht

Zu diesem Buch

Der neue Zyklus aus der Welt von »Warhammer«, dem erfolgreichsten Rollenspiel aller Zeiten: In den eisigen Wüsten des Nordens bereitet sich eine mächtige Armee der Finsternis auf einen Feldzug gegen das zivilisierte Reich Kislev vor. Ausgerechnet in diesen gefährlichen Zeiten tritt der pensionierte General Kaspar von Velten den Posten als Botschafter von Kislev an. Er muss sich in dem unwirtlichen Land fortan nicht nur mit der Bedrohung aus dem Norden, sondern auch mit Intrigen, politischen Verwicklungen und feindlichen Agenten auseinandersetzen. Zudem geht ein grausamer, gesichtsloser Killer um. Kaspar steht vor einer Vielzahl von Herausforderungen – doch wird es ihm gelingen, die Allianz zwischen dem Imperium und Kislev zu festigen, bevor die Chaos-Horden das Land im Sturm überrollen?

Graham McNeill, geboren in Schottland, ist mit Leib und Seele Rollenspieler. Nach zahlreichen Kurzgeschichten zeichnet er mit »Sturm des Chaos« für einen der besten Zyklen aus der »Warhammer«-Fantasywelt verantwortlich. Wenn Graham McNeill nicht schreibt, guckt er die neueste Wiederholung von »Buffy« oder raubt seinen Nachbarn mit seiner DVD-Horrorfilmsammlung den letzten Nerv.

Graham McNeill

WARHAMMER®

BOTSCHAFTER DER SCHLACHT

STURM DES CHAOS 1

Aus dem Englischen von
Barbara Röhl

Piper München Zürich

Deutsche Erstausgabe
Dezember 2005
© 2003 Games Workshop Ltd.
Titel der englischen Originalausgabe:
»The Ambassador«, BL Publishing, Games Workshop Ltd.,
Nottingham 2003
© der deutschsprachigen Ausgabe:
2005 Piper Verlag GmbH, München
Umschlagkonzept: Zero, München
Umschlaggestaltung: Nele Schütz Design, München
Umschlagabbildung: Paul Dainton
Satz: EDV-Fotosatz Huber/Verlagsservice G. Pfeifer, Germering
Druck und Bindung: Clausen und Bosse, Leck
Printed in Germany
ISBN-13: 978-3-492-29140-8
ISBN-10: 3-492-29140-6

www.piper.de

Für meine Mom und meinen Dad

Dies ist ein dunkles, ein blutiges Zeitalter, eine Ära der Dämonen und der Hexerei. Es ist eine Zeit der Schlachten und des Todes, des Weltenendes. Doch inmitten von Feuer, Brand und Wut ist es auch eine Zeit mächtiger Helden, kühner Taten und großen Mutes.

Im Herzen der Alten Welt erstreckt sich das Imperium, ein Land hoher Berge, gewaltiger Flüsse, dunkler Wälder und großer Städte, bekannt für seine Technicusse, Magier, Kaufleute und Soldaten. Auf seinem Thron in Altdorf regiert Imperator Karl Franz, der heilige Abkömmling von Sigmar, dem Gründervater dieser Landstriche, und schwingt seinen magischen Streithammer.

Doch dies sind alles andere als zivilisierte Zeiten. Landauf, landab, von den ritterlichen Palästen Bretonias bis zu dem eisumschlungenen Kislev im hohen Norden, hallt der Donner des Krieges. Auf den gewaltigen Höhen des Weltrandgebirges sammeln sich die Stämme der Orks zu einem neuen Sturmangriff. Banditen und Renegaten bedrängen die wilden südlichen Lande der Grenzfürsten. Gerüchte wollen wissen, dass Skaven, rattenähnliche Wesen, im ganzen Lande aus Kloaken und Sümpfen auftauchen. Und im Norden lauert die allgegenwärtige Bedrohung durch die Horden des Chaos; Dämonen und Tiermenschen, korrumpiert durch die abscheulichen Kräfte der Dunklen Götter. Nun, da die Zeit des Kampfes naht, braucht das Imperium Helden, wie die Welt sie noch nie zuvor gesehen hat.

GEGENWART ... Frühjahr 2522

Das Morgengrauen war erst wenige Minuten alt, und schon starben Männer. Kaspar, der an einem glimmenden Lagerfeuer kniete, vernahm ihre Schmerzensschreie, die der kalte Wind vom Taleingang herantrug, und befahl ihre Seelen wortlos Sigmar an. Oder Ursun oder Olric ... falls an diesem trostlosen Morgen überhaupt irgendeine Gottheit über sie wachte.

Am Boden hingen Nebelfetzen, und am bleichen Himmel stieg eine fahle Sonne auf. Sie verdrängte den untergehenden Vollmond und warf ein blasses Licht über das Tal, in dem zwei Heere sich anschickten, einander abzuschlachten. Steif erhob sich Kaspar, rieb sein angeschwollenes Knie und verzog das Gesicht, als seine betagten Knochen krachten. Er war zu alt, um wie früher auf dem Boden zu schlafen, und sein ganzer Körper schmerzte vor Kälte.

Im Tal lagerten Tausende von Männern: Pikeniere aus Ostland, Hellebardenträger aus der Ostermark, Bogenschützen aus Stirland, Kossars aus Erengrad, Schwertkämpfer aus Praag und die Überreste der ausgebluteten Regimenter, die seit dem Massaker von Zhedevka in Kislev festsaßen. Sie alle schälten sich aus ihren Decken und schürten heruntergebrannte Feuer. Von seinem Platz aus konnte Kaspar vielleicht zwei Drittel der Streitmacht erkennen, etwa siebentausend Männer aus dem Imperium und weitere neuntausend aus der Stadt Kislev und den umgebenden Siedlungen. Weitere sechs- oder siebentausend Krieger waren seinen Blicken durch den Nebel und das abfallende Gelände entzogen.

Es war viele Jahre her, dass er Soldaten in der Schlacht befehligt hatte, doch der Gedanke, diese tapferen Männer, von denen viele kaum alt genug waren, um sich zu rasieren, in den Tod zu schicken, erfüllte ihn mit einem vertrauten Gefühl von Trauer und Demut.

Hunderte von Pferden wieherten und stampften mit den Hufen. Die Anwesenheit so vieler Soldaten und der Geruch bratenden Fleisches, der sie umgab, machten sie unruhig. Knappen redeten den Rossen ihrer Herren mit sanften Worten zu, während Speerträger aus Kislev die Felle ihrer Reittiere in den Farben des Krieges bemalten und gefiederte Banner an den Sätteln befestigten. Mit schwarzen Roben angetane Mitglieder der Priesterschaft von Kislev gingen unter den Männern umher und segneten Äxte, Lanzen und Schwerter, während Sigmarpriester aus dem *Lied des Heldenhammers* rezitierten. Einige Männer behaupteten, in der Nacht einen doppelschweifigen Kometen gesehen zu haben. Niemand wusste mit Gewissheit zu sagen, was dieses Omen verhieß, doch die Priester deuteten es als Zeichen dafür, dass die Schutzgottheit des Imperiums auf ihrer Seite stand.

Kaspar hatte ebenfalls von dem Kometen geträumt, wie er flammend über den Himmel schoss und das Land in sein göttliches Licht tauchte. Im Traum hatte er ein vom Krieg verwüstetes Imperium erblickt, seine mächtigen Städte besiegt und das Volk ausgerottet. Altdorf niedergebrannt von den Eroberern, die nördliche Feste Middenheim in Blut erstickt und ihre Bewohner auf der Spitze des Fauschlag an den Eingeweiden aufgehängt. Barbarische Nordmänner und monströse, auf zwei Beinen gehende Tiergestalten wüteten in den uralten Straßen seines geliebten Nuln und massakrierten und brandschatzten alles, was ihnen in den Weg kam, und ein goldhaariger Jüngling schwang die Schmiedehämmer seines Vaters und stellte sich ihnen entgegen.

Kaspar verscheuchte seine trübsinnigen Gedanken und schritt durch das Heerlager, denn er hatte getrennt von seinen Kameraden geschlafen. Er hatte die Schuldgefühle über das, was er in der voraufgegangenen Woche am Fuß des *Gora Gerojev* getan hatte, nicht abschütteln können, war aber auch nicht bereit, über seinen Kummer zu sprechen.

Mit Pulversäcken und Schrot beladene Karren rumpelten über den schlammigen Boden. Schwitzende Maultiertreiber und muskulöse Fuhrleute mühten sich ab, damit sie nicht stecken blieben. Sie hielten auf das höher gelegene Gelände zu, wo über dichten Reihen schwerer Kanonen die Banner der Imperialen Artillerieschule flatterten. Kohlenbecken rauchten, Kanoniere warteten auf den Feuerbefehl, und Technicusse in den blau-roten Farben von Altdorf berechneten die Flugbahnen der Mörser, die man hinter den Kanonen in die mit Schanzkörben befestigten Artilleriestellungen eingelassen hatte.

Kaspar wich einem Karren aus, der Speere, Hellebarden und Piken transportierte, und begab sich dorthin, wo sein schwarz-goldenes Banner sich neben dem purpurnen der Pantherritter blähte. Sein Pferd stand in der gleichen Koppel wie jene der Ritter und wurde von Kurt Bremens Knappen mit Futter und Wasser versorgt. Kurt selbst war mit den übrigen Rittern zum Gebet niedergekniet, und da Kaspar ihre Andacht nicht unterbrechen wollte, holte er sich aus einem dampfenden Kessel, der in der Nähe über einem Feuer hing, einen Becher Tee.

Pavel lag, die gewaltige Gestalt in Felle gehüllt, schnarchend am Feuer, und trotz allem, was in den vergangenen Monaten geschehen war, fühlte Kaspar eine Woge der Zuneigung zu seinem alten Freund in sich aufsteigen. Er nippte an dem heißen Tee und wünschte sich, er hätte Honig, um ihn zu süßen. Doch dann lächelte er angesichts der albernen Unangemessenheit eines solchen Gedankens an diesem Ort und spürte, wie in seinem Kopf die letzten Spuren schläfriger Benommenheit verflogen. Er ließ den Blick gen Norden schweifen, zum Taleingang, wo sich die vierzigtausend Stammeskrieger aus dem Norden – die Horde von Hochzar Aelfric Cyenwulf – ebenfalls auf die Schlacht vorbereiteten.

»Ganz wie in alten Zeiten, was?«, sagte Pavel, der sich endlich aus seinen Schlafdecken wickelte und nach einem Lederschlauch mit Kvas griff. Er trank einen kräftigen Schluck und hielt den Schlauch dann Kaspar entgegen.

»In der Tat«, pflichtete Kaspar ihm bei und nippte an dem starken Alkohol. »Nur dass wir inzwischen zwanzig Jahre älter sind.«

»Älter, ja. Ob wir weiser geworden sind, weiß Pavel nicht.«

»In diesem Punkt werde ich dir nicht widersprechen.«
»Greifen sie schon an?«
»Nein«, gab Kaspar zurück. »Aber bald.«
»Und wir hauen ihnen den Schädel ein und jagen sie in den Norden zurück!«
Kaspar lachte leise. »Das hoffe ich jedenfalls, Pavel.«
Schweigen senkte sich zwischen die alten Kampfgefährten. »Glaubst du, dass wir sie schlagen können?«, fragte Pavel dann.
Kaspar dachte einen Moment nach. »Nein«, antwortete er, »ich glaube nicht, dass wir dazu in der Lage sind. Es sind einfach zu viele.«
»Die Eiskönigin sagt, wir werden siegen«, meinte Pavel.
In weiter Ferne erklang rau und klagend ein Stammeshorn. Kaspar sah an den Talhängen hinauf und wünschte verzweifelt, er könnte glauben, dass die Eiskönigin Recht hatte. Die großen, aufrecht stehenden Steine, die dem Tal seinen Namen gegeben hatten, wurden bis auf einen durch den Nebel und den Rauch des Lagers verborgen.
Urszebya. Ursuns Zähne.
Vom Taleingang her erscholl Gebrüll und wurde rasch lauter. Der gutturale Sprechgesang der Krieger des Hochzaren hallte im Takt mit dem Klirren ihrer Schwerter und Äxte wider, die auf eisenbeschlagene Schilde trafen.
Die Eiskönigin behauptete, diese Steine seien es wert, dass man für sie kämpfte.
Kaspar hoffte nur, dass sie es auch wert waren, für sie zu sterben.

1. KAPITEL – Sechs Monate zuvor

I

Weder das Klima noch die Sitten und Zerstreuungen dieses Ortes bekommen meiner Gesundheit oder entsprechen meinem Naturell; die einzigen Vergnügungen, denen ich nachgehen kann, sind essen und trinken – doch Sigmar weiß, dass ich kaum jemals Schlechteres genossen habe als während meiner Zeit als Gesandter unseres edlen Imperators.

  – Brief nach Altdorf, Andreas Teugenheim, ehemaliger Botschafter am Hofe von Tzarin Katarina

Kaspar von Velten zügelte seinen braunen Wallach, sah zu den hoch aufragenden Stadtmauern von Kislev empor und löste den Wollschal, den er vor das Gesicht gebunden hatte. Der Herbst war kaum einen Monat alt, doch es herrschte eisige Kälte, und sein Atem gefror in der Luft zu einer Nebelwolke. Er wusste, dass der Winter früh nach Kislev kam. Nicht mehr lange, und er würde den Hügel, auf dem die Stadt lag, mit seiner eisigen Faust umschlingen. Aus dem düsteren Himmel trug der Wind einen feinen Nieselregen heran, und Kaspar konnte gut verstehen, warum Botschafter Teugenheim in seinen Briefen seiner Abneigung gegen das Klima dieses Landes Ausdruck verliehen hatte.

Seine tiefliegenden blauen Augen, die keinen Funken ihres jugendlichen Glanzes verloren hatten, verrieten angespannte Erwartung. Nach den Jahren, die er auf Feldzügen in der ganzen Alten Welt verbracht hatte, war seine Haut tief gebräunt und zäh wie Leder. Das silbergraue Haar unter dem breitkrempigen Hut trug er kurz geschoren, und sein Bart war ebenso ordentlich gestutzt. Eine verblasste Tätowierung aus seinen Jugendtagen als einfacher Soldat schlängelte sich hinter seinem linken Ohr den Hals hinab.

Die Speerspitzen und Rüstungen der Soldaten, die auf der Krone der dicken Mauern patrouillierten, fingen das Sonnenlicht ein, und ihre pelzbesetzten Umhänge flatterten im Wind. Schmunzelnd erinnerte sich Kaspar, wie Teugenheim in seinen Briefen, die er heim nach Altdorf geschrieben hatte, seinen ersten Blick auf Kislev geschildert hatte ...

Die Stadt erhebt sich aus dem Umland wie ein zerklüfteter Stachel und beherrscht die umgebende Landschaft auf eine vulgäre Weise, wie man dies von dieser ungeschliffenen Nation nicht anders erwarten kann. Gewiss, die Mauern sind hoch und eindrucksvoll, aber wie hoch muss eine Mauer sein, bevor sie keinen zusätzlichen Nutzen bringt? Es scheint, als hätten diese Kisleviten ihre Wälle höher errichtet als alle, die ich je gesehen habe, und die Wirkung ist, wenngleich beeindruckend, so doch etwas zu grobschlächtig für meinen Geschmack.

Kaspar ließ seinen geübten Blick an den Mauern entlanggleiten und registrierte die tödliche Natur der Verteidigungsanlagen. Pechnasen waren raffiniert in den schmückenden Wasserspeiern an der Mauerkrone verborgen, und von Kohlepfannen auf den Wehrgängen stieg träger Rauch auf. Die hervorstehenden Türme und das Torhaus machten mit ihrer präzisen Konstruktion jeden Zoll des felsigen Bodens vor den Mauern zu einer Todeszone, die von Armbrüsten und Kanonen großflächig unter Beschuss genommen werden konnte.

Teugenheims Schilderung wurde dem Ausmaß der Befestigungen kaum gerecht. Kaspar wusste aus bitterer Erfahrung, dass ein Angreifer, der diese Mauern bezwingen wollte, einen entsetzlichen Blutzoll zahlen würde.

Eine gepflasterte Straße wand sich den *Gora Gerojev*, den Hügel der Helden, hinauf. Weiter oben überspannte eine breite Brücke einen tiefen Graben und führte zu einem mit Nieten besetzten und mit schwarzem Eisen beschlagenen Tor aus Holzbohlen. Gießlöcher in der steinernen Decke dienten dazu, Angreifer mit kochendem Öl oder flüssigem Blei zu überschütten.

Kaspar hatte zwar schon zuvor in Kislev gekämpft und Truppen geführt, doch er hatte noch nie Gelegenheit gehabt, die Hauptstadt zu besuchen. Aber er erkannte gute Befestigungen, wenn er sie sah. Diese Bastionen gehörten zu den stärksten Festungsanlagen, die ihm je unter die Augen gekommen waren, und konnten sich mit denen von Nuln oder Altdorf zumindest messen, wenn nicht mehr. Doch im Unterschied zu diesen beiden

Städten wirkten die Mauern von Kislev glatt und glasartig, als wäre der Stein unter Einwirkung großer Hitze geschmolzen.

Die Barden und Troubadoure des Imperiums waren ziemlich prosaisch veranlagt und sangen am liebsten von Kriegen und Schlachten. Und die wahrscheinlich populärste Geschichte, die sie erzählten, ging um den Großen Krieg gegen das Chaos; ein mythisches Epos, das davon kündete, wie in vergangenen Zeiten Horden der nördlichen Stämme diese mächtige Stadt belagert hatten, bevor sie von einem Bündnis aus Elfen, Zwergen und Menschen besiegt worden waren. Es war eine bewegende Saga von Heldentum und Opfermut, die mit der Zeit zahlreiche Ergänzungen erfahren hatte. Die geläufigste Ausschmückung der Geschichte, die ihre fantasievolleren Erzähler hinzugefügt hatten, lautete, dass die Mutationskräfte der dunklen Götter den festen Stein der Mauern dazu gebracht hatten, zu zerlaufen wie flüssiges Wachs. Die meisten Gelehrten taten das als bloße Fantasterei ab. Doch als Kaspar nun die Mauern dieser Stadt betrachtete, war er nur zu gern bereit, jeder einzelnen dieser farbigen Legenden Glauben zu schenken.

»Herr?«, erklang hinter ihm eine Stimme, und Kaspar riss sich aus seinen Gedanken.

Hinter ihm hielt eine schwarze, schlammbespritzte Kutsche, auf der das goldene Wappen von Nuln prangte. Ein mürrisch dreinblickender Alter, dessen Haut zerklüftet wie ein Gebirge war, saß auf dem gepolsterten Kutschbock und hielt die Zügel des Pferdegespanns locker in der einen unverkrüppelten Hand. Weiter hinten standen vier abgedeckte Wagen, deren Ladung und Passagiere durch geölte Leinwand geschützt wurden. In der Kälte bibberten die Kutscher, und die Pferde stampften ungeduldig auf der schlammigen Straße. Im rückwärtigen Teil der letzten beiden Wagen kauerten sich unglücklich sechzehn junge Männer zusammen, die Speerträger und Knappen der gewaltigen Ritter in den schimmernden Plattenrüstungen, die auf ihren kräftigen Averland-Rossen einen Ring um den kleinen Konvoi bildeten. Die Tiere trugen reich bestickte Schabracken, und nicht eines von ihnen war weniger als sechzehn Handspannen hoch. Die gepanzerten Ritter waren in die Drohung ihrer Macht gehüllt wie in einen Umhang; eine machtvolle Manifestation der Schlagkraft der imperialen Truppen. Stolz hielten sie ihre schweren Lanzen in die Höhe, und die purpurnen, goldenen und violetten Wimpel, die unter den eisernen Spitzen befestigt waren, flatterten im Wind.

Vergitterte Visiere verbargen ihre Gesichter, doch die königliche Haltung eines jeden Ritters war unverkennbar. Um ihre Schulterpanzer waren feuchte Pantherfelle geschlungen, und an dem Banner, das einer der Ritter trug, knatterten die Standarte des Imperiums und Kaspars persönliches Wappen in der steifen Brise.

»Verzeih, Stefan«, sagte Kaspar. »Ich habe die Befestigungen bewundert.«

»Wir sollten lieber zusehen, dass wir ins Innere der Mauern kommen«, gab Stefan Reiger zurück, Kaspars ältester und treuester Freund. »Ich bin durchgefroren bis ins Mark, und deine alten Knochen vertragen diese Kälte ebenfalls nicht. Warum du unbedingt im Freien reiten musst, obwohl wir eine durchaus brauchbare Kutsche mit uns führen, ist mir unverständlich. Wenn du mich fragst, war es eine verdammte Zeitverschwendung, sie mitzunehmen.«

Der Ritter, der neben der Kutsche ritt, wandte den Kopf. Ungeachtet seines geschlossenen Visiers war seine Missbilligung über Stefans lockeren Umgangston offensichtlich. Manch ein Adliger des Imperiums hätte einen Untergebenen, der ihn so vertraulich angesprochen hätte, auspeitschen lassen; aber Stefan kämpfte schon seit so vielen Jahren an Kaspars Seite, dass keiner der beiden Männer sich mit solchem formellen Unsinn abgegeben hätte.

»Nenn mich weniger oft ›alt‹, Stefan. Du wirst noch vor mir in Morrs Tempel liegen.«

»Das mag wohl sein, aber ich habe mich viel besser gehalten. Ich bin eher wie ein guter tileanischer Wein – ich werde mit dem Alter immer besser.«

»Wenn du meinst, dass du dich immer mehr in sauren Essig verwandelst, alter Mann, dann stimme ich dir unumwunden zu. Aber du hast Recht, wir sollten hineinreiten. Bald wird es dunkel werden.«

Kaspar grub die Fersen in die Flanken des Pferdes und ruckte die Zügel in Richtung der Stadttore. Auch der Anführer der Ritter gab seinem Reittier die Sporen und setzte sich neben Kaspar, als sie die breite Steinbrücke überquerten und sich dem Tor näherten. Er hob sein Visier und enthüllte ein scharf geschnittenes Patriziergesicht, in das Sorge und Erfahrung ihre Linien eingegraben hatten. Kaspar schlug dem Ritter mit der behandschuhten Hand auf den Schulterpanzer.

»Ich weiß genau, was Ihr denkt, Kurt«, meinte Kaspar.

Kurt Bremen, der Hauptmann der Ritter, warf einen prüfenden Blick zu den Kriegern auf den Zinnen, und als er sah, dass etliche ihre Bogen auf sie gerichtet hatten, verdüsterte sich seine Miene noch weiter.

»Ich will nur hoffen«, antwortete Bremen in seinem abgehackten Altdorfer Akzent, »dass keiner der Soldaten da oben den Finger zu locker an der Bogensehne liegen hat. Wie Ihr Euch von den niederen Rängen ansprechen lasst, geht mich nichts an. Mein einziges und oberstes Ziel, Botschafter von Velten, ist es, Euch sicher auf Euren Posten zu geleiten.«

Kaspar nickte, wobei er Bremens schlecht verhohlenes Missfallen an seinem gegenwärtigen Kommando ignorierte, und folgte seinem Blick. »Ihr haltet wohl nicht viel vom kislevitischen Militär, Kurt? Ich habe viele von ihnen im Kampf befehligt. Gewiss, sie sind ungezügelt, aber sie sind Männer von Mut und Ehre. Ihre Flügel-Ulanen können es mit jedem Ritterorden des Imperiums aufnehmen ...«

Bremens Kopf fuhr herum, die Lippen zu einem höhnischen Grinsen verzogen; doch dann erkannte er, dass Kaspar ihn aufzog. Er richtete den Blick wieder auf die Mauern und nickte widerstrebend.

»Schon möglich«, gestand er zu. »Ich habe gehört, ihre Speerträger und berittenen Bogenschützen seien ungestüme, wenngleich leichtsinnige Krieger, aber die übrigen sind bloß Gospodari-Abschaum. Lieber würde ich meine Flanke einem Trupp Freischärler anvertrauen.«

»Dann habt Ihr noch viel über die Kisleviten zu lernen«, versetzte Kaspar kurz angebunden und überholte den Ritter. Auf gut geölten Angeln schwangen die Tore weit auf, und Kaspar fand sich einem Mann gegenüber, der den längsten, buschigsten Schnurrbart zur Schau stellte, den er je erblickt hatte. Der Mann trug einen fadenscheinigen Wappenrock mit dem Bildnis eines zum Angriff aufgerichteten Bären über einem rostigen Kettenhemd und kaute schmatzend auf einem Hühnerschenkel herum. Hinter ihm stand eine Abteilung gepanzerter Soldaten mit Armbrüsten und Speeren. Prüfend musterte er Kaspar und ließ seinen Blick dann zu der Kutsche und den Wagen hinter ihm schweifen.

»*Nya, doyest vha?*«, blaffte er dann. Offensichtlich war er betrunken.

»*Nya Kislevarin*«, sagte Kaspar und schüttelte den Kopf.

»Wer du?«, fragte der Mann schließlich in der Sprache des Imperiums. Sein *Reikspiel* war holprig und kaum zu verstehen.

Bremen öffnete den Mund, aber Kaspar gebot ihm mit einer Handbewegung Schweigen, stieg ab und trat vor den Torwächter. Seine Augen waren trübe und rot unterlaufen, und es fiel ihm schwer, den Blick auf Kaspar zu konzentrieren. Sein Atem roch übel und abgestanden.

»Mein Name ist Kaspar von Velten, und ich bin der neue imperiale Botschafter am Hof der Eiskönigin von Kislev. Ich verlange, dass Ihr und Eure Männer das Tor freigebt und meiner Gruppe Einlass in die Stadt gewährt.«

Kaspar zog eine Schriftrolle aus seinem Wams, die ein Siegel mit dem Abdruck des kaiserlichen Adlers trug, und wedelte damit unter der von roten Äderchen durchzogenen Nase des Torwächters herum. »Versteht Ihr mich?«, fragte er.

In einem kurzen klaren Moment nahm der Mann die Ritter und das flatternde Banner wahr und torkelte rückwärts. Er vollführte eine vage Handbewegung an die Adresse der Soldaten hinter ihm, die sich dankbar in das warme Torhaus zurückzogen. Kaspar steckte die Rolle zurück und schwang sich rasch in den Sattel. Der betrunkene Torwächter entbot ihm etwas, das einem Salut ähnelte. »Willkommen in Kislev.« Kaspar lächelte.

II

Kaspar blinzelte, als er den dunklen Torbogen hinter sich ließ und Kislev vor ihm lag. Auf einer gepflasterten Promenade drängten sich Marktstände und schreiende Händler. Die Luft war erfüllt von Fischgeruch und lauten Flüchen. Drei Straßen führten weiter in die Stadtmitte hinein, und alle waren gleichermaßen mit Menschen und Packtieren verstopft. Kaspar sog den durchdringenden

Duft der geschäftigen Stadt ein. Die Gebäude waren solide Steinkonstruktionen, deren Dächer mit tönernen Pfannen gedeckt waren. Hinter ihm erklang das Holpern von Wagenrädern, und er lenkte sein Ross zur Seite, als Stefan das Tor durchquerte.

»Dies also ist Kislev«, meinte Stefan wenig beeindruckt. »Erinnert mich an Marienburg. Zu voll, zu laut und stinkt nach Fisch.«

»Spar dir das Gejammer über deine Versetzung für später auf, Stefan. Ich möchte in der Botschaft sein, ehe unser berauschter Freund unser Kommen ankündigt.«

»Bah! Dieser betrunkene Idiot erinnert sich bestimmt längst nicht mehr an uns.«

»Schon möglich, aber es schadet nicht, wenn wir sichergehen«, erwiderte Kaspar. Er wandte sich im Sattel zu Kurt Bremen um und wies auf die drei Straßen vor ihnen.

»Ihr seid schon früher hier gewesen, Kurt. Wie kommen wir auf schnellstem Weg zur Botschaft?«

Der Anführer der Ritter zeigte auf die mittlere Straße. »Dort entlang. Der Goromadny-Prospekt führt quer durch die Stadt zum Gerojev-Platz. Die Botschaft liegt hinter dem Hochtempel des Wolfsgottes.«

Kaspar lachte. »Sogar bei ihrer Stadtplanung brüskieren sie uns, indem sie die Botschaft einer sigmaritischen Nation hinter dem Tempel des Ulric unterbringen. Diese Kisleviten sind wirklich Schlitzohren. Kommt, machen wir uns auf den Weg. Ich bin mir sicher, Botschafter Teugenheim wird hocherfreut sein, uns zu sehen.«

Langsam bahnten sich die Wagen und die Kutsche einen Weg über den Goromadny-Prospekt. Die Straßen waren dicht bevölkert mit gut gekleideten Menschen, die in Pelzumhängen und hohen, wollenen Kappen eilig ihren Geschäften nachgingen. Die Kisleviten waren ein barbarisch aussehendes Volk, bemerkte Kaspar, und kleiner als die meisten Bewohner des Imperiums, doch sie trugen eine stolze Haltung zur Schau. Hier und da erblickte er grimmige, prahlerisch einherstolzierende Gestalten, die mit Rüstungen und Pelzen angetan waren und ihn an die räuberischen Nordmänner erinnerten, welche die Küstensiedlungen an der Krallensee drangsalierten. Bremen und der Bannerträger teilten mit ihren gewaltigen Streitrossen die Menge aus finster dreinblickenden Kisleviten, und Kaspar und die anderen folgten ihnen.

Überall entlang der Gosse und an den Straßenecken flehten verkrüppelte Bettler um ein paar Kopeken, und geschminkte Huren boten müde und stumpfen Blickes ihre Ware feil. Verzweiflung und Hoffnungslosigkeit hingen in der Luft wie ein saurer Geruch. So wie in den meisten anderen Städten der Alten Welt heutzutage, überlegte Kaspar.

Die Kriege des vergangenen Jahres hatten Elend bis in alle Winkel der Welt getragen und die Provinzen des Imperiums und von Kislev für immer verändert. Ganze Landstriche von Ostermark, Ostland und Südkislev waren von durchziehenden Horden verwüstet worden, und der Hungertod schlich durch das Land und hielt üppig Ernte. Seit der verheerenden Niederlage von Aachden belagerten Tausende blutgieriger Stammeskrieger Wolfenburg. Die Hoffnungen von Kaspars

Nation ruhten jetzt darauf, dass diese große Stadt im Norden des Imperiums bis zum Winter durchhalten würde, denn dann würde das feindliche Heer an Kälte und Hunger zugrunde gehen. Doch wenn Wolfenburg vorher fiel, stand die Straße nach Altdorf weit offen.

Nach Tausenden zählende Flüchtlingsströme flohen vor den Heerscharen der Nordmänner gen Süden, und ganze Ortschaften waren nur mehr Geisterstädte. Die Zeiten waren also schwer, doch hier nahm er noch etwas anderes wahr: eine unmissverständliche Anspannung, die nichts mit dem drohenden Krieg zu tun hatte; so als widerstrebe es den Menschen, sich länger im Freien aufzuhalten als unbedingt notwendig. Eigenartig ...

Ein farbiges Aufleuchten weiter vorn auf der Straße erregte seine Aufmerksamkeit, und er erblickte eine grün lackierte Kutsche, die aus der Gegenrichtung herannahte. Ihre Bauart war altmodisch, aber hochherrschaftlich, und Kaspar fiel auf, dass die Kisleviten diesem Fahrzeug bereitwillig und ohne das Murren Platz machten, das ihn selbst auf seinem Weg begleitete. Auf der Tür prangte ein Wappen, das ein von einer Krone umgebenes Herz darstellte, und als die Kutsche ihn passierte, erhaschte Kaspar durch das offene Fenster einen Blick auf eine Frau mit rabenschwarzem Haar. Sie nickte Kaspar zu, und er reckte den Hals, um ihrem Wagen nachzusehen, der in die Richtung fuhr, aus der sie soeben gekommen waren. Doch er verlor ihn bald aus den Augen, als er abbog und entlang der Stadtmauer weiterfuhr.

Er wandte seine Aufmerksamkeit von neuem der Straße zu und fragte sich, wer diese Frau wohl sein mochte.

Doch dann zügelte er sein Pferd scharf, als ihm plötzlich eine schwarz gekleidete Gestalt in den Weg sprang. Die Robe des Mannes kennzeichnete ihn als einen Angehörigen der Priesterschaft von Kislev, und auf seinem Gesicht stand ein irrer Ausdruck, der Kaspar ganz und gar nicht behagte. Respektvoll berührte er die Krempe seines Hutes und lenkte das Pferd nach links, um dem Mann auszuweichen, doch dieser stellte sich Kaspar von neuem in den Weg. Da er keinen Streit mit dem hiesigen Kult wünschte, zwang Kaspar sich zu einem Lächeln und lenkte sein Pferd erneut beiseite. Doch wieder tat der Priester einen Satz und hinderte ihn am Fortkommen.

»Ihr werdet gerichtet werden!«, krächzte er. »Der Zorn des Menschenschlächters wird über euch kommen! Er wird euer Herz herausschneiden und als Leckerbissen verzehren, und er wird sich an euren Eingeweiden ergötzen wie an einem Bankett!«

»Heda, Bursche«, fauchte Kurt Bremen und überholte Kaspar. »Geh deiner Wege. Wir haben keine Zeit, uns mit deinesgleichen abzugeben. Scher dich davon!«

Der Priester wies mit einem langen, schmutzverkrusteten Finger auf den Ritter. »Templer des Sigmar, dein Gott kann dir hier nicht helfen«, höhnte er. »Die Klinge des Menschenschlächters wird deinen Leib aufschlitzen wie ein Stück Leinwand, und er wird dir mit den Zähnen das Fleisch von den Knochen reißen!«

Bremen zog sein Schwert ein Stück weit aus der Scheide und zeigte dem Priester mit dem schmutzigen Gesicht bedeutungsvoll die schimmernde Klinge. Der Mann spie vor Bremen auf den Boden; dann machte er kehrt und gab behände Fersengeld. Bald hatte die Menge ihn verschluckt, und Bremen ließ sein Schwert zurück in die Scheide gleiten. »Ein Verrückter«, meinte er.

»Ja, ein Verrückter«, pflichtete Kaspar ihm bei und ritt weiter.

Der Goromadny-Prospekt war eine lange Straße, die sich fast über eine halbe Meile durch die Stadt erstreckte, ein belebter Ort, an dem alle möglichen Geschäfte getätigt wurden. Die Verkäufer an den Ständen riefen Vorbeigehende an, Taschendiebe flitzten davon, verfolgt von ihren Opfern, und in Pelze gekleidete Bürger schritten umher. Die meisten Männer hatten sich den größten Teil des Schädels rasiert und trugen irgendeine Form von komplizierten Haarknoten und einen lang herabhängenden Schnurrbart, während die Frauen in einfache wollene Kleider mit reich bestickten Schals gekleidet waren und pelzbesetzte Hüte trugen.

Schließlich verbreitete sich die Straße zu einem von Tavernen gesäumten Boulevard. Hier wimmelte es von Zechern, die kriegerische Lieder sangen und lange Äxte schwenkten. Als Kaspar und sein Gefolge vorüberzogen, schwangen sich die Lieder in neue Höhen, und man reckte die Äxte drohend gegen die Ritter. Immer breiter wurde der Boulevard, bis er in den mit Granitplatten belegten Gerojev-Platz mündete, das Zentrum der Stadt. Massige Statuen lange verblichener Tzaren säumten das Areal, und rund um den Platz erhoben sich prunkvolle Gebäude aus rotem Stein mit schmalen Fenstern und steilen, von zwiebelförmigen Kuppeln gekrönten Dächern.

Doch die beeindruckenden Gebäude, die den Platz

umgaben, verblassten vollständig angesichts des mächtigen Bauwerks, welches die gegenüberliegende Seite beherrschte, dem Palast der Tzarin, der Eiskönigin Katarina der Großen. Weiße Steintürme und bunt geschmückte Zinnen türmten sich Stockwerk um Stockwerk zu einer mächtigen Festung, die von einer gewaltigen goldenen Kuppel gekrönt wurde. Sie war atemberaubend schön, wie eine gewaltige Eisskulptur, die sich vom Boden erhob, und Kaspar verspürte neuen Respekt vor den Kisleviten. Ein Volk, das in der Lage war, so etwas Schönes zu erbauen, konnte doch nicht nur aus Wilden bestehen, oder?

Mühsam wandte er die Aufmerksamkeit wieder irdischen Dingen zu und lenkte sein Pferd auf den Tempel des Ulric zu, ein massives Gebäude aus weißem Stein. Statuen wilder Wölfe flankierten das schwarze Holzportal. Schwarz gewandete Priester standen in Grüppchen auf den Stufen herum und warfen ihnen neugierige Blicke zu.

In der grasbewachsenen Mitte des Platzes hatte man eine weitläufige Koppel errichtet, wo vor einer schreienden Menge potenzieller Käufer Dutzende von Ponys im Kreis herumgeführt wurden. Das waren Ponys aus der Ebene, stämmige Tiere, die im rauen Klima von Kislev prächtig gediehen, aber im Galopp langsamer waren als die mit Hafer gefütterten Pferde des Imperiums. Selbst auf diese Entfernung konnte Kaspar erkennen, dass viele von ihnen einen Senkrücken hatten. Er schätzte, dass keines der Tiere noch länger als sechs Monate zu gebrauchen sein würde.

Eine schmale Straße, die im dunklen Schatten der rechts und links aufragenden Gebäude lag, führte an einer Seite des Wolfstempels entlang.

Kaspar wartete, bis seine Kutsche und seine Wagen ihn eingeholt hatten, und schlug dann die verlassen wirkende Straße ein. Sie führte in einen ausgedehnten Hof mit einem Bronzebrunnen in der Mitte, der über und über mit grüner Patina bedeckt war. Ein kleiner Engel hielt eine Schale, aus der schmutzig braunes Wasser gurgelte und ins Brunnenbecken rann. Und hinter dem ungepflegten Brunnen und einem verrosteten Eisenzaun lag die Botschaft des Imperiums.

Kaspar hatte auf der Herreise aus Nuln Botschafter Teugenheims Briefe gelesen und schon damit gerechnet, dass die Residenz des imperialen Gesandten ein wenig heruntergekommen wirken würde; aber nichts hatte ihn auf das Ausmaß der Verwahrlosung und des Niedergangs vorbereitet, das sich ihm jetzt bot. Die Fenster des Gebäudes waren mit Brettern vernagelt, das bröckelnde Mauerwerk wies Risse auf, und die Türen waren mit unleserlichen kislevitischen Parolen beschmiert. Kaspar hätte vermutet, das Gebäude sei verlassen, wären da nicht die zwei Wachposten gewesen, die, auf ihre Hellebarden gestützt, neben dem Eingang herumlümmelten.

»Bei Sigmars Hammer!«, fluchte Bremen, entsetzt darüber, wie die Botschaft aussah. Kaspar fühlte, wie ihn Zorn auf Andreas Teugenheim erfasste, den Mann, den er auf seinem Posten ablösen sollte. Dass er einen Außenposten des Imperators derart hatte verfallen lassen, war einfach unverzeihlich. Er ritt durch das offene

Tor, dessen Flügel schief in den Angeln hingen, und sah, dass die Wachposten endlich seine Anwesenheit registrierten. Zutiefst befriedigt bemerkte Kaspar ihre erschreckten Mienen, als sie den Pantherritter und das imperiale Banner, das hinter ihm flatterte, erblickten.

Wäre er nicht so wütend gewesen, hätte er über ihre kläglichen Versuche gelacht, ihre fadenscheinigen Uniformen zu glätten und Haltung anzunehmen. Wahrscheinlich ahnten sie noch nicht, wer er war, aber bestimmt war ihnen klar, dass mit einem Mann von so hohem Rang, dem ein imperiales Banner und sechzehn Pantherritter als Gefolge zustanden, nicht zu scherzen war.

Er hielt vor dem Portal an und nickte Kurt Bremen zu, der abstieg und auf die angstschlotternden Wachposten zutrat. Die Miene des Ritters war hart wie Granit, als er die beiden Männer missbilligend musterte.

»Ihr solltet euch schämen«, begann er. »Seht euch an, in welchem Zustand eure Waffen und Rüstungen sind. Ich sollte euch auf der Stelle vors Kriegsgericht bringen!«

Bremen schnappte sich eine der Hellebarden und prüfte die schartige, glanzlose Klinge mit dem Daumen. Stumpf. Kopfschüttelnd hielt er dem Wachmann die Waffe entgegen.

»Wenn ich gewaltsam in dieses Gebäude eindringen wollte, wie würdet ihr mich daran hindern?«, blaffte er. »Hiermit? Mit dieser Klinge könntet ihr euch nicht einmal einen Weg durch einen Altdorfer Nebel hauen! Und du, sieh dir den Rost auf deinem Brustpanzer an!«

Bremen wirbelte die Hellebarde herum und stieß mit dem stumpfen Ende der Waffe kräftig gegen den Oberkörper des Mannes. Der Brustpanzer war durchgerostet und zersprang wie eine Eierschale.

»Ihr Männer seid eine Schande für das Imperium! Ich werde ein Wörtchen mit eurem kommandierenden Offizier reden. Für den Moment entbinde ich euch von eurem Dienst.«

Kleinlaut und niedergeschlagenen Blickes lauschten die Wachen seiner Strafpredigt. Bremen drehte sich zu seinen Rittern um. »Werner, Ostwald, Ihr bewacht den Eingang. Niemand kommt hinein, bis ich etwas anderes befehle.«

Kaspar stieg ab und bezog neben Bremen Stellung. Mit dem Finger wies er auf einen der Wachleute. »Du, bring mich sofort zu Botschafter Teugenheim!«

Eilfertig nickte der Mann, öffnete die Tür der Botschaft und huschte hindurch. Kaspar wandte sich an Kurt Bremen. »Ihr und Valdhaas kommt mit mir. Die anderen Männer sollen hier bei den Wagen bleiben. Wir haben viel zu tun.«

Bremen gab seinen Rittern die Befehle weiter und folgte Kaspar und dem Wachmann nach drinnen.

III

Im Gebäude begegneten ihnen auf Schritt und Tritt Anzeichen des Verfalls. Von drinnen sah die Botschaft sogar noch vernachlässigter und kahler aus. An den mit Holzpaneelen verkleideten Wänden fehlten die Behänge, und Verfärbungen auf den Bodendielen wiesen darauf hin, dass dort offensichtlich Teppiche losgerissen worden waren. Zögernd ging der Wachposten eine breite Treppe hinauf, gefolgt von Kaspar, Bremen und Valdhaas. Kaspar fiel auf, dass der Mann stark schwitzte und jede seiner Bewegungen verstohlen und nervös wirkte. Genau wie im Erdgeschoss waren auch im ersten Stock der Botschaft Möbel und Innenausstattung entfernt worden. Ihre Schritte halten laut von den kahlen Bodenbrettern wider, als sie einen breiten Flur entlanggingen und schließlich vor einer mit reichen Schnitzereien geschmückten Tür anlangten.

Der Posten wies auf die Tür. »Dies ist das Studierzimmer des Botschafters«, stotterte er. »Aber er ... nun, er hat einen Gast. Ich bin mir sicher, dass er nicht gestört werden möchte.«

»Dann ist das heute wirklich nicht sein Tag«, zischte Kaspar, drehte den Türknopf und stieß die Tür auf. Er trat in einen Raum, der ebenso überladen möbliert war wie der Rest des Gebäudes leer. Eine Wand wurde von einem gewaltigen eichenen Schreibtisch und einem ebensolchen Getränkekabinett beherrscht, während an einer anderen in einem marmornen Kamin ein Holzfeuer loderte. Davor standen zwei teure Ledersessel, in denen zwei Männer saßen; der eine war mit seinem lang herabhängenden Schnurrbart und seiner dunklen Haut offensichtlich ein Kislevit. Er hielt einen Becher Branntwein in der einen und eine Zigarre in der anderen Hand und warf Kaspar und seinen Rittern einen wenig interessierten Blick zu. Der zweite Mann jedoch, der dürr wie ein Stecken war und ein rot-blaues Wams trug, sprang von seinem Platz auf, das Gesicht zu gekünstelter Empörung verzogen.

»Wer in Sigmars Namen seid Ihr?«, verlangte er mit fadendünner Stimme zu wissen. »Was zum Teufel habt Ihr in meinen Privatgemächern zu schaffen? Hinaus, verflucht sollt Ihr sein, sonst rufe ich meine Wachen!«

»Nur zu, Teugenheim«, gab Kaspar gelassen zurück, »Ihr werdet schon sehen, was Ihr davon habt. Ich bezweifle, dass auch nur jeder zehnte von ihnen über eine Waffe verfügt, die nicht an der Rüstung dieser Ritter hier zerschellen würde.«

Bremen trat vor, die Hand auf das Heft seines Schwertes gelegt. Beim Anblick der beiden Ritter in voller Rüstung und der Pelze auf ihren Schultern erbleichte Botschafter Teugenheim. Er warf dem sitzenden Mann einen verstohlenen Blick zu und befeuchtete seine Lippen.

»Wer seid Ihr?«

»Ich bin froh, dass Ihr fragt«, sagte Kaspar und hielt ihm dieselbe, mit rotem Lack versiegelte Schriftrolle hin, die er zuvor dem Wächter am Stadttor gezeigt hatte. »Mein Name ist Kaspar von Velten, und das hier wird alles erklären.«

Teugenheim nahm die Rolle entgegen, brach das Siegel und überflog rasch den Inhalt des Dokuments. Beim Lesen schüttelte er den Kopf, und seine Lippen bewegten sich lautlos.

»Ich kann nach Hause?«, keuchte er dann langsam und ließ sich auf den ledernen Sitz sinken.

»Ja. Ihr seid nach Altdorf zurückbeordert worden und solltet aufbrechen, so rasch Euer persönlicher Besitz zusammengepackt werden kann. Vor uns liegen dunkle Zeiten, Andreas, und ich glaube nicht, dass Ihr dem gewachsen seid.«

»Nein«, pflichtete Teugenheim ihm bedrückt bei. »Aber ich habe es versucht, wirklich ...«

Kaspar bemerkte, dass Teugenheim dem Sitzenden ohne Unterlass entschuldigende Blicke zuwarf, und wandte seine Aufmerksamkeit dem kräftigen Mann zu.

»Würdet Ihr so freundlich sein, mir Euren geschätzten Namen zu nennen, mein Herr?«

Der Mann stand aus dem Sessel auf, und Kaspar wurde plötzlich klar, wie riesig er war. Der Fremde war ein richtiger Bär, breitschultrig und muskelbepackt. Trotz eines Fettansatzes am Bauch war er unbestreitbar eine beeindruckende Gestalt. Bremen trat näher an Kaspar heran und starrte den Mann drohend an, doch der schenkte dem Ritter bloß ein nachsichtiges Grinsen.

»Gewiss. Ich bin Wassili Tschekatilo, ein persönlicher Freund des Botschafters.«

»Jetzt bin ich Botschafter, und ich habe noch nie von Euch gehört, Tschekatilo. Wenn Ihr also nicht irgendwelche Geschäfte mit mir zu erledigen habt, muss ich Euch leider bitten zu gehen.«

»Ihr redet große Worte für einen kleinen Mann«, knurrte Tschekatilo. »Besonders, wenn Ihr blank polierte Soldaten bei Euch habt.«

»Und Ihr seid ein dicker Mann, der eine einfache Aufforderung nicht versteht.«

»Jetzt beleidigt Ihr mich«, meinte Tschekatilo lachend.

»Ja«, sagte Kaspar. »Das tue ich. Habt Ihr etwas dagegen?«

Tschekatilo grinste und beugte sich zu ihm herab. »Ich bin kein Mann, der Beleidigungen vergisst, von Velten. Menschen, die daran denken, kann ich ein guter Freund sein. Es wäre töricht von Euch, mich zu Eurem Feind zu machen.«

»Bedroht Ihr mich in meiner eigenen Residenz?«

»Ganz und gar nicht ... Botschafter«, antwortete Tschekatilo lächelnd, leerte seinen Branntwein und nahm einen tiefen Zug von seiner Zigarre. Den Rauch blies er Bremen ins Gesicht und lachte, als der Ritter in der blauen Wolke hustete und prustete. Dann ließ er den Zigarrenstummel auf den Teppich fallen und trat ihn mit dem Stiefel aus.

Kaspar trat auf Tschekatilo zu. »Hinaus aus meiner Botschaft!«, brüllte er. »Sofort!«

»Wie Ihr wünscht«, sagte Tschekatilo. »Aber ich warne Euch. Ich bin in Kislev ein mächtiger Mann. Ihr tätet gut daran, das nicht zu vergessen.«

An Kurt Bremen vorbei rauschte Tschekatilo zur Tür und entbot ihm einen spöttischen Gruß, bevor er mit einem geringschätzigen Lachen verschwunden war. Kaspar rang seinen Zorn nieder, wandte sich an Valdhaas und wies auf Teugenheim.

»Begleitet Botschafter Teugenheim in seine Räume. Eure Knappen sollen ihm helfen, seine Besitztümer zu packen. Er wird hier bleiben, bis wir seine Rückkehr nach Altdorf arrangieren können.«

Der Ritter salutierte und bedeutete Teugenheim, ihm zu folgen.

Teugenheim erhob sich aus seinem Sessel. »Ich beneide Euch nicht um diesen Posten, von Velten«, meinte er. »Dieser Ort ist ein Tummelplatz für Bettler und Diebe, und es gibt so viele Exzesse und Unruhen, dass sich nach Sonnenuntergang niemand ohne ausreichende Begleitung nach draußen wagt.«

Kaspar nickte. »Zeit, dass Ihr geht, Andreas.«

Teugenheim lächelte matt. »Der Wille unseres Herrn Sigmar geschehe.« Dann folgte er dem Pantherritter aus dem Raum.

Kaspar ließ sich in einen der Sessel fallen und rieb sich mit beiden Händen die Schläfen. Bremen trat an den Kamin, nahm seinen Helm ab und klemmte ihn unter den Arm.

»Und was nun, Botschafter?«

»Wir bringen diesen Schweinestall in Ordnung und machen ihn zu einem Posten, der des Imperiums würdig ist. Bald werden wir im Krieg stehen, und wir müssen bereit dafür sein.«

»Keine leichte Aufgabe.«

»Nein«, stimmte Kaspar zu, »aber deswegen hat man mich schließlich hergeschickt.«

IV

Die Nacht brach schon herein, als Kaspar den Federkiel beiseite legte und das Geschriebene noch einmal überflog. Er kam zu dem Schluss, dass er sich angemessen vorsichtig ausgedrückt hatte, und streute Sand über die Tinte, bevor er den Brief behutsam zusammenfaltete und mit einem Klecks roten Siegellacks verschloss. Dann drückte er ein Petschaft mit dem Zeichen des doppelschwänzigen Kometen in die weiche Masse und legte das Schreiben beiseite.

Er schob den Stuhl zurück, stand steifknochig vom Schreibtisch auf und trat ans Fenster, um auf die Straße hinunterzusehen. Morgen würde einer der Pantherritter seine Nachricht im Winterpalast abliefern. Darin bat er um eine Audienz bei der Eiskönigin und die Gelegenheit, sich offiziell vorzustellen. Er hoffte nur, dass Teugenheim während seiner Amtszeit als Botschafter nicht so viel Schaden angerichtet hatte, dass die Tzarin Vorbehalte gegen ihn hegen würde.

Sein Wissen darüber, was genau sich in Kislev zugetragen hatte, war begrenzt; doch angesichts des Zustands der Botschaft und ihrer geleerten Schatullen schien eindeutig zu sein, dass Tschekatilo seinen Vorgänger unter Druck gesetzt oder anderweitig erpresst hatte. Man hätte Andreas Teugenheim niemals nach Kislev versetzen dürfen, auf einen Posten im Kriegsgebiet; der Mann besaß einfach weder das Temperament noch die Kraft für eine solche Stellung.

In der ganzen Alten Welt waren Truppen auf dem

Marsch. Um die künftigen Schlachten zu schlagen, brauchte es mutige Männer und Stahl; und die Mächtigen am Hof von Altdorf hatten entschieden, dass Teugenheim weder das eine noch das andere besaß. Jeder, der ernstlich in das Imperium einfallen wollte, würde seinen ersten Schlag gegen Kislev führen, und bald würden Tausende seiner Landsleute nordwärts in dieses öde, winddurchtoste Land marschieren. Jetzt wurden Männer gebraucht, die das Geschäft des Krieges verstanden und die Kisleviten davon überzeugen konnten, an der Seite des Imperiums zu kämpfen, und Kaspar wusste, dass seine Dienstjahre in den Armeen von Imperator Karl Franz ihn zum idealen Kandidaten für diesen Posten machten. Zumindest hoffte er das. Die Kriegskunst beherrschte er, aber die Feinheiten und die Etikette des Hoflebens waren ihm ein Buch mit sieben Siegeln.

Bis vor einigen Jahren hatte Kaspars Frau Madeline dafür gesorgt, dass er regelmäßig den königlichen Hof in Nuln aufsuchte. Sie hatte besser als er begriffen, wie wertvoll die Gunst der Kurfürstin Emmanuelle von Liebewitz war, und ihn trotz seiner Proteste auf jeden ihrer legendären Maskenbälle und all ihre Gesellschaften geschleift. Seine Geschichten vom Kampf und dem Leben im Feld hatten die verweichlichten Höflinge stets fasziniert, so dass er im Palast ein beliebter, wenngleich zurückhaltender Gast gewesen war.

Nach Madelines Tod hatte er sich aus der Hofgesellschaft zurückgezogen und immer mehr Zeit allein in einem Haus verbracht, das ihm plötzlich viel größer und leerer als zuvor erschienen war. Die Einladungen in den

Palast trafen weiterhin an seiner Tür ein, doch Kaspar nahm sie nur an, wenn es sich nicht vermeiden ließ.

Aber sein Ruf hatte sich weiter verbreitet, als er ahnte, und als man ihn zur Kurfürstin rief und die Hofbeamten aus Altdorf ihm diesen Posten anboten, da hatte er gewusst, dass er nicht ablehnen konnte. Innerhalb einer Woche war Kaspar nach Kislev aufgebrochen.

Er seufzte, zog die schweren Fenstervorhänge zu und trat näher an das prasselnde Kaminfeuer heran.

Das gewaltige Krachen, mit dem die Tür aufflog, riss ihn aus seinen melancholischen Gedanken, und er fuhr herum und griff nach seinem Schwert. Eine gewaltige Gestalt mit einem buschigen grauen Bart, die in einer Hand eine Flasche mit einer klaren Flüssigkeit hielt, füllte den Türrahmen aus. Der Mann trat ins Zimmer und knallte die Flasche auf den Tisch neben den Ledersesseln.

»Bei Tor!«, brüllte er. »Ich hatte gehört, dass wir hier einen neuen Botschafter haben, aber keiner hat mir gesagt, dass er so hässlich ist!«

»Pavel!«, rief Kaspar fröhlich, als der Mann mit großen Schritten auf ihn zustrebte. Der Riese zog ihn so kräftig in die Arme, dass ihm die Knochen krachten, und lachte herzhaft.

Kaspar klopfte seinem alten Freund auf den Rücken und spürte unglaubliche Erleichterung in sich aufsteigen. Pavel Korowitsch, ein Kampfgefährte aus seiner Militärzeit, gab ihn frei und musterte Kaspar angelegentlich. Der wilde Krieger war während der Kriege im Norden ein enger Freund von Kaspar gewesen. Er konnte kaum zählen, wie oft er ihm das Leben gerettet hatte.

»Vielleicht siehst du ja weniger hässlich aus, wenn ich betrunken bin, ja?«

»Du bist bereits betrunken, Pavel.«

»Gar nicht wahr«, widersprach der Riese. »Heute hatte ich nur zwei Flaschen!«

»Aber du hast vor, noch mehr zu trinken, oder?«, hielt Kaspar ihm entgegen.

»Und? Wenn ich in die Schlacht geritten bin, habe ich vor dem Kampf viele Flaschen getrunken!«

»Ich erinnere mich«, meinte Kaspar und nahm die Flasche auf. »Haben eure Lanzenreiter jemals nüchtern gekämpft?«

»Nüchtern kämpfen! Sei nicht dumm, Mann!«, brüllte Pavel und entriss Kaspar die Flasche. »Kein Dolgan ist jemals nüchtern in die Schlacht gezogen! Und jetzt trinken wir Kvas zusammen, wie in alten Zeiten!«

Er zog den Korken mit den Zähnen heraus, spuckte ihn ins Feuer und nahm einen herzhaften Schluck. Dann reichte er die Flasche an Kaspar weiter.

»Es ist gut, dich wiederzusehen, alter Freund!«

Kaspar nahm einen bescheideneren Schluck und gab die Flasche hustend zurück.

»Ha!«, lachte Pavel. »Du bist kein Soldat mehr, du bist weich geworden! Kannst nicht trinken wie der alte Pavel, was?«

Von Husten geschüttelt, nickte Kaspar. »Vielleicht, aber wenigstens werde ich auch nie so dick sein wie der alte Pavel. Kein Pferd könnte dein Gewicht tragen.«

Pavel tätschelte seinen runden Bauch und nickte weise. »Da hast du wohl Recht. Aber Pavel macht sich nichts daraus. Jetzt trägt Pavel stattdessen das Pferd. Aber genug davon! Lass uns gehen und trinken. Wir beide müssen viel nachholen.«

»Nun gut«, stimmte Kaspar zu. Ihm schwante bereits, dass er sich auf ein Gelage einrichten musste, das die ganze Nacht dauern würde. »Hier kann ich heute Abend ohnehin nicht viel ausrichten. Übrigens, was, in Sigmars Namen, tust du eigentlich hier? Ich dachte, du wolltest nach Jemova heimkehren und Pferde züchten.«

»Pah! Meine Leute im Dorf sagen, ich wäre ein *Lichnostjob*, ein Tagedieb, und wollen mich nicht zurück! Pavel kommt in die Stadt, und sein Onkel Drostja besorgt ihm Arbeit in der Botschaft als Lohn für jahrelangen treuen Dienst beim Militär. Nennen mich kislevitischer Adjutant beim imperialen Botschafter. Klingt eindrucksvoll, was?«

»O ja, höchst beeindruckend. Was bedeutet das genau?«

Pavel lachte höhnisch. »Bei Teugenheim, diesem Trottel ohne Rückgrat, heißt das, den größten Teil des Tages trinken und dann in einer Amtsstube einschlafen und nicht in einem stinkenden Zelt in der Steppe. Komm! Wir gehen in mein Haus und trinken. Bis du Teugenheim los bist, sollst du mein Gast sein!«

Kaspar sah, dass sein alter Waffenbruder eine Absage nicht gelten lassen würde. Er lächelte; vielleicht wäre es ja sogar schön, in Erinnerungen zu schwelgen und die alten Zeiten lebendig werden zu lassen. Außerdem hatte er nicht den Wunsch, in der Botschaft zu logieren, bis Teugenheim fort war, und die Aussicht, in einer Taverne abzusteigen, behagte ihm nicht besonders. Er schlang den Arm um Pavels Schulter.

»Dann lass uns aufbrechen, alter Freund. Ich hoffe, du hast zu Hause noch mehr von diesem Kvas.«

»Da kannst du unbesorgt sein«, versicherte Pavel ihm.

V

Kaspar nippte an seinem Kvas, während Pavel ein weiteres Glas von dem starken Schnaps hinunterstürzte. Die Liebe des Speerträgers zum Kvas war geradezu legendär, und anscheinend hatten die Jahre seiner Trinkfestigkeit nichts anhaben können. Kaspar spürte die Wirkung des Alkohols bereits und hatte das Glas seit einer Stunde nur in der Hand gehalten. Zwei Flaschen hatten sie geleert, und sein Kamerad war inzwischen sturzbetrunken. Kaum fünfhundert Ellen von der Botschaft entfernt saßen sie an der Feuerstelle in Pavels Küche. Wagen und Kutsche waren sicher im Hof der Residenz festgemacht. Stefan hatte Pavels Angebot, ihn ebenfalls zu beherbergen, abgelehnt und es vorgezogen, in der Botschaft zu bleiben, wo er sich schon einmal ein Bild davon machen konnte, was zu tun war, um das Haus präsentabler herzurichten. Mit Ausnahme von Valdhaas, der draußen Wache stand, hatten die Pantherritter in der Botschaft Quartier bezogen. Kaspar beneidete die schlampigen Soldaten nicht, die dort untergebracht waren und es mit dem zornigen Kurt Bremen zu tun bekommen würden.

Grinsend goss Pavel ein weiteres Glas ein und rülpste. Kaspar wusste, dass Pavel entgegen allem äußeren Anschein in Wahrheit ein überaus scharfsinniger Mann war. Aus den wenigen Briefen, die sie in den vergangenen Jahren gewechselt hatten, ging hervor, dass Pavel Korowitsch eine Reihe lukrativer Verträge über die Lieferung von Reittieren für das kislevitische Militär geschlossen hatte und dadurch zu einem reichen Mann geworden war.

»Und wer ist nun dieser Tschekatilo?«, fragte Kaspar.

Pavel hickste und warf Kaspar einen finsteren Blick zu. »Ein sehr schlechter Mensch«, erklärte er schließlich. »*Nekulturny*, keine Ehre. Ein Mörder und Dieb, der alles lenkt, was in Kislev illegal ist. Hat die Finger in vielen Geschäften. Alle müssen seine so genannten ›Steuern‹ zahlen, sonst ergeht es ihnen schlecht. Brandstiftung, Prügel und dergleichen. Es heißt, er hätte seinen eigenen Bruder umgebracht.«

»Und was hatte er dann bei Teugenheim zu suchen? Stecken die beiden etwa unter einer Decke?«

»Bei Tschekatilo würde mich nichts überraschen. Wahrscheinlich hat Teugenheim die Ausstattung der Botschaft verschachert, um Schulden zu bezahlen. Der Botschafter hat vielleicht einen teuren Geschmack bei Huren«, mutmaßte Pavel. »Wer weiß, vielleicht hat Kislev ja Glück, und der Menschenschlächter holt sich Tschekatilo.«

Kaspar war plötzlich sehr interessiert. Diesen Namen hatte er schon einmal gehört. »Der Menschenschlächter? Und wer ist das nun wieder? Ein verrückter Priester hat mir heute etwas über ihn vorgefaselt.«

»Noch ein Bösewicht ... ein Verrückter«, antwortete Pavel düster. Er hielt einen Fidibus ins Feuer, zündete eine Pfeife an und reichte sie Kaspar. »Niemand kennt den Menschenschlächter oder weiß, ob er überhaupt ein Mensch ist. Tötet Männer, Frauen und Kinder und verschwindet dann in der Dunkelheit. Er schneidet seinen Opfern das Herz heraus und isst von ihrem Fleisch. Manche behaupten, er sei ein Mutant und bei den Leichen sei das Fleisch von den Knochen heruntergeschmolzen. Er hat schon viele getötet, und die Tschekisten können ihn nicht fangen. Wirklich ein schlechter Mensch. Die Leute haben Angst.«

Kaspar nickte und erinnerte sich an eine ähnliche Mordserie in Altdorf vor einigen Jahren, die so genannten »Tiermorde«. Aber dieser Unhold war schließlich von dem Wachmann Kleindienst gefangen und getötet worden.

»Wie viele Morde gab es bereits?«

Pavel zuckte die Achseln. »Schwer zu sagen. Dutzende vielleicht, möglicherweise auch mehr. Aber in Kislev sterben immer Menschen. Wer weiß schon, ob das alles das Werk des Menschenschlächters ist? Du solltest ihn vergessen. Er ist ein Wahnsinniger, der bald verhaftet und gehängt werden wird.«

Kaspar leerte sein Glas und schob es über den Tisch zu Pavel hinüber. Dann stand er auf und reckte sich. »Bestimmt hast du Recht«, sagte er. »Auf alle Fälle bin ich erschöpft, und in den nächsten Tagen bekomme ich viel zu tun. Morgen muss ich den restlichen Botschaftsbediensteten gegenübertreten, und das würde ich lieber unverkatert tun. Ich glaube, ich gebe den Abend für beendet.«

»Was, du willst nicht bis zum Morgengrauen wach bleiben und Kampflieder singen? Du bist weich geworden, Kaspar von Velten!«, lachte Pavel und kippte seinen Kvas hinunter.

»Mag sein, Pavel, aber wir sind nicht mehr so jung, wie wir einmal waren«, meinte Kaspar.

»Sag nicht ›wir‹, wenn du von dir sprichst, Imperiumsmann. Pavel wird die Flasche noch austrinken und dann am Feuer schlafen.«

»Gute Nacht, Pavel«, sagte Kaspar.

2. KAPITEL

I

Bei dem Anblick, der sich ihm bot, schüttelte Kaspar verärgert den Kopf. Dreißig Soldaten in den blau-roten Uniformen von Altdorf stolperten, torkelten und schlitterten auf ihn zu. Ihr Atem ging schwer und abgehackt.

Trotz der kalten Luft waren ihre Gesichter schweißüberströmt und rot angelaufen, und ihre Wangen brannten, nachdem sie fünfmal um die Stadtmauer von Kislev gerannt waren. Die Pantherritter hatten ihre Runden schon seit fast einer Stunde beendet und standen neben Kaspars und Pavels Pferden stramm. Sie hatten kaum einen Schweißtropfen vergossen.

»Nicht besonders eindrucksvoll«, bemerkte Pavel überflüssigerweise.

»Nein«, pflichtete Kaspar ihm bei. Seine Stimme klang leise und bedrohlich. »In der Armee würden diese Soldaten keinen halben Tag überstehen. Ein einziges Scharmützel, und sie wären Futter für die Krähen.«

Pavel nickte, nahm einen tiefen Zug von einem übel riechenden Stumpen und blies die schmutzig-blaue Rauchwolke himmelwärts. »Nicht wie früher, was?«

Kaspar gestattete sich ein verkniffenes Lächeln.

»Nein, Pavel, es ist nicht wie früher. Die Männer, an deren Seite wir kämpften, waren zehn Fuß groß und konnten mit einem einzigen Schlag ihrer Hellebarde ein ganzes Heer fällen! Diese jämmerlichen Exemplare hätten schon Schwierigkeiten, eine Hellebarde auch nur hochzuheben und erst recht, sie zu schwingen.«

»Allerdings«, meinte Pavel lachend und nahm einen Schluck aus einer lederbezogenen Feldflasche. »Ich frage mich oft, was wohl aus diesen Männern geworden ist. Triffst du noch manchmal jemanden aus den alten Zeiten?«

»Eine Zeit lang habe ich noch mit Tannhaus korrespondiert, aber später hörte ich, er sei umgekommen, als er einer Söldnertruppe beitrat, die nach Arabia aufbrach.«

Pavel trank noch einmal. »Jammerschade. Ich mochte Tannhaus; er konnte kämpfen wie ein Teufel und wusste ordentlich zu zechen.«

»Der verfluchte Trottel war über fünfzig«, fuhr Kaspar ihm über den Mund. »Er hätte es verdammt noch mal besser wissen müssen, als in seinem Alter auf Ruhmestaten auszuziehen. Der Krieg ist ein Spiel für junge Männer, Pavel. Nichts mehr für unseresgleichen.«

»Beim Olric, du bist heute aber in trüber Stimmung, Imperiumsmann!«, murrte Pavel und reichte Kaspar die Feldflasche. »Hier, trink etwas.«

Ohne den Blick von den erschöpften Soldaten zu wenden, nahm Kaspar die angebotene Flasche und tat einen Schluck. Er hatte schon einen großen Hieb genommen, bevor ihm klar wurde, dass die Flasche Kvas enthielt. Er krümmte sich unter dem starken Alkohol, flüssiges Feuer versengte seine Speiseröhre, er hustete und ihm tränten die Augen.

»Verdammt noch mal, Pavel!«, fluchte Kaspar, »was zum Teufel soll das? Wir haben noch nicht einmal Mittag!«

»Ja und? In Kislev ist es gut, früh mit dem Trinken anzufangen. Dann kommt einem der Rest des Tages nicht mehr so grässlich vor.«

Verdrossen wischte Kaspar sich den Mund mit dem Handrücken ab. »Tu mir einen Gefallen und versuche ab jetzt, nüchtern zu bleiben, ja?«

Pavel zuckte die Achseln und nahm die Flasche wieder an sich, sagte aber nichts, denn jetzt waren die Soldaten der Botschaft endlich bei ihnen angekommen. Sie waren völlig erschöpft und brachen beinahe zusammen. Kaspar spürte, wie seine bereits üble Laune sich noch weiter verschlechterte. Er fand es unglaublich, dass sein Vorgänger seine Truppe so schändlich hatte verkommen lassen, und wenn Kaspar die Wahl gehabt hätte, dann hätte er jeden einzelnen von ihnen zurück ins Imperium geschickt.

Unter diesen Umständen war ihm das jedoch nicht möglich. Kurt Bremen hatte ihm versichert, er könne die Männer schleifen, bis sie wieder in Form seien, und hatte die Woche seit ihrer Ankunft in Kislev genau damit verbracht. Jetzt gab Bremen eine prächtige Erscheinung ab, wie er in seiner Plattenrüstung, das Pantherfell eindrucksvoll um die Schultern drapiert, mit einer Miene wie Donnergrollen unter den nach Luft schnappenden Soldaten umherschritt.

»So etwas nennt sich Soldaten!«, brüllte er. »Ich habe Dienstmägde gekannt, die mehr Ausdauer hatten als ihr! Eine Stunde in der Kampflinie, und ihr fleht den Feind an, euch abzuschlachten!«

Kaspar bemerkte, dass die Soldaten zumindest so viel Anstand besaßen, beschämt dreinzuschauen. Vielleicht befanden sich doch noch einige unter ihnen, die sich als würdig erweisen mochten, die Uniform des Imperators zu tragen.

»Meine Ritter haben diesen kleinen Ausflug in voller Rüstung hinter sich gebracht, und keiner davon hat ein Gesicht, das so rot ist wie der Hintern eines Tileaners.«

»Wir hatten beinahe ein Jahr keine Übungsstunden mehr«, klagte eine durchdringende Stimme unter den Soldaten.

»Das sticht allerdings ins Auge«, fauchte Bremen. »Nun, mit diesem Schlendrian ist es vorbei. Jetzt bin ich für euch verantwortlich, Männer, und ich schwöre, dass ihr mich mehr hassen werdet, als ihr je zuvor jemanden gehasst habt.«

»Tun wir schon«, ließ sich eine weitere Stimme vernehmen.

Bremen lächelte, aber es lag nichts Freundliches in seiner Miene.

»Gut«, knurrte er. »Dann haben wir schon begonnen. Ich werde euch in den Boden stampfen und euch Schmerzen bereiten, bis ihr mich anbettelt, euch zu töten, um euch von eurem Elend zu erlösen. Aber das werde ich nicht tun. Ich werde euch zerbrechen und dann wieder zusammensetzen, und zwar zu den verdammt besten Soldaten, die unter dem Kommando des Imperators stehen.«

Als Kaspar von den Befestigungen, die in Richtung Hügel gingen, Gelächter vernahm, wandte er seine Aufmerksamkeit der Stadtmauer zu. Auf der Mauerkrone lungerten Gruppen von kislevitischen Soldaten herum, drängten sich um rauchende Kohlebecken und zeigten lachend mit den Fingern auf die abgekämpften Imperiumssoldaten.

Kaspar wollte verdammt sein, wenn er diesen Spott so durchgehen lassen würde. Er gab seinem Wallach die Sporen, so dass das Tier erschrak, ritt im Handgalopp an Bremen vorbei nach vorn und wies dann auf die ummauerte Stadt Kislev.

Er wickelte den Schal von seinem Hals, und sein Atem schlug sich beim Sprechen in weißen Federwolken nieder. »Seht ihr diese Männer auf den Mauern?«, hob Kaspar an. Er sprach nicht besonders laut, doch jeder einzelne der Soldaten erkannte die Jahre als Befehlshaber, die dahinter standen. Er vollführte eine Handbewegung, welche die gesamte Mauer umfasste. »Diese Kisleviten sind Krieger!«, erklärte er. »Sie leben in einem Land, das unablässig von Kreaturen aus euren schlimmsten Albträumen bedroht wird. Sie müssen jeden Augenblick bereit sein, zu kämpfen und zu siegen. Und jetzt gerade lachen sie euch aus!«

Kaspar wendete sein Pferd und lenkte das Tier zwischen den aufgebrachten Soldaten hindurch. »Und sie haben Recht zu lachen, denn ihr seid alle jämmerliche, wertlose Kreaturen! Ihr seid die schlechtesten Soldaten, die ich jemals kommandiert habe, und Sigmar ist mein Zeuge, dass ich nicht vorhabe, mich durch eure Unzulänglichkeiten bloßstellen zu lassen.«

Kaspars Worte wurden mit zornigen Blicken quittiert, aber der neue Botschafter war noch nicht fertig. »Ihr seid all das und noch mehr«, fuhr Kaspar fort, »aber das seid ihr *jetzt*. Aber ihr werdet etwas viel, viel Besseres werden als das. Ihr seid Soldaten von Imperator Karl Franz, und ihr seid meine Männer, und gemeinsam werden wir etwas erreichen, auf das wir stolz sein können. Botschafter Teugenheim hat euch vergessen lassen, dass ihr Soldaten des Imperators seid. Aber er ist jetzt fort, und ich habe den Befehl. Und ich werde nicht erlauben, dass ihr es vergesst!«

Eine derbe Stimme mit dickem Akzent ließ sich hämisch vernehmen. »Bis du aufgekreuzt bist, war hier alles wunderbar in Ordnung.« Kaspar riss sein Pferd erneut herum.

Er blickte auf einen Mann herab, dessen Muskeln schon vor langer Zeit durch Fett verdrängt worden waren und dessen Züge alle typischen Zeichen lebenslangen Alkoholmissbrauchs aufwiesen. Sein bärtiges Gesicht war zu einer hässlichen, verächtlichen Fratze verzogen, und die Hände hatte er provozierend in die Hüften gestützt. Kaspar kannte diesen Typ; in seinem Soldatenleben war er zahllosen Varianten der gleichen Persönlichkeit begegnet.

Geschmeidig schwang er sich aus dem Sattel und landete leichtfüßig auf dem schlammigen Boden. Er reichte Kurt Bremen die Zügel und ging gelassen auf den Mann zu. Weitere Soldaten standen auf; einige stellten sich zu dem Bärtigen, andere wahrten bewusst Abstand. Kaspar erkannte, dass der Moment kritisch war: Innerhalb eines Augenblicks konnte er die Männer für sich gewinnen oder sie verlieren. Kurt Bremen war das ebenfalls klar, denn er bezog hinter Kaspar Position, doch dieser winkte ihn zurück an seinen Platz. Das hier musste er allein erledigen.

»Wie lautet dein Name?«, zischte Kaspar und schätzte den Mann vor sich ab.

Der andere war ein Hüne, wenngleich außer Form, und besaß große fleischige Hände. Kaspar vermutete, dass sie zuschlagen konnten wie Schmiedehämmer.

»Marius Loeb«, antwortete der Mann. Sein säuerlicher Atem stank nach dem Fusel vom vergangenen Abend.

Loeb verschränkte die Arme über der Brust. Kaspar sah, dass der Mann auf die Unterstützung der Soldaten, die hinter ihm standen, vertraute. Sie hatten hier in der Botschaft eine ruhige Kugel geschoben, und Loeb wollte verdammt sein, wenn dieser alte Mann ihnen das verdarb.

»Loeb...«, meinte Kaspar nachdenklich und ließ seinen Blick über die übrigen Soldaten schweifen. »Ja, Korowitsch hat mir von dir erzählt.«

Als Pavels Name fiel, lächelte er und hob freundlich seine Feldflasche zum Gruß. Kaspar sprach weiter. »Du bist ein Trunkenbold, ein Dieb, ein Schläger und ein Faulpelz, ein nichtsnutziges Stück Pferdemist. Morgen früh bist du hier verschwunden.«

Loebs Gesicht lief rot an, und in seinen Augen loderte selbstgerechter Zorn auf. Kaspar sah seinen Schlag schon auf halbem Weg kommen. Er tat einen Schritt nach vorn und rammte Loeb mit einem kurzen, harten Boxhieb die Faust ins Gesicht, und Loebs Nase krachte unter dem Treffer hörbar. Der Dicke, dem das Blut aus dem Gesicht schoss, taumelte, blieb aber zu Kaspars Erstaunen auf den Füßen. Knurrend warf er sich voran und schwang seine gewaltigen, schinkengroßen Fäuste. Kaspar trat zur Seite und landete zuerst eine kurze Gerade in Loebs Bauch und traf dann seinen Kiefer mit einer krachenden Rechten.

Der Dicke schwankte, kam aber weiter auf ihn zu und holte zu einem gewaltigen Schlag gegen Kaspars Kopf aus. Der Hieb war schlecht gezielt, traf Kaspar aber dennoch an der Schläfe. Lichtblitze tanzten vor seinen Augen. Er steckte den Schlag weg, rückte vor und hämmerte mit einer Reihe heftiger Schläge auf Loebs ramponierte Züge ein, so dass der Mann Blut und Zähne spie. Die Soldaten hatten einen Kreis um die Kontrahenten gebildet und feuerten laut schreiend beide Gegner an.

Kaspar wurde müde, und er wusste, dass diese Sache langsam aus dem Ruder lief. Er hatte gehofft, Loeb mit einem einzigen wohlgezielten Schlag niederzustrecken, aber der Mann wollte einfach nicht aufgeben. Unter anderen Umständen wäre das bei einem Soldaten eine lobenswerte Eigenschaft gewesen, aber momentan ...

Loebs Auge war zugeschwollen, und Blut floss ihm über das Gesicht. Er kämpfte inzwischen praktisch blind, aber das schien ihn nicht besonders zu behindern. Er brüllte und versuchte, Kaspar zwischen die Beine zu treten. Doch der Botschafter sprang beiseite, donnerte dem Mann den Ellbogen in die Wange und spürte, wie unter dem Aufprall Knochen brachen. Loebs Blick wurde glasig, und er sackte in die Knie, um dann mit dem Gesicht voran in den Schlamm zu fallen.

Kaspar trat zurück und rieb sich die aufgerissene Haut auf seinen Fingerknöcheln.

Er maß die wenigen Männer, die hinter Loeb gestanden hatten, mit festem Blick. »Bringt dieses fette Stück Dreck in die Botschaft und näht seine Wunden. Morgen kehrt er ins Imperium zurück.«

Während seine Landsmänner den bewusstlosen Loeb hochhievten, trat ein junger Soldat vor. »Herr?«

Kaspar verschränkte die Hände hinter dem Rücken und marschierte auf den jungen Mann zu, der ihn angesprochen hatte. Er war vielleicht zwanzig Jahre alt, schlank gebaut und besaß einen widerspenstigen dunklen Haarschopf und fein geschnittene Züge.

»Und wer bist du? Noch ein Querulant?«, verlangte Kaspar zu wissen.

»Leopold Dietz, Herr, aus Talabecland«, antwortete der junge Soldat und fixierte einen Punkt knapp oberhalb von Kaspars Schulter. »Und nein, Herr, ich bin kein Querulant. Ich wollte Euch nur wissen lassen, dass wir nicht alle wie Loeb sind. Es sind auch einige gute Burschen hier, und wir können es besser machen als bisher. Viel besser.«

»Gut, Leopold Dietz, ich hoffe, dass du Recht hast. Es wäre eine Schande, wenn ich heute noch mehr Schädel brechen müsste.«

»Das wäre es, Herr«, stimmte Leopold ihm mit einem trockenen Grinsen zu. »Wir haben nämlich nicht alle Kiefer aus Glas wie der dicke Loeb.«

Kaspar lachte. »Freut mich, das zu hören, Sohn. Denn ich brauche zähe Soldaten, die ihr Bestes geben.«

Er wandte sich von Dietz ab und deutete auf die Soldaten, die Loeb zum Tor trugen.

»Dieser Soldat«, begann Kaspar, »war wie ein Krebsgeschwür. Er hat jeden Mann hier mit dem Wunsch infiziert, weniger zu tun, als er imstande war, weniger, als seine Pflicht von ihm verlangte. Doch dieses Geschwür ist nun ausgebrannt, und von jetzt an wird es hier ordentlich zugehen, so wie es sich für eine Garnison des Imperators ziemt. Ich bin ein harter, aber gerechter Mann, und wenn ihr mir beweist, dass ihr dieses Postens würdig seid, dann werde ich dafür sorgen, dass ihr belohnt werdet.«

Kaspar wandte sich wieder zu Kurt Bremen, der mit finsterer Miene dastand. Er sah, dass der Pantherritter seine Methoden nicht billigte, doch da er selbst aus den niederen Rängen aufgestiegen war, wusste er, dass dies die einzige Art war, sich den Respekt der einfachen Soldaten zu verdienen. Er nahm Bremen die Zügel des Wallachs ab, setzte den Fuß in den Steigbügel und schwang sich auf den Rücken des Pferdes.

Pavel beugte sich zu ihm herüber. »Dein erster Schlag war gut«, flüsterte er, »aber ich finde, du hast ihn zu billig davonkommen lassen. Hast du alles vergessen, was Pavel dir über Gossenprügeleien beigebracht hat? Augen und Lenden. Schlag auf die seinen und schütze deine eigenen.«

Kaspar lächelte matt und öffnete und schloss die Faust. Er spürte schon, wie seine Finger steif wurden, und wusste, dass die Blutergüsse unter der Haut bald in allen Farben schillern würden.

»Mit dem Schlag auf den Kopf hat der dicke Mann dich beinahe erledigt«, bemerkte Pavel. »Vielleicht hast du ja doch Recht, und du bist zu alt, um Soldat zu spielen.«

»Ja, der war wirklich ein harter Brocken«, räumte Kaspar ein. Er zog gerade seine schwarzledernen Reithandschuhe an, als Pavel ihm auf die Schulter tippte und in Richtung Stadttor wies, wo ein Trio von Reitern sie schweigend beobachtete.

Kaspar schirmte seine Augen mit der Hand gegen die Sonne ab und sah zu, wie die kleine Gruppe über die gewundene Straße zu ihnen herunterkam. Zwei in Bronzerüstungen gehüllte Ritter mit Bärenfellumhängen flankierten einen dünnen Mann mit asketischen Zügen, der in einen blauen Umhang und eine fest auf den Kopf geklemmte, hohe Lederkappe gekleidet war.

»Wer ist das?«

»Das gibt Ärger«, brummte Pavel.

Kaspar warf einen Blick auf Pavels normalerweise wenig ausdrucksvolle Züge und bemerkte besorgt den Anflug von Feindseligkeit, der kurz über sein Gesicht huschte. Er bedeutete Bremen, mit der Ausbildung der Soldaten fortzufahren, und gab seinem Pferd die Sporen.

»Komm, Pavel. Dann wollen wir uns den Ärger einmal ansehen.«

»Die Gospodari haben ein Sprichwort, mein Freund: ›Such dir keine Probleme. Sie finden dich schnell genug von allein‹«, murrte der korpulente Kislevit und lenkte sein überladenes Pferd hinter Kaspars Tier her.

Der dünne Mann zügelte sein Reittier, ein brauner Wallach aus dem Imperium und keines der kleineren Ponys aus der kislevitischen Ebene, was ihn auf den ersten Blick als wohlhabenden Mann auswies. Ungewöhnlich für einen Kisleviten, war er glatt rasiert, und als sein Blick auf den bewusstlosen Loeb fiel, verzog er angewidert den Mund und verriet Kaspar damit, dass er den Streit mit angesehen hatte.

Der Fremde gönnte Kaspar eine mechanische Verbeugung. Pavel ignorierte er. »Habe ich das Vergnügen, mit Botschafter von Velten zu sprechen?«, fragte er.

Kaspar nickte. »Allerdings. Ich selbst bin jedoch im Nachteil Euch gegenüber. Ihr seid ...?«

Der Mann schien unter seinem weiten Umhang anzuschwellen und richtete sich hoch auf, bevor er zur Antwort ansetzte. »Ich bin Pjotr Ivanowitsch Losov, oberster Ratgeber der Tzarin Katarina der Großen, und ich heiße Euch in ihrem Land willkommen.«

»Danke, Losov. Und womit kann ich Euch dienen?«

Losov zog aus seinem Umhang einen Pergamentumschlag hervor, dessen Siegel das persönliche Wappen der Eiskönigin trug, und reichte ihn Kaspar.

»Ich übergebe Euch dies«, erklärte er, »und hoffe, dass es Euch möglich ist, zu kommen.«

Kaspar nahm den Umschlag, brach das Siegel und zog eine Einladung heraus. Sie war in prächtiger Schrift auf schweres Papier gedruckt, das als Wasserzeichen das Symbol des Tzarenhauses trug. In goldgeprägten Buchstaben wurde Kaspar kundgetan, dass er herzlich eingeladen sei, noch am selben Abend im Winterpalast der Tzarin vorgestellt zu werden.

Er steckte die Einladung zurück in den Umschlag. »Bitte überbringt der Tzarin meinen Dank und teilt ihr mit, dass es uns eine Ehre ist, zu kommen.«

Verwirrt runzelte Pjotr Losov die Stirn. »Uns?«, begann er, doch bevor er noch mehr sagen konnte, sprach Kaspar bereits weiter. »Ausgezeichnet. Mein kislevitischer Adjutant und der Hauptmann meiner Wachen werden den Abend sicherlich ebenfalls genießen. Ich habe schon viele wunderbare Geschichten über die Pracht des Winterpalasts gehört.«

Losov schaute finster drein, erhob aber keine Einwände, denn ihm war klar, dass es einen Verstoß gegen das Protokoll bedeuten würde, wenn er es Kaspar abschlug, Gäste mitzubringen.

»Selbstverständlich«, antwortete Losov und warf Pavel einen verächtlichen Blick zu. »Ich bin mir sicher, die Tzarin wird hocherfreut sein, sie ebenfalls zu empfangen.«

Kaspar lächelte über den kaum verhohlenen Sarkasmus. »Ich danke Euch für das Überbringen dieser Einladung, Losov. Ich freue mich darauf, Euch heute Abend wiederzusehen.«

»Ganz meinerseits«, antwortete Losov, zog seine Kappe vor Kaspar und ruckte an den Zügeln seines Pferdes. Er und seine Eskorte ritten wieder den Hügel hinauf, wo sie sich in die Karawane von Wagen und in Pelze gehüllten Bauern einreihten, die in die Stadt einzog.

Kaspar sah Losov nach und wandte sich dann an Pavel.
»Ihr beiden kennt euch also?«
»Wir hatten schon miteinander zu tun, ja«, bestätigte Pavel in gleichmütigem Ton, sagte aber nichts weiter. Kaspar behielt diese interessante Information zum späteren Gebrauch im Hinterkopf und sah zu der tiefstehenden Herbstsonne auf. Noch schien sie hell, aber er wusste, dass es bereits mehrere Stunden nach Mittag war.

»Ein Empfang heute Abend! Sie hätte uns verflucht noch mal etwas eher benachrichtigen können. Seit einer Woche warte ich auf eine Audienz bei ihr!«

Pavel zuckte die Achseln. Nun, da Losov außer Sicht war, kehrte seine übliche Frohnatur zurück. »So ist die Tzarin nun einmal, mein Freund. Komm, wir müssen zurück in die Botschaft und uns vorbereiten. Pavel muss sichergehen, dass du bei der Eiskönigin präsentabel aussiehst.«

Kaspar zupfte an seinem einfachen grauen Hemd, zu dem er einen Umhang und schlammbespritzte Stiefel trug. Ihm wurde klar, dass er auf den Boten der Tzarin wie ein Hinterwäldler gewirkt haben musste.

»Ich nehme an, es wäre unhöflich, dies hier abzulehnen, oder?«, fragte Kaspar und schwenkte den Umschlag.

Die bloße Vorstellung schien Pavel zu entsetzen, und er nickte heftig.

»Sehr unhöflich, ja, ja, ganz schlimm. Du kannst nicht ablehnen. Die Etikette verlangt, dass die Einladungen der Eiskönigin Vorrang vor allen Verpflichtungen haben, die man vorher eingegangen ist. Sogar die Pflichten gegenüber den Toten müssen zurückstehen. Nicht einmal Trauer entbindet einen Gast davon, bei einer Hofzeremonie zu erscheinen.«

»Und die Aussicht auf freies Essen und Trinken hat natürlich gar nichts mit deinem brennenden Bedürfnis zu tun, auf diesen verdammten Empfang zu gehen ...«

»Absolut nicht!«, gab Pavel lachend zurück. »Pavel möchte nur sicher sein, dass du die Eiskönigin nicht irgendwie beleidigst. Wäre dein Haar nicht bereits silbern, dann könnte es ergrauen, wenn Pavel dir die Geschichte des letzten Mannes erzählt, der die Tzarin verärgert hat. Ich sage nur so viel: Es war gut, dass er und seine Frau bereits Kinder hatten!«

»Dann lass uns aufbrechen, mein Freund«, meinte Kaspar grinsend und führte sein Pferd in Richtung Stadttor. »Ich hege nicht den Wunsch, ein ähnliches Schicksal zu erleiden.«

Über die Schulter warf Kaspar einen Blick zurück auf die Soldaten, die einen weiteren Lauf um die Stadtmauern angetreten hatten. Er bemerkte, dass Leopold Dietz die Spitze übernommen hatte. Der junge Mann hielt Schritt mit Kurt Bremen und feuerte die anderen an, sich ins Zeug zu legen. Kaspar konnte nur hoffen, dass die Worte des jungen Soldaten nicht bloß heiße Luft gewesen waren. Wenn er seinen Posten als Botschafter ernst nehmen wollte, dann brauchte er in den kommenden Monaten Soldaten, auf die er stolz sein konnte.

II

Kaspar zog seinen langen Mantel an und bewunderte sich in dem Standspiegel. Er trug schwarze Kniehosen, die in grauen Lederstiefeln steckten, ein besticktes weißes Baumwollhemd und dazu einen streng geschnittenen schwarzen Gehrock. Jeder Zoll ein Diener des Imperiums, dachte er. Trotz seiner vierundfünfzig Jahre hatte er versucht, sich in Form zu halten und war drahtig und schlank.

Nach Teugenheims Abreise Anfang der Woche hatte Kaspar die Gemächer seines Amtsvorgängers bezogen und sie auf eigene Kosten neu ausgestattet. Das war nicht gerade der Lebensstil, an den er gewöhnt war, aber einstweilen würde es ausreichen.

Seit er vor zwei Stunden durchgefroren von der Stadtmauer zurückgekehrt war, hatte er gebadet, wobei er eine kislevitische Kräuterseife mit einem seltsamen, aber nicht unangenehmen Duft benutzt hatte, sich dann rasiert und dabei zweimal mit dem Messer ins Kinn geschnitten. Typisch, dachte Kaspar. An den meisten Tagen konnte er sich morgens im Halbschlaf rasieren und schnitt sich nicht, aber ausgerechnet, wenn ein wichtiger Anlass bevorstand, sah er aus, als hätte er seine Haut mit einer rostigen Axtklinge bearbeitet.

An der Tür klopfte es, und ehe er reagieren konnte, trat Stefan in den Raum, ein buntes Stoffbündel über seinen gesunden Arm drapiert. Der andere, linke, endete am Gelenk, denn ein Jahrzehnt zuvor hatte die Axtklinge eines Tiermenschen ihm die Hand abgetrennt.

»Was meinst du?«, fragte Kaspar.

»O nein, nein, nein!«, entgegnete Stefan, musterte Kaspars Aufmachung spöttisch und verdrehte die Augen. »Du gehst nicht zu einem Begräbnis, verdammter Trottel, du sollst einer Königin vorgestellt werden.«

»Was stimmt denn nicht an meinen Sachen?«, verlangte Kaspar zu wissen, hob die Arme und betrachtete sich noch einmal im Spiegel.

»Du siehst wie ein Schulmeister aus«, meinte Stefan und ließ das Stoffbündel auf einen Stuhl am Fenster fallen.

»Wir sind hier in Kislev«, fuhr Stefan fort. »Diese Leute sind schon verdrießlich genug, ohne die ganze Zeit in Schwarz herumzulaufen. Königliche Einladungen sind ein Vorwand für die Kisleviten, um sich wie die Pfauen aufzuputzen und in ihrem besten Sonntagsstaat herumzustolzieren.«

Wie um Stefans Worten Nachdruck zu verleihen, flog mit einem Knall die Tür auf, und Pavel, dümmlich grinsend und in eine wilde Mischung aus Samt und Seide gekleidet, strebte mit großen Schritten in Kaspars Gemächer.

Er trug ein kobaltblaues Wams, das sich über seinem wabbligen Bauch spannte, und eng anliegende Beinlinge von derselben Farbe, alles mit silbernen Stickereien gemustert und mit glitzernden Steinen abgesetzt, die ins Futter eingenäht waren. Ein hermelinbesetztes Cape hing ihm bis zu den Knien hinab, und seine Stiefel waren aus einem lächerlich unpraktischen weißen Samtstoff gefertigt. Um das ganze Ensemble zu komplettieren, hatte Pavel noch seinen langen grauen Schnurrbart gewachst, so dass er sich in extravaganten Spiralen bis unter sein Kinn kringelte.

Beim Anblick seines Gefährten fiel Kaspar die Kinnlade herunter, aber Stefan nickte beifällig.

»Schon besser«, erklärte er. »So zieht man sich in Kislev für den Hof an.«

»Bitte sag mir, dass du Witze machst«, knurrte Kaspar. »Er sieht eher wie ein verdammter Hofnarr aus.«

Pavels fröhliche Miene verflog, und er verschränkte die Arme. »Besser ein Hofnarr als ein Priester des Morr, Imperiumsmann! Ich werde der schönste Mann heute Abend sein. Die Frauen werden weinen, wenn sie Pavel sehen!«

»Daran hege ich nicht den geringsten Zweifel«, versetzte Kaspar trocken.

Pavel, dem Kaspars ironischer Ton völlig entgangen war, strahlte, und die nächsten zwanzig Minuten vergingen mit einer hitzigen Debatte, in deren Verlauf Stefan und Pavel den Botschafter zu einer farbigeren Kleiderwahl zu überreden versuchten. Schließlich schlossen sie einen Kompromiss, und Kaspar schlüpfte in smaragdgrüne Kniehosen sowie, als Zugeständnis an seine kislevitischen Gastgeber, eine kurze scharlachrote Husarenjacke, die mit goldenen Tressen geschmückt und mit einem Zobelrand verbrämt war. Das knappe Cape hing ihm lose um die Schultern und kam Kaspar äußerst unpraktisch vor. Es war zu klein, um Wärme zu schenken, und gerade hinderlich genug, um beim Gehen im Weg zu sein. Typisch für die kislevitische Aristokratie, ein Kleidungsstück zu erfinden, das nicht den geringsten praktischen Zweck erfüllte, dachte er.

Endlich stiegen Kaspar und Pavel zum Haupteingang der Botschaft hinunter, wo Kurt Bremen, dessen Rüstung wie poliertes Silber glänzte, sie erwartete. Der Ritter war ohne seinen Schwertgürtel erschienen, und Kaspar sah, wie sehr es ihn wurmte, unbewaffnet zu gehen. Als er sie kommen hörte, blickte Bremen auf, und Kaspar bemerkte, wie er angesichts ihres seltsamen Aufzugs offensichtlich mit großer Mühe ein Grinsen unterdrückte.

»Kein Wort«, warnte ihn Kaspar, und Bremen öffnete die dicke Holztür.

Als sie in die kalte kislevitische Nacht hinaustraten, war der Himmel düster. Noch war es früher Abend, aber die Dunkelheit war wie im Norden üblich rasch hereingebrochen, und die Kälte drang Kaspar bis auf die Knochen.

»Bei Sigmar, diese Kleider halten keinen Funken Wärme.« Murrend stampfte er auf dem Pflaster auf, um sich zu wärmen, und ging die Treppe zum Portal der Botschaft hinunter, wo sie eine lackierte, offene Kutsche erwartete. Auf dem winzigen Kutschersitz hockte ein hünenhafter Fahrer mit langem Bart, der sich in einen gewaltigen Mantel gehüllt hatte und eine eckige rote Samtkappe trug. Er kletterte herab, öffnete die Tür und grüßte, als Kaspar, Pavel und Bremen einstiegen. Dann kehrte er auf seinen Kutschbock zurück, ließ die Peitsche knallen und steuerte die Kutsche geschickt zurück zum Gerojev-Platz.

III

Der Kutscher hielt die fadendünnen Zügel fest in den Händen und lenkte die trabenden Pferde mit geübter Leichtigkeit, und Kaspar musste zugeben, dass die Kutsche tatsächlich eine angenehme Art der Fortbewegung war. Das aus wenigen Lederstreifen gefertigte Geschirr war kaum zu erkennen und verlieh dem Hengst, der scheinbar vollkommen frei vor der Wagendeichsel herlief, eine wunderbare Eleganz. Wäre Madeline noch am Leben gewesen, hätte sie es bestimmt genossen, auf diese Weise zu reisen, und einen nostalgischen Moment lang stellte er sich vor, sie säße an diesem Abend an seiner Seite.

Rasch überquerte die Kutsche die Platzmitte und fuhr dann langsamer, als die Straße steiler anstieg. Der Wagen trug sie rasch den Urskoy-Prospekt entlang, die große Triumphstraße, deren Namen von dem Kloster rührte, das an ihrem Ausgangspunkt stand, dem Reliquienschrein des heiligen Alexei Urskoy. Der gewaltige Steinbau war ein Heiligtum, das den Helden von Kislev geweiht war, und die Ruhestätte des Vaters der Eiskönigin, Tzar Radij Bokha.

Auf der Durchgangsstraße herrschte reges Treiben, und an den Straßenrändern boten sich einfachere Gefährte als Mietdroschken an. Sie wurden von stämmigen Ponys gezogen und von grob gekleideten Bauern gelenkt, die aus der umgebenden Steppe in die Stadt geströmt waren, um den anrückenden Horden der Nordmänner zu entkommen.

Jetzt wurde der Grund ebener, und vor ihnen, auf dem Gipfel des *Gora Gerojev*, erhob sich der Palast der Eiskönigin. Während der letzten Woche hatte Kaspar den Palast mehrmals zu Gesicht bekommen und war von seiner Majestät überwältigt gewesen, aber nun, am Abend, wurde er von unten durch gewaltige Lampions aus Cathay erleuchtet, und seine Pracht war atemberaubend.

»Wunderschön«, flüsterte Kaspar, als der Fahrer die Kutsche geschickt durch die schmiedeeisernen Tore des Palastgeländes steuerte. Ihr Weg wurde von Reihen gepanzerter Ritter gesäumt, deren Helme in Form knurrender Bären getrieben waren. Je näher sie kamen, umso mehr fiel die gewaltige Größe des königlichen Palasts ins Auge, dessen beeindruckende Verteidigungsanlagen sogar den Stadtmauern in nichts nachstanden.

Dutzende von Schlitten und Wagen rückten vor ihnen in einer Schlange voran, entließen ihre in Pelze gehüllten Passagiere und machten dann rasch Platz für die folgenden Fahrzeuge. Ritter auf weißen Pferden standen regungslos am Eingang und sahen zu, wie die leeren Wagen durch das Tor glitten und auf dem Platz eine Reihe bildeten. Die Kutscher versammelten sich um gewaltige Feuer, die man zu diesem Zweck in Kohlebecken angezündet hatte.

Ihr Fahrer kletterte wieder von seinem Kutschbock und öffnete schweigend die Wagentür. Ganz versunken in die Bewunderung für das Genie des Palastarchitekten, stiegen Kaspar und Bremen aus. Pavel drückte dem Fahrer ein paar Messingkopeken in die ausgestreckte Hand, stellte sich neben die beiden Männer aus dem Imperium und folgte ihren Blicken, mit denen sie das mit komplizierten Steinmetzarbeiten geschmückte Säulenportal des Winterpalasts in sich aufnahmen.

»Ihr schaut beide, als hättet ihr noch nie einen Palast gesehen. Lasst uns hineingehen, bevor uns jemand für ungehobelte Bauern hält«, meinte Pavel und ging auf den Palast zu.

Kaspar und Bremen beeilten sich, mit ihm Schritt zu halten. Als sie näher kamen, schwangen die hölzernen Türflügel auf, und sie traten in den Palast der Tzarin von Kislev. Kaum befanden sie sich im Inneren des mit Marmor ausgelegten Vestibüls, als die Türen sich wieder hinter ihnen schlossen.

Eine Menschenmenge drängte sich in der Eingangshalle, die erfüllt war vom fröhlichen Gezwitscher junger Frauen und derbem Männergelächter.

Die große Mehrheit der Männer waren Soldaten; junge schnauzbärtige Offiziere aller Truppenteile, deren ausgezehrte Gesichter ein düsteres Zeugnis von den heftigen Kämpfen ablegten, die im Norden gegen die Horden kurganischer Krieger ausgefochten wurden. Sie trugen leuchtend bunte Waffenröcke und mit Pelz abgesetzte Husarenjacken, ihre Rüstungen waren offensichtlich in aller Eile geflickt worden, und alle trugen gefiederte Helme, die von einem silbernen Bären mit ausgestreckten Tatzen gekrönt wurden. Hier und da waren die Befehlshaber von Speerkämpfer- und Bogenschützenregimentern mit ihren roten Brustpanzern und grünen Waffenröcken zu sehen, außerdem Musketenschützen, die in ihre langen Röcke gehüllt und über und über mit silbernen Patronenbüchsen behängt waren.

Leise huschten die in lange, eisblaue Mäntel gekleideten livrierten Pagen und Ehrenjungfern der Tzarin in der Menge umher. Sie nahmen den Gästen ihre schweren Pelzumhänge ab und reichten Silbertabletts herum, die mit Gläsern funkelnden bretonischen Weins beladen waren. Pavel winkte einem der Dienstboten mit den Tabletts und holte ihnen drei Gläser.

Kaspar nahm eines davon entgegen, nippte an dem Wein und genoss die belebende Frische des Getränks.

»Das Ganze kommt mir vor wie etwas aus einem Märchen«, meinte Kaspar staunend.

»Dies hier?«, gab Pavel mit einem wegwerfenden Grinsen zurück. »Das ist noch gar nichts. Warte, bis du die Galerie der Helden siehst, mein Freund.«

Kaspar lächelte und stellte fest, dass er trotz seiner Vorbehalte von der überschäumenden Stimmung mitgerissen wurde, die offensichtlich die versammelten Gäste der Tzarin erfüllte. Langsam trieb die Menge auf eine anmutig geschwungene Marmortreppe zu.

Die ganze Prozession stieg die lange, mit Blumengirlanden geschmückte Treppe empor. Spitzenbesetzte Schleppen glitten an den Porphyrsäulen vorbei, Edelsteine und Diamanten glitzerten im Licht sich sanft drehender Laternen mit seidenen Schirmen. Uniformen in allen Farben bewegten sich durch das Vestibül, und laut klickten Säbel und Sporen über den Boden. Zwischen Spalieren kislevitischer Ritter, die man unter den attraktivsten Männern der Palastgarde ausgewählt hatte – herrlichen Riesen, die in ihren polierten Bronzerüstungen regungslos dastanden –, schritten die Gäste nach oben.

Ein überlebensgroßes Porträt des Vaters der Tzarin, der auf dem Rücken eines monströsen Bären mit weißem Fell ritt, beherrschte die Wand am oberen Ende der Treppe, und darunter entdeckte Kaspar die elegant gekleidete Gestalt von Pjotr Losov. Er trug eine lange, scharlachrote Robe, die mit gelben Lederquasten geschmückt und mit silbernen Troddeln behängt war. Der Ratgeber der Tzarin entdeckte ihn und hob die Hand zum Gruß.

»Bei dem da sei vorsichtig«, warnte Pavel, als sie die oberste Treppenstufe erreichten. »Er ist eine Schlange, und man darf ihm nicht trauen.«

Bevor Kaspar weiteren Aufschluss von ihm verlangen konnte, kam Losov auf sie zu und schüttelte Kaspar die Hand. »Willkommen im Winterpalast, Exzellenz«, sagte er lächelnd. »Es ist schön, Euch wiederzusehen.«

»Ich fühle mich geehrt über die Einladung, Losov. Der Palast ist prachtvoll; dergleichen habe ich noch nie zuvor gesehen. Wahrhaftig ein Wunderwerk.«

Losov nickte und nahm das Kompliment gnädig entgegen. »Erlaubt mir, Euch meine Begleiter vorzustellen. Dies ist der Hauptmann meiner Wachen, Kurt Bremen von den Pantherrittern.«

»Ist mir eine Ehre, edler Ritter«, antwortete Losov. Bremen verbeugte sich knapp und schlug die Hacken zusammen.

»Und dies«, erklärte Kaspar, »ist Pavel Korowitsch, der kislevitische Adjutant beim imperialen Botschafter.

Pavel und ich haben vor vielen Jahren gemeinsam in den Streitkräften des Imperators gedient. Er ist ein alter und treuer Freund von mir.«

Losov machte sich kaum die Mühe, seine Geringschätzung zu verbergen, und neigte kurz den Kopf in Pavels Richtung. »Wenn Ihr gestattet«, fuhr er dann fort, »möchte ich Euch gern in die Galerie der Helden begleiten. Heute Abend halten sich dort viele Menschen auf, von denen ich denke, dass Ihre Bekanntschaft von großem Vorteil für Euch wäre, Botschafter, wenn Ihr von Eurer Amtszeit hier profitieren wollt.«

»Die Zeit, die ich hier verbringe, ist in jedem Fall sinnvoll eingesetzt, solange bei Hofe die Ansichten des Imperators zum Ausdruck gebracht werden«, erwiderte Kaspar.

»Ganz meiner Meinung, Botschafter.«

Weitere Dienstboten in blauer Livree hielten die weißen Türen unter dem gewaltigen Porträt auf, und Losov eskortierte sie in die Galerie der Helden. Einmal mehr stand Kaspar sprachlos angesichts der Pracht, die sich vor ihm auftat.

IV

Die Galerie der Helden bildete ein Segment eines in drei Teile aufgeteilten Saals, von dem Kaspar zunächst annahm, er sei aus Glas errichtet, bis er erkannte, dass er in Wahrheit aus massivem Eis bestand. Dieser erste Teil der Galerie bildete den Südflügel des Palasts, der von den funkelnden Lichtreflexen Hunderter Silberkandelaber in gleißendes Licht getaucht wurde. Auf einer Seite führten ein einziger riesiger Torbogen und eine Arkade von Eissäulen in einen weitläufigen, halbkreisförmigen Raum, in dem die Tische für das Bankett gedeckt waren.

Auf der gegenüberliegenden Seite gelangte man durch eine Reihe kleiner Torbögen in einen weiteren, gleichermaßen beeindruckenden Saal, in dem applaudierende Zuschauer eine Gruppe barbrüstiger Krieger beobachteten, die sich mit langen Krummsäbeln einen Schaukampf lieferten.

Kaspar blieb stehen, um zuzusehen. Gegen seinen Willen faszinierte ihn der groteske Anblick der Krieger, die sich über ihren kräftigen Brust- und Bauchmuskeln Klingen unter der Haut durchgezogen hatten. Auf ihren rasierten Schädeln prangten Haarknoten mit lang herabhängenden Strähnen, und um die schmale Taille hatten sie azurblaue Schärpen geschlungen. Im Zentrum eines Kreises von Kämpfern tänzelte ein gut aussehender Krieger mit langem, gewachstem Schnurrbart und geöltem Haarknoten leicht auf den Fußballen. Er besaß den geschmeidigen Körper eines Tänzers und die schmalen Hüften und mächtigen Schultern eines Schwertkämpfers. Bewaffnet war er mit zwei exquisiten Klingen und trug dazu lose sitzende scharlachrote Kavalleriehosen. Sein Körper war frisch geölt, und seine perfekt ausgebildeten Muskeln schimmerten im Licht der Fackeln.

Vier ebenso gewandete Krieger umstanden den Mann. Sie verneigten sich vor ihm und hoben dann ihre

Schwerter. Kaspar sah mit erfahrenem Blick, wie der einzelne Mann sich kampfbereit in die Hocke fallen ließ. Er richtete eines seiner Schwerter auf den am nächsten stehenden Gegner und schwang das andere über dem Kopf.

»Wer ist dieser Krieger?«, fragte Kaspar, als Pjotr Losov neben ihn trat.

»Das«, antwortete Losov stolz, »ist Sascha Fjodorowitsch Kajetan. Er befehligt eine der ruhmreichsten Schwadronen der Greifenlegion der Tzarin. Seine Familie besitzt Güter am Oberlauf des Tobolflusses, und viele sagen, dass er innerhalb eines Jahres die Legion kommandieren wird.«

Kaspar nickte angemessen beeindruckt, während die vier Schwertkämpfer Kajetan einkreisten.

»Das scheint mir nicht besonders fair zu sein.«

»Ich weiß«, pflichtete Losov ihm bei, »aber Kajetan ist ein *Drojaska*, ein Schwertmeister. Wenn er mehr Gegner zuließe, dann sähe das so aus, als wolle er prahlen.«

Kaspar warf Losov einen fragenden Blick zu und wandte seine Aufmerksamkeit dann wieder dem Kampf zu. Dafür, dass er vier bewaffneten Gegnern gegenüberstand, verriet Kajetans kühle Miene wenig Besorgnis, und Kaspar vermochte nicht zu entscheiden, ob er Arroganz oder Mut vor sich sah.

Der Kampf begann und war so rasch vorüber, dass Kaspar kaum glauben konnte, was er eben gesehen hatte. Als der erste Gegner sich auf ihn warf, schnellte Kajetan hoch und sauste durch die Luft. Er landete zwischen zwei Schwertkämpfern und schlug beiden mit einem Schwertknauf vor die Stirn. Noch während sie fielen, war er wieder in Bewegung, sprang zur Seite, um dem Schwerthieb eines weiteren Gegners auszuweichen, und rollte sich unter einem hoch angesetzten Schlag weg, von dem Kaspar schon dachte, er würde ihn köpfen. Er kam auf die Knie, holte mit einem ausgestreckten Bein aus und trat einem weiteren Schwertkämpfer die Beine weg. Krachend stieß er seinen Ellbogen in den Hals des am Boden liegenden Mannes, bog dann den Rücken durch und riss beide Schwerter über den Kopf, um einen Abwärtsschlag abzuwehren. Er vollführte einen Rückwärtssalto, wobei er seinem letzten Gegner einen kräftigen Tritt vor das Kinn versetzte, wirbelte durch die Luft und landete mit elegant vor dem Körper gekreuzten Schwertern.

Begeisterter Applaus brandete im Saal auf, und Kaspar fiel ein. Er war verblüfft über das unglaubliche Geschick des Kriegers, dessen Gegner sich jetzt benommen aufrappelten, während der Beifall immer lauter wurde.

»Wo im Namen aller Götter hat dieser Mann zu kämpfen gelernt?«, fragte er.

»Soweit ich weiß, ist er bei einem Kriegerorden im Fernen Osten unterwiesen worden«, antwortete Losov vage. »Auf einer der cathayischen Inseln, glaube ich.«

Kaspar nickte, immer noch voller Ehrfurcht über Kajetans atemberaubende Darbietung, und ließ sich vom Schauplatz des Wettkampfs zurück in die Hauptgalerie führen. Die hohe Kuppeldecke wurde von einem gewaltigen Mosaik eingenommen, das die Krönung Igors des Schrecklichen darstellte und in dessen Mitte ein riesenhafter Kronleuchter aus der Zeit von Tzar Alexis hing. Massive Säulen aus sepiafarbenem Eis, durchzogen von feinen Goldfäden und gekrönt von reich verzierten Kapitellen, trugen die Decke. Die Wände waren glatt und durchscheinend, und überall auf dem kalten Boden lagen zahlreiche Teppiche aus Bretonia, Estalia und Tilea.

Kaspar war überwältigt; er hatte vor vielen Jahren, als er den Kommandostab eines Generals erhalten hatte, den imperialen Palast in Altdorf besucht, aber dessen Glanz verblasste vor diesem Luxus.

Er sah, dass Bremen ihre Umgebung ebenso respektvoll betrachtete. Pavel allerdings sprach einen weiteren Diener an und füllte ihre leeren Gläser auf. Losov führte Kaspar in den Saal und wies ihn auf besonders beeindruckende Gemälde und die Ausstattung des Raumes hin.

»Der Name der Galerie der Helden rührt daher, dass hier eine Sammlung von Gemälden der kislevitischen Tzaren hängt. Sie stellt eine lebendige Geschichte der alten Herrscher von Kislev dar, mit Porträts der Tzaren Alexis, Radij Bokha, Alexander, dessen Kindern und natürlich der Khanköniginnen Miska und Anastasia.«

Kaspar nickte zu Losovs Worten, ganz versunken in das Staunen über seine Umgebung.

Losov fuhr in seinen Erklärungen fort. »Das Mobiliar stammt größtenteils aus Bretonia; darunter befinden sich etliche Stücke von Eugene Fosse, die im Jahr 2071 aus Bordelaux in den Winterpalast gelangt sind.«

Losov begann über die Porträts der Khanköniginnen zu sprechen, doch Kaspar stellte fest, dass sein Blick und seine Aufmerksamkeit zu einer in ein elfenbeinfarbenes Gewand gekleideten Frau mit rabenschwarzem Haar abschweiften, die sich im Hintergrund der Gästemenge bewegte. Während er tat, als lausche er Losov, versuchte er, ihr Gesicht richtig zu erkennen, aber zu seiner Enttäuschung entzog es sich ihm immer wieder. Als er einen Blick auf ihr schelmisches Lächeln erhaschte, regte sich in ihm eine ferne Erinnerung, die er jedoch nicht fassen konnte.

Kaspar bemerkte, dass Losov weitergegangen war, und wollte ihm folgen. Dabei prallte er mit einem anderen Gast zusammen und kippte dem Mann seinen Wein über den pelzbesetzten Husarenrock.

»Bitte vielmals um Entschuldigung, werter Herr«, sagte Kaspar entsetzt. »Das war einzig und allein mein Fehler...«

Der andere überschüttete ihn mit einem unverständlichen Wortschwall auf Kislevitisch, und obwohl Kaspars Sprachkenntnisse nur rudimentär waren, war ihm klar, dass er mit fürchterlichen Beleidigungen belegt wurde. Der Mann war breit und kräftig gebaut, und seine dicken Pelze und seine Rüstung waren offensichtlich teuer gewesen. Er trug einen mit Gold abgesetzten Spitzhelm, der ihn als Bojaren kennzeichnete, einen Angehörigen des kislevitischen Adels, und sein gerötetes, bärtiges Gesicht erzählte von einem harten, größtenteils im Freien verbrachten Leben. Der Zusammenstoß hatte ihn beinahe zu Fall gebracht, und Kaspar sah, dass der Bojar sturzbetrunken war. Seine trüben Augen blickten böse und feindselig drein.

»Du Imperiumsmann?«, fragte der Mann mit dickem Akzent auf Reikspiel.

»Ja, das bin ich«, antwortete Kaspar. »Ich bin ...«

»Imperiumsschweine«, lallte der Mann. »Seid nur sicher durch kislevitisches Blut. Ohne uns wärt ihr tot, ihr und euer Land. Kislevs Söhne sterben, um euer Land zu beschützen, und nur wenn das Imperium brennt, kommt ihr, um zu kämpfen.«

Der betrunkene Bojar stieß mit seinem Wurstfinger gegen Kaspars Brust, und dieser beherrschte sich mühsam. »Was willst du hier, eh? Sollen Kislevs Krieger für dich kämpfen? Ha! Behandelt uns wie Hunde, und dann wollt ihr, dass wir für euch sterben?«

»Das ist nicht ...«

»Schande über dich, Imperiumsmann. Ich hoffe, dein Land brennt in der Hölle«, knurrte der Bojar, und Kaspar ballte die Fäuste und spürte, dass er sich kaum noch zügeln konnte. Er packte den Bojaren am Kragen und zog sein Gesicht zu sich herunter.

»Jetzt hör mal zu, du Stück ...«

»Na, na, Alexei Kovowitsch«, warf Pjotr Losov, der wieder neben Kaspar aufgetaucht war, aalglatt ein und trennte die beiden Männer. »Das muss doch nicht sein. Botschafter von Velten soll heute Abend der Tzarin vorgestellt werden, und Ihr wollt ihn doch bestimmt nicht vorher grün und blau schlagen, oder?«

Alexei Kovowitsch funkelte Losov an, dann spie er vor Kaspar auf den Boden, wandte sich ab und wankte in den Nebenraum, wo die Schaukämpfe stattfanden. Im ganzen Saal hatten die Gäste die Hälse gereckt, um die Auseinandersetzung zu beobachten, und Kaspar spürte, wie er rot anlief.

»Meine Entschuldigung, Botschafter«, sagte Losov. »Bojar Kovowitsch kann ein wenig grob werden, wenn er gebechert hat, obwohl er ein großer Krieger ist, wenn es ihm gelingt, nüchtern zu bleiben. Eine Unsitte, die unter unseren Aristokraten leider sehr verbreitet ist, wie ich gestehen muss.«

»Schon gut«, sagte Kaspar. Er schämte sich, die Beherrschung verloren zu haben. Was für einen Eindruck würde das auf die Kisleviten machen? Nur langsam ließ seine Anspannung nach, als Losov ihn in eine Menschenschlange schob, die sich bis zu einer Doppeltür aus getriebenem Gold am anderen Ende des Saals erstreckte. Anscheinend war er nicht der Einzige, der heute Abend der Tzarin vorgestellt werden sollte, und nach seinem Platz in der Schlange zu urteilen, nicht einmal der Bedeutendste.

Eine reich verzierte Uhr über der Tür begann zu schlagen, und beim neunten Schlag wurden die Türflügel der dahinter liegenden Gemächer aufgerissen. Augenblicklich senkte sich Totenstille über die Galerie. »Die Tzarin Katarina die Große, Königin von ganz Kislev!«, verkündete eine Stimme, und er erblickte zum ersten Mal die berüchtigte Eiskönigin in Person.

Die Tzarin war hochgewachsen und majestätisch und besaß die Schönheit einer Statue. Sie trug ein langes, blassblaues Kleid mit einer Spitzenschleppe, an dem Eissplitter glitzerten. Ihr Haar wies die Farbe eines klaren Winterhimmels auf und wurde von einem mit azurblauen Samt bezogenen und mit Perlen besetzten Reif gehalten, von dem ein langer weißer Schleier herabhing.

Zahlreiche Hofschranzen und ihre engsten Familienmitglieder folgten der Eiskönigin. Während sie die Gäste begrüßte, die der Tür zu ihren Gemächern am nächsten standen, beobachtete Kaspar, welche Wirkung ihr Eintreten auf die Mienen der Menschen im Saal ausübte. Jedes Gesicht hatte den gleichen, zwischen Ernst und Lächeln schwankenden Ausdruck angenommen, so als fürchteten alle Anwesenden, den Blick ihrer Königin auf sich zu ziehen und hätten gleichzeitig Angst, es nicht zu versuchen.

Die Tzarin hatte ihn nun fast erreicht, und als die Luft um ihn herum kälter wurde, erinnerte er sich wieder daran, dass die Eiskönigin eine mächtige Zauberin war, die ihre Macht angeblich unmittelbar aus dem eisigen Land Kislev selbst bezog. Er erschauerte, als sein Blick zur Taille der Tzarin glitt, wo sie ein langes Schwert gegürtet hatte. Die Waffe strahlte Wellen eisiger Kälte aus, und Kaspar wusste, dass er die mächtige Kriegsklinge Furchtfrost ansah. Dieses magische Schwert hatte in alten Zeiten die Khankönigin Miska geschmiedet und selbst geführt, als sie ganze Landstriche des Imperiums erobert hatte.

Es war nicht nur höchst ungewöhnlich, dass die Tzarin bei einem solchen Anlass bewaffnet auftrat, sondern Kaspar begriff auch, dass es eine kalkulierte Beleidigung an seine Adresse war, eine Klinge zu tragen, die in der Vergangenheit so viele Edelleute aus dem Imperium getötet hatte.

Endlich erreichte die Tzarin Kaspar, und als er sich tief vor ihr verneigte, spürte er, wie die Kälte, die ihre Nähe ausstrahlte, ihm bis tief in die Knochen drang. Die Eiskönigin hielt ihm den Handrücken entgegen, und Kaspar hob sie an den Mund und hauchte einen Kuss darauf. Seine Lippen brannten vor Kälte, als hätte er einen Eisblock geküsst. Er richtete sich auf und erwiderte den Blick der Eiskönigin, die den Spitzenschleier von ihrem Gesicht zurückschlug. Ihre Haut war blass und durchscheinend, und ein spöttisches Lächeln umspielte ihre Lippen. Ihre Augen wirkten wie kalter Saphir.
»Botschafter von Velten. Wir freuen uns, dass Ihr kommen konntet. Ich hoffe, wir haben Euch mit der Einladung zu unserer kleinen Abendgesellschaft nicht irgendwelchen dringenden Angelegenheiten entrissen.«
»Ganz und gar nicht, Majestät. Ich hätte mir dies hier um nichts in der Welt entgehen lassen.«
»Recht so«, meinte die Tzarin beifällig, und ihr Blick streifte verschwommen zu den anderen Gästen in der Schlange.
»Mein Kompliment zu Eurem Palast, er ist wirklich ein Wunderwerk.«
»Danke für Eure freundlichen Worte, Exzellenz. Ich freue mich natürlich immer, in den Vertretern des Imperiums in Kislev unseren Cousin willkommen zu heißen, der zur Zeit in Euren Landen weilt. Und ich hoffe, dass Euch mehr Erfolg beschieden ist als Eurem Vorgänger.«
»Ich strebe einzig danach zu dienen, Majestät.«
»Eine sehr schöne Philosophie, Botschafter von Vel-

ten«, versetzte die Tzarin spielerisch, bevor sie zum nächsten Gast weiterschritt, und Kaspar spürte, wie die Kälte mit ihr weiterzog.

V

Als unter höflichem Applaus die ersten Akkorde einer Marschmelodie erklangen, schritt die Tzarin gemeinsam mit ihrem gegenwärtigen Favoriten in die Mitte des langen Saals. Man hatte die edlen Teppiche aus fernen Landen weggenommen, so dass der polierte Boden nun als Tanzfläche dienen konnte. Weitere Paare schlossen sich der Eiskönigin an, und Kaspar erhaschte einen Blick auf Pavel, der einer grauhaarigen Dame die Hand bot. Sie war alt genug, um seine Großmutter zu sein, und lächelte nachsichtig darüber, wie er einherstolzierte, als wäre er selbst ein Tzar. Kaspar lachte, als er sah, wie ein junges Mädchen, das nicht mehr als sechzehn Sommer zählen konnte, Kurt Bremens Hand ergriff und ihn mit sanfter Gewalt auf die Tanzfläche zog. Die Menge klatschte im Takt zu den Schritten der Tzarin, und Kaspar fiel ein. Doch das Lächeln gefror auf seinem Gesicht, als eine zarte Hand sich in seine schob und ihn vom Tanzboden fortzog.

Er öffnete den Mund, um zu protestieren, und klappte ihn dann ebenso rasch wieder zu, denn er hatte die dunkelhaarige Frau erkannt, nach der er zuvor Ausschau gehalten hatte. Kaspar schätzte, dass sie Mitte dreißig sein musste, und als sie ihm zulächelte, traf ihre wilde Schönheit ihn wie ein Kometeneinschlag. Pechschwarzes Haar quoll unter einem Reif aus edelsteinbesetzter Seide hervor, umspielte ihre Schultern wie irisierendes Öl und bildete einen perfekten Rahmen für ihre vollen Lippen und jadegrünen Augen. Ihr elfenbeinfarbenes Kleid war so knapp geschnitten, dass es gerade eben noch schicklich war, und ihren tiefen Ausschnitt zierte ein goldenes Amulett.

Der Anhänger zog Kaspars Blick auf sich. Er hatte die Form einer Krone, die ein Herz einschließt, und er erkannte das Wappen von der Kutsche, die kurz nach seiner Ankunft an den Toren von Kislev an ihm vorübergefahren war. Die Erinnerung, die sich ihm zuvor entzogen hatte, trat jetzt an die Oberfläche, und er erinnerte sich daran, wie ihr Gesicht auf dem Goromadny-Prospekt an ihm vorübergeglitten war. Dann spürte er ihren Blick und errötete, als ihm klar wurde, dass die Fremde glauben musste, er starre ihr auf den Busen.

Sie lachte schelmisch, und als sie eine Reihe von Bogengängen in der östlichen Wand der Galerie passierten, wies sie mit einer Kopfbewegung auf eine angrenzende Galerie.

Kaspar nickte, sah sich um und vergewisserte sich rasch, dass Bremen und Pavel noch beschäftigt waren. Dann folgte er der Frau in den benachbarten Saal.

Er war kleiner als die Galerie der Helden, aber dennoch eindrucksvoll. Zu Kaspars Linken führte eine breite Treppe hinab zu offen stehenden Türflügeln, hinter denen ein schimmernder Garten voller weißer Bäume und Eisskulpturen lag. Ein riesiges Gemälde, das die letzte Schlacht im Großen Krieg gegen das Chaos vor den Toren von Kislev darstellte, beherrschte den Saal. Hand in Hand traten Kaspar und die Frau vor das Bild.

Sie betrachtete das Gemälde, als sei sie ganz hingerissen davon, und er folgte ihrem Blick. Immer noch hielt sie seine Hand. Das Bild hatte gewaltige Ausmaße, und er war von der leidenschaftlichen Darstellung beeindruckt, wenngleich nicht von der Voreingenommenheit, die es zum Ausdruck brachte.

Auf der Leinwand stand die Stadt Kislev in Flammen. Ihre edlen Krieger waren mit kühnem Schwung und in nobler Haltung dargestellt. Die Zwerge und die Krieger des Imperiums, die ebenfalls gekämpft hatten, um die Mächte des Chaos zu besiegen, waren dagegen mit verhalteneren Pinselstrichen abgebildet, und ihre Gesichter lagen im Schatten. Er musste suchen, bis er wenigstens Magnus den Frommen entdeckte, den Helden des Imperiums, der die vereinten Heere zum Endsieg geführt hatte. Ein klassischer Fall von Geschichtsklitterung in der Kunst, dachte er.

Über die Schulter warf er einen raschen Blick in die Galerie der Helden, wo der Ball jetzt in vollem Gange war. Er erkannte die ersten Takte einer Mazurka, eines mitreißenden Militärtanzes aus Kislev, und lächelte, als er sah, wie ein junger Krieger aus der Greifenlegion dazu mit seinem sporenbesetzten Stiefel wippte. Der Mann zog eine rothaarige Frau in die Arme, stürzte mit ihr voran und sprang mit langen Schritten durch den Raum. Er wirbelte das lachende Mädchen herum und fiel dann vor ihr auf die Knie. Kaspars Herz schlug schneller, als er sich daran erinnerte, wie er in Nuln mit Madeline die Mazurka getanzt hatte. Sie war ein Tanz aus der guten alten Zeit, als es noch Kavaliere gegeben hatte, und voller Anspielungen auf leidenschaftliche, romantische Liebe.

Er spürte, wie der Blick der Frau auf ihm ruhte, und wandte sich von der wogenden Menge der Tanzenden ab. Dann hob er ihre Hand und drückte einen Kuss auf die warme Haut.

»Ihr seid wahrhaftig galant, Kaspar von Velten.«

»Im Angesicht der Schönheit ziemt es sich, galant zu sein, edle Dame«, gab Kaspar zurück, ließ ihre Hand jedoch nicht los.

»Wenn doch nur alle Männer dächten wie Ihr«, meinte die Frau lächelnd. »Doch leider ist dies nicht immer der Fall.«

»Traurig, aber wahr, meine Dame«, pflichtete Kaspar ihr bei. Er hätte sich gern nach ihrem Namen erkundigt oder gefragt, woher sie seinen kannte, aber er hatte das Gefühl, damit würde er den Zauber brechen, der in diesem Moment über ihnen zu liegen schien.

»Ich bin Anastasia Vilkova«, erklärte sie und erlöste ihn damit aus seiner Zwangslage.

»Wie die Khankönigin«, flüsterte Kaspar und verfluchte sich innerlich für seine Unbeholfenheit. Er war angeblich ein Diplomat; doch jetzt fehlten ihm die Worte, und er sprudelte den ersten Gedanken hervor, der ihm in den Sinn kam.

Anastasia lachte. »Ja, ich bin nach ihr benannt. Aber ich kann Euch beruhigen, ich habe nicht die Absicht,

Euch den Kopf abzuschlagen und ihn auf meinen Streitwagen zu spießen.«

»Nun, das ist eine Erleichterung«, antwortete Kaspar, der seine Fassung zumindest teilweise wiedergewonnen hatte.

»Man sagt zwar, ich neige ein wenig zur Boshaftigkeit, aber ich glaube, das wäre nun doch übertrieben.«

»Eingedenk meiner Stellung hier in Kislev wäre es zumindest politisch unklug«, stimmte Kaspar ihr zu.

Anastasias Blick huschte über seine Schulter. Kaspar wandte sich um und sah, dass der Mann, der vorhin eine so beeindruckende Probe seiner Künste als Schwertkämpfer abgegeben hatte, sich mit dem selbstbewussten Schritt eines geborenen Kriegers näherte. Er trug einen bestickten grünen Kasack, eine scharlachrote Schärpe schlang sich kreuzweise über seine Brust, und seine beiden Klingen steckten in ledernen Schwertscheiden auf seinem Rücken. Sein Haarknoten war frisch geölt, und die Strähnen wanden sich um seinen Hals wie eine schimmernde Schlange. In den violetten Augen stand der kalte, stählerne Blick eines Kriegers, der in die Schlacht zieht, und Kaspar musste dem Drang widerstehen, einen Schritt zurückzuweichen.

Der Mann ignorierte Kaspar, verbeugte sich schroff vor Anastasia und sagte etwas in der stark akzentuierten Sprache von Kislev zu ihr. Anastasia verzog ärgerlich das Gesicht. Ungeduldig schüttelte sie den Kopf und warf einen wachsamen Blick in Kaspars Richtung.

»Kaspar, kennt Ihr Sascha Kajetan schon?«, fragte sie.

»Noch nicht«, antwortete Kaspar, wandte sich an

Kajetan und bot ihm seine Hand. »Ist mir ein Vergnügen, mein Herr.«

»Was habt Ihr hier zu schaffen?«, verlangte Kajetan zu wissen und ignorierte Kaspars ausgestreckte Hand. »Warum redet Ihr auf diese Weise mit Anastasia?«

»Wie bitte?«, gab Kaspar verblüfft zurück. »Ich kann Euch nicht ganz folgen ...«

»Also, ich habe genau verstanden!«, fauchte der Schwertkämpfer. »Glaubt Ihr, ich begreife nicht, was Ihr vorhabt? Anastasia gehört mir, nicht Euch.«

»Ach, nun beruhige dich schon«, protestierte Anastasia, »das ist wohl kaum ein Gespräch, das wir hier führen sollten.«

»Willst du etwa abstreiten, dass er dir vor einer Minute noch die Hand geküsst hat?«

»So, wie es sich für einen Kavalier gehört«, erklärte Anastasia hochmütig, doch Kaspar nahm einen aufgeregten Unterton in ihrer Stimme wahr und erkannte, dass sie es genoss, wenn zwei Männer sich ihretwegen stritten.

Er sah, wie Kajetans Nacken rot anlief. Diesen Mann brachte man besser nicht gegen sich auf. »Ich versichere Euch, Kajetan, dass meine Absichten vollkommen ehrenhaft waren«, erklärte er daher. »Hätte ich geahnt, dass Ihr und Madame Vilkova ein Paar seid, hätte ich mich nie auf so unpassende Weise benommen.«

Anastasia kicherte. »Sascha und ich sind alte Freunde, kein Paar.«

Kaspar sah, wie eine heftige Regung Kajetans kalte Züge überlief, und fragte sich, ob ihm das auch klar war.

Er hörte, wie die Musik in der großen Halle leiser wurde und dann ganz verstummte. Sein Ärger auf Kajetan wuchs, als der Schwertkämpfer impulsiv Anastasias Arm ergriff.

»Ich hatte die Ehre, vorhin Zeuge Eurer Kampfkünste zu werden«, warf er rasch ein. »Dergleichen habe ich noch nie gesehen.«

»Danke.« Kajetan nickte und war für den Augenblick abgelenkt.

»Wirklich inspirierend«, fuhr Kaspar fort und zupfte eine Fluse von seinem Kragen. »Obwohl es natürlich nicht ganz dasselbe ist, wenn man kein Risiko eingeht und die anderen Kämpfer Kameraden sind.«

Kajetan lief rot an. »Ich würde nur zu gern mit dem Schwert gegen Euch antreten und Euch zeigen, was geschieht, wenn die Kämpfer keine Kameraden sind«, knurrte er.

»Das wird nicht notwendig sein«, versetzte Anastasia rasch und trat zwischen die beiden Männer. Mit dem Rücken zu Kajetan, zog sie ein zusammengefaltetes Stück Papier aus ihrem Dekolleté und drückte es Kaspar heftig in die Hand. Sie beugte sich zu ihm herüber. »Meine Adresse. Kommt mich einmal besuchen«, flüsterte sie. Aus dem großen Saal ließ sich ein allgemeines, entsetztes Raunen vernehmen. Anastasia schob die Hand unter Kajetans Arm und führte ihn davon.

Kaspar nickte und ließ das Papier in die Brusttasche seines Hemds gleiten. Da erblickte er Kurt Bremen, der auf ihn zukam. Seine Miene war finster.

»Was ist geschehen?«, fragte Kaspar. Er sah an dem

Ritter vorbei und erblickte im großen Saal bestürzte Gesichter.

»Wolfenburg ist gefallen«, sagte Bremen.

3. KAPITEL

I

Er beobachtete den Bojaren, der sich an einer Hauswand in der Gasse abstützte. In einem heißen Urinschwall schoss der Kvas, den er heute Abend getrunken hatte, aus seinem Körper. Er sah zu, wie er in seinem Suff schwankte und, als er fertig war, mit einiger Mühe seine Kniehosen zuknöpfte. Der Bojar torkelte davon, und die Gedanken des Zuschauers verdüsterten sich, als er vor seinem inneren Auge erneut das Gesicht der Frau vor sich sah. Nackt wie die Tiere der dunklen Wälder huschte er wie ein Geist die Gasse entlang und folgte dem Bojaren, der im Zickzack durch die dunkle, neblige Stadt zu seinem Quartier stolperte.

Als er den schwankenden Rücken des Bojaren betrachtete, spürte er eine vertraute Bitterkeit in seiner Brust aufsteigen. Sein Vater war es nicht zufrieden gewesen, seine Mutter mit einem Schürhaken halb totzuschlagen, sondern hatte das lange, schwarze Eisen auch gegen den Knaben gewandt, um ihm Gehorsam und Frömmigkeit gleichermaßen einzuprügeln.

Er wimmerte bei der Erinnerung an den Schmerz und die Demütigung; an die Ohnmacht, die ihn bis zu dem

Moment in den Klauen gehalten hatte, als er endlich sein wahres Ich entdeckt hatte. Den Menschenschlächter nannten ihn die Bewohner dieser Stadt in ihrer Unwissenheit, und die Untauglichkeit dieses Namens ließ ihn auflachen.

Der Bojar vernahm das Lachen hinter sich, fuhr herum und torkelte gegen eine Mauer. Der Jäger erstarrte, versuchte mit den Ziegeln des Mauerwerks zu verschmelzen und hielt den Atem an, damit der betrunkene Dummkopf ihn nicht irgendwie sah.

Er wusste, dass das unwahrscheinlich war. Das wenige Licht, das der Mond spendete, reichte gerade eben aus, um den Nebel in einem geisterhaften Weiß glühen zu lassen, und die Fackeln des Palasts waren nur noch eine ferne Erinnerung. Die schlingernden Schritte des Bojaren erklangen jetzt lauter, und er konnte die massige, in Pelze gehüllte Gestalt leicht ausmachen, die sich unsicher durch den dicken Nebel bewegte. Ein vertrautes Wort schob sich mit einem Mal in seine Gedanken.

Gejagt.

Wieder stellte er sich ihr Gesicht vor, grün und blau, blutüberströmt, das eine Auge von den Schlägen zugeschwollen, weinend. Wut und eine Liebe, welche durch die Zeit nicht verblasst war, ließen ihn mit den Zähnen knirschen, und er ballte die Fäuste, als er daran dachte, wie er das Leben dieses jämmerlichen menschlichen Exemplars vor ihm beenden würde. Er gelobte sich, dass er dieses Mal genießen würde, was er tun musste. Sein anderes Ich würde heulen und zetern, aber das hatte nichts zu sagen. Schließlich war er nichts anderes als sein eigenes, verborgenes Gesicht. Dieser andere, schwache Teil seiner selbst war in einem Winkel seines Bewusstseins vergraben und würde erst wieder an die Oberfläche kommen, wenn seine Aufgabe erfüllt war.

Er stellte sich vor, was als Nächstes geschehen würde. Noch einmal sah er das grüne Feld vor sich, auf dem er die ersten, unsicheren Schritte auf dem Weg getan hatte, der ihn hierher geführt hatte, erinnerte sich, wie sein wahres Ich sich zum ersten Mal manifestiert hatte. Das Blut, die Axt und der Geschmack warmen Fleisches, von den Knochen eines noch lebenden Menschen gerissen ...

Der Bojar trug sogar die gleiche Art Spitzhelm, und sein Husarenrock hatte dieselbe Farbe wie der ...

Tief holte er Luft, um sich zu beruhigen, da sich beim Gedanken daran, ihr wieder einmal eine Freude zu bereiten, die vertraute Spannung der Jagd in seiner Brust aufbaute. Er zog das lange, schmale Messer, das seine Mutter ihm geschenkt hatte, unter seiner Haut hervor und schlich lautlos weiter.

Jetzt. Er sah, wie der Bojar sich an der Ecke eines verfallenen Ziegelgebäudes abstützte und das Licht des Mondes seine gemeinen Züge beschien. Alexei Kovowitschs Gesicht war von Alkohol und selbstgerechter Empörung gerötet. Er konnte sich gut vorstellen, wie es den Bojaren befriedigt hatte, den neuen Botschafter aus dem Imperium zu beleidigen. Seine Wut steigerte sich zur Raserei, und er biss sich fest auf die Lippen, um nicht aufzuschreien. Dann tat er einen Satz, packte den Bojaren am Arm, riss ihn herum und rammte ihm sein Messer in das hässliche Gesicht.

Vor Schmerz brüllend sank der Mann auf die Knie. Sein Kopf fiel kraftlos nach hinten, denn der Stich hatte Sehnen und Muskeln durchtrennt. Das Mondlicht glitzerte auf der Klinge, die wieder und wieder hinabfuhr. Blut sprudelte aus der Kehle des Bojaren, und dann war der Jäger über ihm. Das Messer war vergessen, und er zerriss das Fleisch mit bloßen Händen. Speichel spritzte, und Blut dampfte in der kalten Nacht.

Er biss Fleischklumpen aus dem Gesicht des Mannes und schluckte sie angeekelt hinunter.

Dann erbrach er sich auf die Brust des Bojaren, während er mit den Daumen die Augäpfel des Mannes eindrückte.

Er blutete, und sein anderes Ich weinte, als er ein weiteres Leben nahm.

Nein, er konnte das nicht genießen.

Er verabscheute es fast so sehr, wie er sich selbst hasste.

II

Kaspar setzte seinen Namen unter einen Schuldschein und reichte ihn mit einem missfälligen Brummen an Stefan weiter. Es kam ihm töricht vor, Geld – und dazu noch sein eigenes – auszugeben, um die Botschaft neu auszustatten und ihren alten Glanz wiederherzustellen, während zur gleichen Zeit Horden von Nordmännern aufmarschierten, um sie in Trümmer zu legen. Aber gewisse Standards musste man aufrechterhalten, und es würde dauern, bis aus Altdorf weiteres Geld eintraf.

Er hörte, wie draußen Handwerker die kislevitischen Schmierereien von den Wänden entfernten, während Glaser die Bretter, mit denen die Fenster vernagelt waren, abrissen und durch frisch geblasene Scheiben ersetzten.

»Langsam, aber stetig kommen wir voran«, erklärte Stefan. »Bald wird diese Botschaft ein Außenposten sein, auf den der Imperator stolz sein kann.«

»Aber das wird Zeit kosten, Stefan. Und ich bin mir nicht sicher, ob wir noch welche haben.«

»Schon möglich«, meinte Stefan und warf Pavel, der in der Ecke des Zimmers hockte und eine lange, übel riechende Pfeife rauchte, einen vernichtenden Blick zu. »Aber wir können schließlich nicht zulassen, dass diese Kisleviten sich für etwas Besseres halten als wir, oder?«

»Tun wir sowieso«, meinte Pavel augenzwinkernd und blies einen Rauchring.

»Darum geht es nicht«, erwiderte Kaspar. »Ich wäre einfach zuversichtlicher, wenn ich wüsste, dass ich mein Geld nicht sinnlos vergeude.«

»Gibt es inzwischen neue Kunde aus dem Imperium?«, wollte Stefan wissen. Er ließ die Frage beiläufig klingen, aber Kaspar spürte die Besorgnis dahinter. Die Nachricht, dass Wolfenburg gefallen war, hatte der Moral einen schweren Schlag versetzt, zumal jede weitere verlässliche Information fehlte.

Sporadisch trafen Reiter und Boten ein, doch sie brachten nur wilde, widersprüchliche Gerüchte aus dem Imperium mit.

»Nichts Verlässliches, nein«, antwortete Kaspar kopfschüttelnd.

»Gestern habe ich mit einigen Arkebusieren aus Whisenland gesprochen«, sagte Stefan. »Ihr Regiment wurde in Zhedevka zerschlagen, und seitdem leben sie von der Hand in den Mund. Sie behaupteten, gehört zu haben, dass die Kurgan gen Süden gezogen seien und vor Talabheim kampierten.«

»Aha«, meinte Kaspar und zog die Augenbrauen hoch. »Und ich habe gehört, die Kurgan befänden sich im Westen des Imperiums, irgendwo in der Gegend um Middenheim.«

»Du glaubst das nicht?«

Kaspar schüttelte den Kopf. »Natürlich nicht. Kein Heer kann in so kurzer Zeit solche Entfernungen zurücklegen. Das solltest du eigentlich besser wissen. Meiner Ansicht nach werden die Kurgan sich nach Norden wenden, wenn der Winter kommt, und nach Kislev zurückmarschieren.«

»Gerüchte sagen, dass sich ein Pulk am Rand des Hochplateaus sammelt. Eine kislevitische Armee«, erklärte Pavel.

»Ist das wahr?«, fragte Kaspar.

»Will verdammt sein, wenn ich das weiß. Die Tzarin zieht nicht ausgerechnet mich ins Vertrauen.«

»Oh, vielen Dank für Eure scharfsinnige Beobachtung«, sagte Stefan.

Kaspar ignorierte das Gezänk der beiden Männer, blätterte einen Stapel Papiere durch, die auf seinem Schreibtisch lagen, und legte die Fingerkuppen aneinander. Die Anstrengungen der letzten Tage begannen ihren Tribut zu fordern, und er fühlte sich erschöpft. Seine Bitten um eine Audienz bei der Tzarin, mit der er über eine militärische Kooperation sprechen wollte, prallten wie an einer Mauer ab, obwohl Pjotr Losov ihm versichert hatte, die Eiskönigin werde ihm eine Audienz gewähren, sobald sie Zeit fand.

»Was ist mit diesen Arkebusieren aus Whisenland, mit denen du gesprochen hast?«, fragte er. »Wo liegt ihr Quartier?«

»Sie kampieren vor den Stadtmauern, zusammen mit ein paar Hundert anderen Seelen, die den Kämpfen im Norden entkommen sind.«

»Du sagtest, dass sie von der Hand in den Mund leben?«

»Ja.«

»Finde heraus, wer sie kommandiert, und schicke den Mann zu mir. Und stelle Nachforschungen darüber an, was aus den Nahrungsmitteln geworden ist, die man nach Kislev gesandt hat, um diese Männer zu ernähren. Ich möchte wissen, warum sie nicht anständig verpflegt worden sind.«

Stefan nickte und machte sich auf den Weg, während Pavel aufstand und ans Fenster trat.

»Wir haben schwere Zeiten vor uns«, bemerkte er tiefsinnig.

»Ja«, pflichtete Kaspar ihm bei und rieb sich die Augen.

»Pavel hat die Stadt noch nie so erlebt.«

»Wie denn?«

»Meinst du, Kislev ist immer so überfüllt?«, fragte Pavel. »Nein, die meisten Menschen leben in der Steppe, in *Stanistas*. Du weißt schon, kleine Dörfer. Die meisten kommen nur in die Stadt, wenn der Winter einbricht, um Felle, Fleisch und solche Dinge zu verkaufen.«

»Aber jetzt ziehen sie nach Süden, wegen der Stammeskrieger?«

»Ja. Das hat es früher auch schon gegeben, aber nicht so. Kyazak-Banditen, meistens Kul und Tahmak, reiten durch die Steppe, um zu töten und zu rauben, aber hinter ihren Palisaden aus Holz sind die Leute sicher. Muss schon mehr kommen als Kyazak-Reiter, damit so viele Menschen in die Stadt fliehen. Das Volk der Kisleviten ist für das Land geschaffen, nicht für das Leben hinter Steinmauern. Sie verlassen die Steppe nicht, wenn sie nicht dazu gezwungen sind.«

Kaspar nickte. Er hatte die Stadt geschäftig gefunden, aber nicht belebter als die meisten anderen Städte, die er in seinem Leben besucht hatte. Er war gar nicht auf die Idee gekommen, dass dies nicht der Normalzustand sein könnte.

»Wenn sich wirklich im Norden ein weiteres Heer sammelt, Pavel, dann wird es nur noch schlimmer werden, bevor es besser werden kann.«

»Wie dem auch sei. Kislev hat schon früher schwere Zeiten durchgemacht. Wir haben sie überstanden, und wir überstehen auch diese.«

»Du scheinst dir sehr sicher zu sein.«

»Wie lange kennst du mich schon?«, fragte Pavel unvermittelt.

»Ich weiß nicht genau, vielleicht fünfundzwanzig Jahre?«

»Und hast du in dieser Zeit jemals erlebt, dass ich den Kampf aufgebe?«

»Niemals«, antwortete Kaspar prompt.

»Das ist die Art der Kisleviten. Das Land ist alles, worauf es ankommt. Wir mögen sterben, aber Kislev lebt weiter. Solange das Land da ist, sind auch wir da. Die Nordmänner töten uns vielleicht alle, aber irgendwann werden sie sterben, oder jemand anderes tötet sie. Dem Land ist das gleichgültig. Kislev ist das Land, und das Land ist Kislev.«

Kaspar war Pavels Gedankengang zu abstrakt, um ihm folgen zu können, daher nickte er einfach, ohne genau zu wissen, was sein Freund meinte. Über eine Antwort nachzudenken blieb ihm ohnehin erspart. »Erwartest du Besuch?«, fragte Pavel.

»Nein«, antwortete Kaspar und stand auf. Von der Straße klang zorniges Stimmengewirr herauf.

III

Als er erwachte, konnte er den Mund nicht öffnen.

Er krallte die Finger in seine Lippen, zog die Maske aus toter Menschenhaut von seinem Gesicht und schleuderte sie angewidert zu Boden. Die Augen vor Entsetzen geweitet, saß er kerzengerade da. Durch das schmutzige Dachfenster schien das Licht der tief stehenden Sonne und tauchte die Balken des Dachbodens in trübes Licht. Staubkörnchen trieben durch vereinzelt einfallende Lichtstrahlen. Fliegen umsummten ihn und ließen sich auf seinen Lippen und Armen nieder, wo klebrige Blutflecken an ihm hafteten.

Hinter ihm baumelte etwas an einem Haken, aber er mochte es noch nicht ansehen.

Mühsam stand er auf, und eine furchtbare Übelkeit stieg in seinem Magen auf, als der Gestank der Dachkammer auf ihn eindrang: Verwesung und der Geruch der Einbalsamierungsflüssigkeit, die er aus dem Gebäude der Tschekisten gestohlen hatte.

Dass er hier erwacht war, verriet ihm, dass dieses Ding in seinem Inneren, das sich sein wahres Ich nannte, wieder getötet hatte, obwohl er sich nicht erinnerte, wen es gefressen hatte. Sicher war nur, dass ein weiteres menschliches Wesen schreiend aus diesem Leben gerissen worden war, und dass es – nein, *er* – verantwortlich dafür war. Er schmeckte rohes Fleisch in seinem Mund, fiel auf die Knie und würgte. Schuldgefühle überwältigten ihn, und länger als eine Stunde weinte er wie ein Neugeborenes und schaukelte zusammengekrümmt hin und her. Dann fiel ihm das Medaillon ein, und er ließ es aufspringen und betrachtete ihr Bild. Eine rostrote Haarlocke klemmte im Inneren, und er drückte sie an seine Wange und sog ihren köstlichen Duft ein.

Mehrere Mal holte er tief Luft, bis das Zittern so weit nachließ, dass er sich in eine kniende Haltung aufrichten konnte. Langsam zog sich das wahre Ich aus seinem Bewusstsein zurück, und er hob eine rote Schärpe, wie sie kislevitische Bojaren tragen, vom Boden auf und wischte sich das Gesicht ab. Er säuberte sich und spürte, wie seine Kraft und seine eigene Identität zurückkehrten.

Leise schlich er zur Luke des Dachbodens und horchte auf Geräusche von unten. Er war stets sorgfältig darauf bedacht, die Taten des wahren Ich vor den anderen zu verbergen; sie würden nicht begreifen, welchen Schmerz es ihm bereitete, zwischen den widerstreitenden Teilen seiner selbst hin- und hergerissen zu werden.

Nachdem er sich davon überzeugt hatte, dass der Lagerraum unter ihm leer war, zog er die Falltür auf und kletterte hinab auf den kalten Holzboden. Er spürte, dass das Gebäude bis auf die Pferde, die unten in ihren Boxen standen, leer war, und lief rasch zu seinem Quartier im Nebenhaus. Dort suchte er frische Kleidung, ein leinenes Handtuch und ein Stück parfümierte Seife zusammen und kehrte dann auf den Exerzierplatz zurück.

Mit der Handpumpe füllte er den Pferdetrog vor den Ställen mit eiskaltem Wasser und machte sich daran, den ganzen Körper einzuseifen. Zu jedem Blutflecken, den er von seiner Haut spülte, wiederholte er das Mantra der Ruhe und fühlte sich jedes Mal gelassener, stärker und entschlossener. Das wahre Ich war natürlich noch da, aber er spürte, wie es mit jedem Atemzug weiter in den Hintergrund seines Bewusstseins zurückwich. Er hatte keine Ahnung, wen es getötet hatte, aber er wusste, dass der Unbekannte einen entsetzlichen, schmerzhaften Tod erlitten hatte. Aber dafür konnte man ihn doch nicht verantwortlich machen, oder? Wenn die

Träume kamen und das wahre Ich die Macht ergriff, hatte er keine Kontrolle darüber. Während er noch über das wahre Ich nachdachte, trieb ein letztes Fragment dieser Identität an die Oberfläche seines Bewusstseins.

Das wahre Ich dachte an das Medaillon und spürte, wie das andere Ich durch den Gedanken an sie körperlich erregt wurde, an ihre Berührungen, ihre Haut und ihre innigen Küsse.

Nur für sie konnte es diese Dinge tun.

Es dachte an den augenlosen Kopf, der in der Dachkammer an einem Haken hing, und lächelte.

Das wahre Ich war sich sicher, dass er ihr gefallen hätte.

IV

»Was, in Sigmars Namen, geht da unten vor?«, rief Kaspar aus. Eine schreiende Menschenmenge drängte sich auf dem Hof vor der Botschaft. An die hundert Leute drückten sich gegen den Eisenzaun und schrien dem Gebäude und den Pantherrittern, die sich klugerweise hinter das Tor zurückgezogen und es rasch geschlossen hatten, wüste Beschimpfungen zu.

Die Menge hatte sich um eine weinende Frau versammelt, die von Kopf bis Fuß in eine schwarze Stola gehüllt war und jämmerlich und aus tiefstem Herzen wehklagte.

Kaspar wandte sich vom Fenster ab, griff sich seinen schwarzen Umhang und warf ihn sich um. Dann schnallte er sich seine Zwillings-Steinschlosspistolen auf die rechte Hüfte.

»Bist du sicher, dass das klug ist?«, fragte Pavel.

»Ich will verdammt sein, wenn ich mich unbewaffnet mit einem Mob anlege.«

Pavel zuckte die Achseln und folgte dem Botschafter auf den Flur, wo soeben Kurt Bremen und Valdhaas die Treppe zur Eingangshalle herunterkamen. Bremen blieb stehen und sprach den Botschafter an, der aus seinen Gemächern herannahte.

»Exzellenz, Ihr solltet im Haus bleiben. Wir kümmern uns darum.«

»Nein, Kurt. Ich lasse nicht zu, dass andere meine Schlachten für mich schlagen.«

»Botschafter von Velten«, erklärte Bremen geduldig, »das ist unsere Aufgabe.«

Kaspar wollte schon etwas erwidern, doch dann wurde ihm klar, dass Bremen Recht hatte. »Nun gut, dann kommt mit. Aber bleibt hinter mir.«

Bremen nickte und bemerkte die Pistolen, die Kaspar unter seinem Umhang trug.

»Pavel«, sagte Kaspar, während er immer zwei Treppenstufen zugleich nahm, »diese Frau in Schwarz, warum ist sie hier?«

»Ich weiß es nicht. Sie trägt Trauerkleidung, aber ich kenne sie nicht.«

»Schön, wir wissen also nur, dass jemand tot ist und die Leute aus irgendeinem Grund wütend auf mich sind. Es hat doch nicht jemand einen Mord begangen und mir nichts davon erzählt, oder?«

»Nein, Botschafter«, antworteten Pavel und Bremen wie aus einem Munde.

»Na gut, dann wollen wir mal sehen, was dort los ist«, erklärte Kaspar und schob die Tür auf.

Geschrei und Beschimpfungen hallten ihm entgegen, und die weinende Frau rutschte an den Stäben des Eisentors herab, die Arme in tiefstem Kummer ausgestreckt. Sie schrie und schluchzte heftig. Drei junge Männer, in deren Gesichtern gerechter Zorn brannte, rüttelten an den Torflügeln und brüllten Kaspar etwas zu.

»Was sagen sie?«, fragte Kaspar, dem plötzlich klar wurde, wie heftig der Zorn der Menge war.

Pavel wies auf die weinende Frau. »Sie sagen, dass ihr Ehemann tot ist.«

»Und was hat das mit mir zu tun?«

»Sie sagen, du hättest ihn umgebracht.«

»Was? Wieso denn das?«

»Bin mir nicht sicher. Schwer zu verstehen, was sie rufen«, sagte Pavel und näherte sich vorsichtig dem Tor. Sechs Pantherritter stemmten sich dagegen, damit es dem Druck des Pöbels nicht nachgab. Pavel schrie in die Menge hinein, wedelte mit den Armen und wies auf die Frau und auf Kaspar. Nach einigen Minuten verworrenen Geschreis kehrte er zu Kaspar zurück. Seine Miene war finster.

»Das ist schlimm«, sagte er.

»Ja«, fauchte Kaspar, »das weiß ich auch. Aber was ist los?«

»Die Frau heißt Natalja Kovowitsch, und ihr Mann ist tot. Ermordet, heißt es.«

»Ich habe noch nie von ihm gehört«, sagte Kaspar, obwohl der Name ihm vage bekannt vorkam, »und ihn erst recht nicht umgebracht.«

»Der Betrunkene«, fiel Bremen plötzlich ein. »Bei dem Empfang. Der Bojar, den Ihr mit Wein überschüttet habt. Das war der Mann.«

»Verdammt«, fluchte Kaspar, als der Name plötzlich einen Sinn ergab. Jetzt sah er das Gesicht des betrunkenen Bojaren vor sich und hörte wieder, wie er gesagt hatte, das Imperium solle in der Hölle brennen. Er erinnerte sich an seinen Zorn und daran, dass er Kovowitsch mit der Faust ins Gesicht geschlagen hätte, wenn Losov nicht eingeschritten wäre.

Aber diese Menschen glaubten doch nicht, dass er in der Lage gewesen wäre, den Mann zu töten?

Das war Wahnsinn, und er fühlte, wie die Lage mit jedem Schrei, der ihm entgegenschallte, weiter außer Kontrolle geriet. Er zog eine seiner Pistolen und brachte den Schlagbolzen in Position.

»Botschafter, ich halte das für keine gute Idee«, meinte Bremen warnend.

Aber es war bereits zu spät.

Mit großen Schritten strebte Kaspar dem Tor zu. Bevor Bremen oder sonst jemand ihn aufhalten konnte, hob er die Pistole über den Kopf und feuerte in die Luft.

Die Menge schrie auf, als der Schuss erklang und eine Wolke von Pulverdampf aus dem Lauf aufstieg.

»Pavel!«, schrie Kaspar. »Du musst für mich übersetzen.«

»Ursun steh uns bei«, murrte Pavel, trat aber neben den Botschafter.

»Sag ihnen, dass ich Madame Kovowitschs Verlust zutiefst bedaure, aber nichts mit dem Tod ihres Mannes zu tun habe.«

Pavel schrie in die Menge hinein, doch die Menschen waren nicht in der Stimmung, sich besänftigen zu lassen, und brüllten ihn mit Forderungen nach Rache nieder. Die restlichen Pantherritter kamen mit gezogenen Schwertern aus der Botschaft gerannt, dicht gefolgt von ängstlich dreinblickenden Botschaftswachen, die ihre Hellebarden locker in der Hand trugen.

Kaspar steckte die abgeschossene Pistole in das Halfter zurück und zog die zweite, doch bevor er sie abfeuern konnte, hielt Kurt Bremen seinen Arm fest. »Bitte nicht, Botschafter von Velten. Ihr werdet die Lage nur noch verschlimmern.«

»Ich lasse mich nicht von einem Mob einschüchtern, Kurt«, gab Kaspar zurück.

»Ich weiß, aber wollt Ihr diese Menschen wirklich noch mehr erzürnen? Es fehlt nicht viel, und es wird Blut fließen.«

Kalte Klarheit kam über Kaspar, als er den Ernst der Lage erkannte. Er reagierte wie ein Mann, aber nicht wie ein Anführer. Dort draußen schrien hundert oder mehr Menschen nach seinem Blut und wurden nur durch einen Zaun zurückgehalten, der dringend einer Reparatur bedurfte.

Bremen hatte Recht, es war an der Zeit, diese Situation zu entschärfen, statt sie weiter hochzuschaukeln.

Er nickte. »Nun gut, Kurt, dann wollen wir mal sehen, was wir unternehmen können, um diese Menschen zu beruhigen.«

Bremen stieß einen Seufzer der Erleichterung aus, doch dann fuhr er herum, als neue Pistolenschüsse erklangen und Schreie von Hauswänden widerhallten. Ein Dutzend schwarz gekleideter Reiter mit lackierten Brustharnischen aus Leder und langen, mit Bronze beschlagenen Knüppeln ritt in die Straße ein. Sie feuerten mit Steinschlosspistolen über die Köpfe der Menge und ritten mitten zwischen die Menschen hinein. Wo ihre Knüppel trafen, zersprangen Schädel und brachen Knochen.

»Was zum Teufel ...?«, fragte Kaspar, und dann schob Pavel ihn auf die Botschaft zu. »Wer sind diese Leute?«

»Tschekisten!«, antwortete Pavel, ohne stehen zu bleiben. »So etwas wie die Stadtwache, nur viel, viel schlimmer.«

Schreie und Klagen stiegen auf, als die Reiter auf dem Hof im Kreis ritten, die Menschen, die in ihre Nähe kamen, niederknüppelten und die Menge gnadenlos zerstreuten. Sekunden später war der Mob geflüchtet, und Dutzende von Menschen lagen blutüberströmt auf dem Kopfsteinpflaster vor der Botschaft. Wie vom Donner gerührt sahen Kaspar und die Pantherritter zu, wie die Männer den Brunnen in der Mitte des Hofes umkreisten und sich vergewisserten, dass sich kein Widerstand mehr rührte.

Einige der Männer ritten in die Richtung, in die der Großteil des Mobs geflüchtet war, während einige ihre

Pferde vor den Toren der Botschaft zügelten. Der Anführer, der einen geschlossenen Helm aus dunklem Eisen mit einem Federbusch trug, stieg ab und näherte sich dem Tor.

Die Pantherritter schauten sich zu Kaspar und Bremen um.

Kaspar nickte, und die Ritter entriegelten das Tor und ließen den Anführer der Tschekisten ein. Er marschierte auf das Gebäude zu und hängte sich seine Keule an den Gürtel, bevor er den Helm abnahm.

Er trug das Haar lang und zu einem Pferdeschwanz zurückgebunden, und sein Schnurrbart war kurz geschnitten. Seine Augen waren kohlschwarz und ausdruckslos, und seine Haltung war die eines Kriegers.

»Botschafter von Velten?«, fragte er in fließendem Reikspiel ohne jeden Akzent.

»Ja.«

»Mein Name ist Paschenko. Wladimir Paschenko von den Tschekisten, und ich fürchte, ich muss Euch einige Fragen stellen.«

V

Verblüfftes Schweigen folgte auf Paschenkos Worte.

»Habt Ihr die Frage nicht verstanden, Exzellenz?«

»Ich habe sie ganz ausgezeichnet verstanden, Paschenko. Ich bin mir nur nicht sicher, wie Ihr darauf kommt, ich könnte sie ernst nehmen.«

»Weil Mord eine ernste Angelegenheit ist, Botschafter von Velten.«

»Da stimme ich Euch ganz und gar zu; aber ich finde es schwer vorstellbar, wie Ihr auf die Idee kommt, ich könnte etwas mit dem Tod von Bojar Kovowitsch zu tun haben.«

»Wieso?«, fragte Paschenko.

»Weil ich ihm nur einmal begegnet bin, und zwar weniger als eine Minute lang.«

»Wie gut kanntet Ihr den Bojaren?«, wollte Paschenko wissen.

»Das habe ich Euch doch eben gesagt«, entgegnete Kaspar.

»Hattet Ihr von ihm gehört, bevor Ihr ihn im Winterpalast angegriffen habt?«

»Ich habe ihn nicht angegriffen, er ...«

»Das entspricht nicht meinen Informationen, Botschafter. Ich habe Zeugen dafür, dass Ihr den Bojaren gepackt und bedroht habt, bevor der Ratgeber der Tzarin Euch trennen konnte.«

»Er hat mich beleidigt«, knurrte Kaspar.

»Und das hat Euch in Wut versetzt.«

»Na schön, ich war verärgert, aber nicht genug, um ihn zu töten.«

»Dann gebt Ihr also zu, dass Ihr erzürnt wart?«

»Ich habe nie etwas anderes behauptet. Er sagte zu mir, er hoffe, mein Land werde in der Hölle brennen.«

»Verstehe«, meinte Paschenko und schrieb etwas in sein Notizbuch. »Und wann habt Ihr den Winterpalast verlassen?«

»An die genaue Zeit erinnere ich mich nicht. Aber nicht lange, nachdem wir gehört hatten, dass Wolfenburg gefallen sei.«

»Ich habe auch Zeugen, die aussagen, Bojar Kovowitsch sei um die gleiche Zeit gegangen. Damit hattet Ihr ausreichend Gelegenheit, ihm zu folgen und ihn abzuschlachten.«

»Abschlachten? Wovon redet Ihr?«

»Die Leiche des Bojaren wurde am Morgen nach dem Empfang im Palast gefunden. Dann hat es allerdings einige Tage gedauert, ihn zu identifizieren, denn der Kopf fehlte, und große Teile seiner Kleidung und seines Körpers waren verätzt wie von einer Art Säure.«

»Soll mich das jetzt schockieren?«

»Tut es das?«

»Ja, aber nicht mehr als der Umstand, dass Ihr glaubt, ich hätte das getan. Bei Sigmars Hammer, habt Ihr nicht schon einen Mörder in Kislev, der auf diese Art vorgeht? Den Menschenschlächter?«

»Allerdings«, nickte Paschenko. »Obwohl es schon vorgekommen ist, dass andere Missetäter ihre Verbrechen auf die gleiche Weise begehen wie ein bereits bekannter Übeltäter, um ihm die Schuld an ihren eigenen Gewalttaten zuzuschieben. Nicht zu vergessen Verrückte und Gestörte, die versuchen, jemanden nachzuahmen, den sie als dessen würdig erachten.«

Kaspar war sprachlos. Dieser Idiot konnte doch wohl nicht ernsthaft glauben, er hätte etwas mit dem Tod des Bojaren zu tun, oder?

Aber trotz der Lächerlichkeit seines Vorwurfs strahlte

Paschenko ein entspanntes Selbstvertrauen aus, das Kaspar verunsicherte.

»Wann habt Ihr die Leiche des Bojaren identifiziert?«, schaltete sich Kurt Bremen ein.

»Was hat das denn damit zu tun?«, erwiderte Paschenko.

»Vielleicht nichts. Trotzdem: Wann?«, beharrte der Ritter.

»Erst heute Morgen. Jemand hat den Kopf vor unserem Gebäude am Urskoy-Prospekt abgelegt.«

»Und schon kurz darauf rottet sich ein wütender Mob zusammen und macht sich auf den Weg hierher? Anscheinend sind die Bewohner von Kislev ausgezeichnete Ermittler: Sie haben mit allen Zeugen gesprochen, die Ihr angeblich habt, aus ihren Aussagen geschlossen, dass der Botschafter in den Mord verwickelt ist, und sind dann vor Euch und Euren Männern hier eingetroffen.«

»Was wollt Ihr damit andeuten?«, fragte Paschenko.

»Jetzt kommt schon, Paschenko«, meinte Kaspar. »Jemand hat Euch die Informationen gegeben, über die Ihr verfügt, und der trauernden Witwe verraten, wohin sie sich wenden sollte, stimmt's?«

»Da irrt Ihr Euch«, sagte Paschenko.

»Nein, Herr, Ihr irrt Euch, wenn Ihr glaubt, ich wäre ein unwissender Bauer, den Ihr mit Eurem lächerlichen Einschüchterungsversuch beeindrucken könnt«, versetzte Kaspar, stand auf und wies zur Tür. »Wenn Ihr mich jetzt entschuldigen würdet; ich habe dringende diplomatische Pflichten, die meine Aufmerksamkeit erfordern. Ich bin mir sicher, dass Ihr allein hinausfindet.«

Paschenko erhob sich und verbeugte sich knapp vor dem Botschafter.

»Ich habe Eure Haltung zur Kenntnis genommen, Botschafter. Einen schönen Tag noch«, sagte Paschenko.

Der Tschekist drehte sich auf dem Absatz um und verließ ohne ein weiteres Wort den Raum. Ein allgemeiner Seufzer der Erleichterung folgte ihm, als die Tür hinter ihm zufiel.

Kaspar rieb sich mit der Hand über den Schädel. »Ist das zu fassen? Wenn es nicht so idiotisch wäre, dann wäre es beinahe komisch.«

»Nichts ist komisch bei den Tschekisten«, verkündete Pavel düster.

»Ach, komm schon, Pavel«, lachte Kaspar. »Er hatte nicht den Hauch eines Beweises.«

»Du begreifst nicht. Die Tschekisten brauchen keine Beweise«, fauchte Pavel und stieß Kaspar den Finger vor die Brust. »Du bist nicht im Imperium, Kaspar. In Kislev ist das Wort der Tschekisten Gesetz. Sie lassen Menschen verschwinden. Verstehst du? Stecken Menschen in den Kerker, und man hört und sieht nie wieder etwas von ihnen. Sie sind wie vom Erdboden verschluckt ...«

»Sogar der Botschafter einer fremden Macht?«, spottete Kaspar.

»Sogar du«, nickte Pavel.

Kaspar sah Pavels ernste Miene. Endlich ging ihm auf, warum Paschenko so entspannt und selbstbewusst gewesen war, und er erkannte, dass die Drohung des Tschekisten vielleicht nicht so leer gewesen war, wie er geglaubt hatte.

4. KAPITEL

I

Funken sprühten, als die zwei schweren Breitschwerter aufeinander trafen, und das Klirren von Stahl hallte über den Innenhof. Kaspar drehte das Handgelenk und stach mit der Schwertspitze zu, aber sein Gegner wich dem Angriff mit Leichtigkeit aus. Ein so schweres Schwert war nicht dazu gedacht, als Stichwaffe eingesetzt zu werden; mittels seiner scharfen Schneide und seines puren Gewichts sollte es Panzerplatten durchdringen. Er trat zurück, als seine Klinge beiseite geschlagen wurde und eine vernichtende Riposte seine Brust nur zollbreit verfehlte.

Er schwitzte in Strömen, und sein Schwertarm brannte vor Erschöpfung. Der mit Draht umwundene Schwertgriff war glitschig vor Feuchtigkeit, und er wechselte zu einem zweihändigen Griff und hielt die Klinge gerade vor sich.

»Habt Ihr genug?«, rief sein Gegner.

»Nein, seid Ihr etwa müde?«, gab er zurück.

Bader Valdhaas grinste. Er hielt seine schwere Klinge, als hätte sie überhaupt kein Gewicht. Kaspar erstaunte das nicht; schließlich war Valdhaas ein Ritter in der Blüte seiner Jugend und dreiunddreißig Jahre jünger als er selbst. Er hatte voller Bewunderung zugesehen, wie die Pantherritter jeden Tag mit ihren schweren Schwertern und Lanzen trainierten und sich auf diese Art die Kraft und das Durchhaltevermögen erhielten, die sie brauchten, um solche sperrigen Waffen mit Leichtigkeit zu führen.

Kaspar konnte sich nicht erinnern, dass in seiner Zeit als Soldat Schwerter so schwer gewesen waren, aber andererseits war er kein junger Mann mehr, und die Kraft der Jugend und ihr Gefühl, unsterblich zu sein, waren für ihn nur noch eine ferne Erinnerung. Valdhaas trug seine Plattenrüstung, während Kaspar mit einem eisernen Brustharnisch, der mit Gold abgesetzt war und in der Mitte einen Bronzeadler trug, sowie Schulterpanzern geschützt war. Um ihn gegen ungewollte Verletzungen während dieses Übungskampfs zu schützen, hatte man ihn zudem mit einem Kettenhemd ausgestattet, wie es üblicherweise unter einer Vollrüstung getragen wurde.

Die Schneiden der Schwerter waren stumpf, aber Kaspar wusste, dass jeder Treffer mit einer so schweren Waffe dennoch höllisch schmerzen würde. Ritter und Wachsoldaten hatten sich versammelt, um ihren neuen Herrn von den Kreuzgängen und Balkonen über dem Innenhof aus zu beobachten, und Kaspar begann sich zu fragen, ob seine Entscheidung klug gewesen war, wieder mit den Waffenübungen zu beginnen. Er hatte nicht vor, sich vor den Augen seiner Leute auf einer Bahre davontragen zu lassen, wenn es sich vermeiden ließ.

»Geht behutsam mit ihm um, Valdhaas!«, schrie Pavel von einem der oberen Balkone aus. »Der Botschafter ist ein alter Mann und sieht nicht mehr gut!«

»Nein, Pavel«, rief Kaspar. »Ich sollte ihn schonen. Dieser alte Hund kennt immer noch ein paar Tricks.«

Valdhaas lachte und ging zum Angriff über. Seine Klinge schwang tief über dem Boden auf Kaspars Beine zu. Spontan tat der Botschafter einen Schritt voran, um den Schlag abzuwehren, und senkte die Klinge, um Valdhaas' Hieb zu blockieren. Er hatte vor, die Deckung des Ritters zu durchbrechen und ihm einen gezielten Schlag in die Rippen beizubringen.

Doch das erwartete Aufeinanderklirren der Waffen blieb aus, und einen entsetzten Moment lang sah Kaspar, wie das Schwert des Ritters stattdessen auf sein Gesicht zusauste. Sein übereilter Gegenangriff hatte ihn näher herangebracht, als Valdhaas gedacht hatte, und das Schwert des Ritters würde Kaspar gleich den Schädel in Stücke schlagen.

Doch Valdhaas, der seine Klinge führte wie einen leichten Duellsäbel, fälschte seinen Hieb so rechtzeitig ab, dass er Kaspar nicht enthauptete. Er konnte allerdings nicht verhindern, dass das Schwert seine Schulter traf. Die Wucht des Schlags riss den Schulterpanzer von seiner Rüstung los, wirbelte Kaspar herum und schleuderte ihn krachend auf die Steinplatten des Hofs. Er hörte, wie die Zuschauer entsetzt aufstöhnten, und spürte etwas Nasses, Klebriges an seinem Hals.

»Botschafter!«, schrie Valdhaas, ließ sein Schwert zu Boden fallen und kam zu Kaspar gelaufen.

»Mir geht es gut«, erklärte Kaspar und griff sich benommen an den Hals.

Er sah an sich hinab und erblickte die zerrissene Polsterung und die gesprungenen Glieder seines Kettenhemds. Blut rann aus einem flachen Schnitt knapp oberhalb des Schlüsselbeins.

»Botschafter, bitte nehmt meine Entschuldigung an«, stieß der Ritter hervor. »Ich habe nicht geglaubt, dass Ihr riskieren würdet, mir so nahe zu kommen.«

»Ich weiß, macht Euch keine Gedanken. Es war meine Schuld. Ich muss daran denken, dass ich nicht mehr der junge Mann bin, der ich einmal war.«

»Das habe ich dir vorher zu sagen versucht, aber du wolltest ja nicht auf mich hören«, lachte Pavel.

»Aber er ist natürlich ein Mann und musste sich fast den Schädel einschlagen lassen, um das zu begreifen«, setzte eine weibliche Stimme hinzu, die ähnlich akzentuiert war wie die Pavels und aus einem der Kreuzgänge unter ihm erklang.

Kaspar lächelte und stand auf, und Valdhaas half ihm, seinen Harnisch abzulegen. Er wandte sich um und sah der Sprecherin entgegen, einer hochgewachsenen Frau mit rostbraunem Haar, das sie zu einem strengen Knoten geschlungen und auf dem Hinterkopf festgesteckt hatte. Erste Fältchen durchzogen ihr Gesicht, das dennoch hübsch war, und sie trug ein langes grünes Kleid mit einer weißen Schürze und eine leinene Stola, die auf der gesamten Länge mit bunter Stickerei geschmückt war.

»Ich weiß, Sofia, ich weiß.« Kaspar zog sich das Hemd über den Kopf und ließ sie den Schnitt untersuchen. Sie schob seinen Kopf zur Seite und tupfte das Blut mit seinem Hemdsaum ab.

»Das muss genäht werden«, erklärte sie. »Setzt Euch dort drüben an den Trog.«

Die Aufregung war für den Moment vorüber. Ritter und Wachsoldaten zerstreuten sich und kehrten zu ihren Pflichten zurück. Kaspar schlug dem Ritter mit der flachen Hand herzhaft gegen die Rüstung. »Gut gemacht, Bursche, du hast da einen ausgezeichneten Schwertarm. Stark und, den Göttern sei Dank, schnell.«

»Danke, Botschafter«, sagte Valdhaas und zog sich dann zurück.

Kaspar setzte sich auf eine Steinbank am Rande des Trogs und lehnte den Kopf gegen die Pumpe. Sofia benetzte sein zerrissenes Hemd und säuberte die Schnittwunde von Blut.

»Ihr seid ein verdammter Narr. Aber das wisst Ihr ja, nicht wahr?«, fragte sie.

»Ja, das hat man mir schon das eine oder andere Mal gesagt.«

»Und Ihr werdet es zweifellos bald noch häufiger zu hören bekommen«, meinte Sofia.

Kaspar hatte Sofia Valentschik kennen gelernt, als Stefan sie als Leibärztin des Botschafters eingestellt hatte. Drei Tage zuvor war sie am Tor der Botschaft aufgetaucht, hatte beeindruckende Referenzen vorgelegt und als erste Amtshandlung darauf bestanden, Kaspar gründlich zu untersuchen, um alles über ihren neuen Schützling zu erfahren.

Kaspar hatte Stefan als elenden Hund beschimpft,

Sofias Versuche abgewehrt, ihm für eine eingehende Untersuchung die Kleider auszuziehen, und darauf beharrt, er brauche keinen kislevitischen Knochenflicker, der an seinem Körper herumtaste. Aber Stefan und Sofia waren hartnäckig geblieben, und schließlich hatte er klein beigeben müssen.

Sofia Valentschik konnte unverblümt sein, zeigte oft keine Achtung für seine Stellung und trug häufig eine distanzierte Überlegenheit zur Schau, aber Kaspar hatte auch festgestellt, dass sie über einen respektlosen Humor verfügte. Sie war in allem freiheraus, und wem das nicht passte, der konnte von ihr aus zur Hölle fahren.

Kurz gesagt, Kaspar schätzte sie sehr, und die beiden hatten sich gleich prächtig verstanden.

»Dass ein Mann in Eurem Alter mit Schwertern spielt ... also, ich weiß nicht«, meinte sie kopfschüttelnd und zog ein Stück Faden und eine gebogene Nadel aus ihrer Schürze.

»Ich habe nicht gespielt«, entgegnete Kaspar und verfluchte sich dafür, dass er wie ein gescholtener Schuljunge klang. Sofia fädelte die Nadel ein und drückte die Spitze auf seine Haut. Er biss die Zähne zusammen, während sie fachmännisch die Nadel durch die Wundränder führte, die Stiche festzog und das Ende des Fadens mit einem kleinen Taschenmesser abschnitt.

»Da«, erklärte sie lächelnd. »So gut wie neu.«

»Danke, Sofia, das war größtenteils schmerzlos.«

»Seid nur froh, dass ich heute daran gedacht habe, meine dünne Nadel einzupacken«, sagte sie.

II

In Kislev herrschte geschäftiges Treiben. Nachdem Pavel ihn darauf hingewiesen hatte, fiel Kaspar allerdings auf, dass viele der Menschen, die sich auf den Straßen bewegten und die Grünanlagen bevölkerten, nicht aus der Stadt stammten. Sie trugen die typischen verwunderten und ehrfurchtsvollen Mienen von Bauern zur Schau, die in die große Stadt gekommen sind. Sogar während der wenigen Wochen, die er sich jetzt in Kislev aufhielt, war Kaspar nicht entgangen, dass jeden Tag mehr und mehr Landleute in die Stadt strömten.

Bei den Gelegenheiten, wenn er vor den Stadtmauern zusah, wie die Pantherritter seine Botschaftssoldaten drillten, waren die Straßen stets belebt von Wagen- und Karrenkolonnen, die unterwegs gen Süden waren. Der einzige Verkehr in Richtung Norden bestand aus gelegentlich eintreffenden Flussschiffen aus dem Imperium, die tief im dunklen Wasser des Urskoy lagen und dringend benötigte Lebensmittel brachten. In den Kornkammern der Stadt wurden die Vorräte bereits knapp, und wenn der Zustrom von Flüchtlingen aus dem Norden weiter anhielt, konnte die Lage nur noch schlimmer werden.

Kaspar hatte zahlreiche Schreiben an Händler aus dem Imperium abgesandt, die in Kislev Geschäfte machten, und versucht, bei ihnen Nachschub für die versprengten Reste der imperialen Regimenter zu beschaffen, aber bis jetzt war seinen Bemühungen kein Glück beschieden gewesen.

Jedes Mal, wenn eines der Flussschiffe eilig ablegte, sorgte Kaspar dafür, dass der Kapitän versiegelte Briefe nach Altdorf mitnahm. Darin erkundigte er sich nach Neuigkeiten aus der Heimat und bat um mehr Nachschub und Informationen über den Verlauf des Krieges.

Die Stimmung war äußerst angespannt, und mehrere Male hatten die Stadtwache und die Tschekisten schon gewalttätige Auseinandersetzungen zwischen hungrigen Menschen, die um Nahrungsmittel kämpften, zerstreuen müssen. Kislev wurde immer voller, und das war nicht gut für eine Stadt, die höchstwahrscheinlich belagert werden würde, sobald mit dem Frühling die Zeit der Kriegszüge begann. Kaspar wusste, bald würde die Tzarin die Stadttore schließen und vielen ihrer Untertanen die Zuflucht verweigern müssen. Auch Kaspar hatte schon vor dieser Wahl gestanden und beneidete sie nicht um die Entscheidung, wann die Tore geschlossen werden sollten. Er erinnerte sich noch an die flehenden Gesichter der Menschen vor den Stadtmauern von Hauptburg, als er selbst gezwungen gewesen war, die Tore zu verbarrikadieren, um diese Stadt in den Bergen vor marodierenden Stämmen der Grünhäute zu retten.

Auf den Straßen und baumbestandenen Boulevards musterten ihn verzweifelte Gesichter und suchten nach einem Zeichen der Hoffnung, doch er vermochte ihnen keines zu geben. Dann und wann erhaschte er in der Menge einen Blick auf einen schwarz gepanzerten Tschekisten und fragte sich, ob Paschenko ihn beschatten ließ. Es hätte ihn nicht erstaunt, aber er konnte wenig tun, um es zu verhindern.

Nun ritten er und zwei seiner Pantherritter den Urskoy-Prospekt hinunter. Sie waren auf dem Weg zu Anastasia Vilkovas Haus. Die Frau faszinierte Kaspar. Er hatte zwar nicht den Wunsch, den eifersüchtigen und aufbrausenden Sascha Kajetan weiter gegen sich aufzubringen, doch er stellte fest, dass seine Gedanken ständig zu Anastasia zurückkehrten, zu ihrem dunklen Haar, den smaragdgrünen Augen und ihren vollen Lippen. Eindeutig fühlte er sich von ihr angezogen, und obwohl sie sich nur kurz begegnet waren, hatte er das Gefühl, da sei eine Seelenverwandtschaft zwischen ihnen gewesen.

Er hatte keine Ahnung, ob das bloß Wunschdenken war, aber er hatte beschlossen, es herauszufinden. Daher ritten er und seine Ritter nun in das wohlhabendere Südviertel von Kislev. Höchstwahrscheinlich war das Ganze vertane Zeit, aber Kaspar hatte schon vor langer Zeit beschlossen, sich im Leben keine Chance entgehen zu lassen, so vage diese auch erscheinen mochte.

Nachdem Sofia seine Schnittwunde genäht und ihm einen aromatisch duftenden Umschlag aufgelegt hatte, hatten sie gemeinsam einen süßen Kräutertee getrunken, und er hatte sie nach Anastasia Vilkova gefragt.

»Sie ist eine Adlige«, hatte Sofias kurz angebundene Antwort gelautet. »Woher kennt Ihr sie?«

»Ich kenne sie eigentlich gar nicht«, hatte Kaspar erklärt. »Ich bin ihr letzte Woche im Winterpalast begegnet, und sie hat mich gebeten, sie aufzusuchen.«

»Verstehe«, meinte Sofia verschmitzt. »Nun, dann gebt auf Euch Acht. Ich habe gehört, Sascha Kajetan, der Schwertkämpfer, habe ein Auge auf sie geworfen.«

»Ja, das ist mir auch schon aufgefallen.«

»Allzu viel weiß ich auch nicht über sie, jedenfalls nicht mehr als jedermann sonst. Ich weiß, dass sie ursprünglich aus Praag stammt und dass ihr Gemahl vor sechs oder sieben Jahren umkam. Angeblich wurde er von Straßenräubern erschlagen. Und sie hat dann seine Geschäfte übernommen.«

»Wieso sagt Ihr ›angeblich‹?«, fragte Kaspar.

»Nun, Gerüchte wollten wissen, dass ihr Mann in einige, sagen wir einmal, riskante Geschäfte verwickelt war, mit denen er den alteingesessenen Hehlern das Leben schwer machte.«

»Erzählt weiter«, sagte Kaspar.

»Es heißt, einer der Bandenführer sei schließlich der Konkurrenz überdrüssig geworden. Seine Männer sollen ihm gefolgt sein und ihn ermordet haben, als er auf dem Heimweg von einem verrufenen Haus war.«

»Der Bastard.«

»Wer?«, fragte Sofia leise lachend. »Der Ehemann, weil er ein Freudenhaus besucht hat, oder der Bandenführer, weil er ihn umbringen ließ?«

»Ihr wisst schon, was ich gemeint habe. Versucht nicht, gewitzt zu sein, das steht Euch nicht.«

Sofia streckte ihm die Zunge heraus und fuhr fort. »Wie gesagt hat Madame Vilkova die Geschäfte ihres Mannes übernommen, wobei sie sich der Teile entledigte, mit denen sie diesen Männern Konkurrenz gemacht hätte. Heute ist sie eine ziemlich reiche Frau, und es heißt, dass sie große Summen Geldes an verschiedene Hospize und Armenhäuser in der ganzen Stadt spendet.«

»Eine richtige Wohltäterin also.«

»Ja, und eine unter unseren Adligen, die der Bezeichnung wirklich würdig ist«, stimmte Sofia ihm zu.

»Warum möchte sie, dass Ihr sie aufsucht?«

»Sie hatte keine Zeit, es mir zu sagen.«

»Vielleicht ist sie ja vernarrt in Euch«, meinte Sofia lachend.

»Vielleicht. Wäre das so schwer zu glauben?«, fragte Kaspar schroffer, als das seine Absicht gewesen war.

»Ganz und gar nicht, Kaspar. Ihr seid eine ziemlich gute Partie.«

»Jetzt macht Ihr Euch über mich lustig«, sagte der Botschafter und stand von der Bank auf.

»Ein wenig«, pflichtete Sofia ihm lächelnd bei.

Kaspar hatte sich von Sofia verabschiedet und war in seine Gemächer zurückgekehrt, um zu baden und sich umzukleiden, bevor er die Botschaft verließ, um sich zu Anastasia zu begeben. Er hatte allein gehen wollen, aber Kurt Bremen war nicht bereit gewesen, den Botschafter nach dem Blutbad, das die Tschekisten unter der trauernden Menge angerichtet hatten, ohne Begleitung reiten zu lassen.

Was den Mord an dem Bojaren anging, war Kaspar sich immer noch nicht sicher, was er von den Umständen um dessen Tod zu halten hatte. Aber als praktisch veranlagter Mensch hatte er gelernt, nicht an Zufälle zu glauben, und er vermochte den bohrenden Verdacht nicht abzuschütteln, dass sich noch eine tiefere Verbindung zwischen dem Mord und seiner Person herausstellen würde. Worin genau die bestand, wusste er nicht, doch Kaspar war kein

Mann, der solche Rätsel ungelöst ließ. Pavel versuchte bereits herauszufinden, ob und welche Verbindungen Bojar Kovowitsch möglicherweise mit dunklen Gestalten gepflegt hatte, und ob diese Spur zurück zu Tschekatilo führte, wovon Kaspar überzeugt war.

Er lenkte sein Pferd in eine gepflasterte Durchgangsstraße. Ein Schild, das an einem schwarzen Steingebäude hing, setzte ihn darüber in Kenntnis, dass sie als »Magnusstraße« bekannt war. Kurzzeitig war er verblüfft darüber, auf eine Straße mit einem Namen aus dem Imperium zu treffen.

»Vielleicht hassen sie uns ja doch nicht, was?«, meinte er.

»Nein, Botschafter«, antwortete Valdhaas, den immer noch sein schlechtes Gewissen quälte, weil er seinen Herrn verletzt hatte.

Die Straßen hier waren weniger dicht bevölkert als in der Nähe des Stadtzentrums, und Kaspar konnte den Reichtum, der ihn umgab, geradezu spüren. Saubere, verputzte Mauern, auf deren Krone Glasscherben in den Mörtel eingebettet waren, umgaben die Anwesen der reichen Elite von Kislev, und alle waren so hoch, dass nur ein äußerst entschlossener Eindringling sie hätte überwinden können.

Er folgte der Straße bis zu einer Gruppe immergrüner Pappeln. Nach der eilig hingekritzelten Wegbeschreibung auf seinem Zettel standen sie genau gegenüber von Anastasias Haus.

Ihr Anwesen lag hinter einer hohen Mauer aus behauenen Bruchsteinen, und ein offenes Tor führte hinein. Hinter den Mauern erblickte Kaspar am Ende einer gepflasterten Allee ein geschmackvoll errichtetes Gebäude. Davor erstreckte sich ein üppiger, gepflegter Garten, in dem Obstbäume, Büsche und bunte Blumen wuchsen.

Kaspar sah Anastasia vor einem kleinen Kräuterbeet knien. Sie lockerte die dunkle Erde mit einer kleinen Harke, und sein Herz zog sich in einem schmerzhaften Déjà-vu-Gefühl zusammen. Sie sah ihn, winkte und kam auf ihn zu, und er zwang sich zu einem Lächeln.

»Ich bin so froh, dass Ihr gekommen seid«, sagte sie.

III

Kaspar erkannte rasch, dass Sofia Recht gehabt hatte, als sie ihm Anastasia als sehr reiche Frau beschrieb. Als sie durch das Tor kamen, nahmen Diener in grüner Livree ihnen die Pferde ab und führten sie zu einem langen Block von Ställen, die sich an der Innenseite der Mauer erstreckten, und knicksende Zofen brachten den Reitern Erfrischungen.

Man reichte ihm und seinen Rittern kühle, mit Most und zerstoßenem Eis gefüllte Gläser, was Kaspar verriet, dass Anastasia wohlhabend genug war, um einen Kühlraum unter ihrem Haus zu besitzen, wo die Lufttemperatur durch die Zaubersprüche der kislevitischen Eiszauberer unter dem Gefrierpunkt gehalten wurde.

Seine Ritter blieben diskret in der Nähe des Hauseingangs zurück, während er und Anastasia sich in einen mit Eichenholz getäfelten Empfangsraum mit hoher Alabasterdecke zurückzogen. Ein dicker, mit sich windenden Drachen gemusterter Teppich breitete sich auf einem schimmernden Parkettboden aus.

Das Innere des Hauses zeugte von großem Reichtum, wirkte aber nirgendwo protzig und immer gediegen. Jeder Raum war elegant möbliert, und keiner überwältigte den Gast mit seiner kostspieligen Einrichtung; ganz anders als die Schlösser mancher Adliger im Imperium, die nur dazu angetan waren, den Reichtum ihrer Besitzer zur Schau zu stellen.

Er und Anastasia nahmen auf einem luxuriösen Diwan Platz und plauderten wie alte Freunde über Nichtigkeiten. Doch unvermeidlich kamen sie auf den Tod des Bojaren Kovowitsch zu sprechen.

»Ich habe von Eurer scheußlichen Konfrontation mit diesem Dummkopf Paschenko gehört«, sagte Anastasia. »Einfach schrecklich, dass man einen Mann wie Euch eines so schrecklichen Verbrechens beschuldigt.«

»Ja, das war lächerlich«, stimmte Kaspar ihr zu.

»Wie kam Paschenko denn überhaupt darauf, Ihr könntet etwas mit seinem Tod zu tun haben?«

Kaspar zuckte die Achseln. »Die Gäste im Palast haben gesehen, wie der Bojar und ich gestritten haben, und da hat er wohl einen voreiligen Schluss gezogen.«

»Pah! Paschenko ist ein *Nekulturny*, und wenn er jeden Mann verhaften wollte, der mit Kovowitsch aneinander geraten ist, müsste halb Kislev im Verlies der Tschekisten sitzen.«

»Er war also nicht beliebt?«, fragte Kaspar.

»Nicht besonders«, antwortete Anastasia. »Er war ein ungehobelter Rüpel, und seine Frau könnte nach der Vorstellung, die sie vor Eurer Botschaft abgeliefert hat, glatt zur Bühne gehen. Es heißt, er habe sie gnadenlos geschlagen, deswegen ist mir völlig unverständlich, warum sie sein Hinscheiden betrauern sollte.«

Kaspar schüttelte den Kopf. Je mehr er über Alexei Kovowitsch erfuhr, desto weniger Mitleid empfand er für ihn. Der Mann war ein Trunkenbold gewesen, und nach menschlichem Ermessen sollte Madame Kovowitsch ohne ihn besser dran sein. Er trank sein Glas leer und stellte es auf einem mit Intarsien verzierten Nussbaumtischchen neben dem Diwan ab.

»Doch nun genug von solchen Dingen, Kaspar«, versetzte Anastasia munter. »Die Zeiten sind schon finster genug; da müssen wir die Zustände nicht noch beklagen. Erzählt mir von Euch. Ich bin neugierig darauf, was einen Mann wie Euch zu einer solchen Zeit nach Kislev verschlägt.«

»Der Imperator hat mich hierher entsandt«, sagte Kaspar.

»Ach, kommt schon, da muss doch mehr dahinterstecken. Habt Ihr einen mächtigen Mann gegen Euch aufgebracht, um einen so ... unspektakulären Posten zu verdienen?«

»Unspektakulär? Warum sagt Ihr das?«

»Weil eine Versetzung hierher Euch gewiss weder großen Lohn noch Prestige einbringen kann, während ein Posten in einer Hochburg diplomatischer Aktivitäten, sagen wir in Marienburg oder Bordelaux, ein nützlicher Schritt darstellen könnte, falls Ihr eine Karriere als Minister einschlagen wollt. Oder wie wäre es mit Tilea? Ich habe gehört, dort herrsche wenigstens ein angenehmes Klima. Doch Kislev hat wenig zu bieten. Also erzählt mir, und zwar wahrheitsgemäß, warum Ihr nach Kislev gekommen seid.«

»Wie ich Euch schon sagte. Der Imperator hat mich gebeten, den Posten zu übernehmen, und ich habe akzeptiert.«

»So einfach?«

Kaspar nickte. »Ich habe fast vier Jahrzehnte in den Armeen des Imperators gedient. Mit sechzehn habe ich mich bei Imperator Luitpold verdingt. Ich trat in ein Pikenregiment ein und bin dann während der nächsten sechs Jahre in Averland gegen einen Häuptling der Orks nach dem anderen angetreten. Wir sind durch das ganze Imperium gezogen, haben gekämpft und uns dabei einen guten Namen gemacht, wenn ich das sagen darf. Wir haben die Untiere geschlagen, die in den dunklen Wäldern jagen, die Stämme der Nordmänner, die Euer Land und die Ostermark verheeren, und jeden anderen Gegner, der mit Mordlust im Herzen gezogen kam. Schließlich befehligte ich mein eigenes Regiment und kämpfte in der Schlacht von Norduin an der Seite von Imperator Karl Franz selbst. Im Lauf der Jahre stieg ich weiter auf, bis ich für meinen Imperator ganze Armeen geführt habe.«

»Oh, das klingt sehr heroisch«, stieß Anastasia hervor.

Kaspar lächelte. »Das mag sein, aber meine Nation schwebt in Gefahr, und wenn sie überleben soll, braucht sie Menschen, die etwas vom Krieg verstehen, um ihren Feinden standzuhalten. Diplomatie und Verhandlungen können zwar vieles erreichen, doch irgendwann kommt eine Zeit, da muss ein Mann bereit sein, für das zu kämpfen, was er für richtig hält. Kislev mag nicht der glänzendste Posten sein, aber wenn ich einen Beitrag leisten kann, indem ich hierher komme und den Streitkräften unserer beiden Nationen helfe, der bevorstehenden Invasion zu widerstehen, dann ist mein Platz hier.«

Anastasia lächelte. »Dann seid Ihr ein wahrer Patriot und ein selbstloser Mensch. Männer wie Ihr seid selten.«

»Nicht so selten, wie Ihr glaubt«, gab Kaspar lächelnd zurück.

»Warum habt Ihr dann den Dienst des Imperators verlassen?«, fragte Anastasia lachend.

Kaspar wurde plötzlich ernst. »Meine Frau, Madeline, hatte ein schwaches Herz, und die Sorgen, die sie sich um mich machte, wenn ich fort war, belasteten sie schwer«, sagte er wehmütig. »Als ich von den Feldzügen in den Grenzfürstentümern zurückkehrte, ersuchte ich um meine Entlassung aus der Armee, und wir zogen uns nach Nuln zurück.«

»Ich verstehe. Und Eure Frau ... wartet sie nun zu Hause auf Eure Rückkehr?«

»Nein.« Kaspar schüttelte den Kopf. »Madeline ist vor drei Jahren gestorben. Sie ist in unserem Garten zusammengebrochen, als sie ihre Rosen pflegte. Der Morr-

Priester sagte, ihr Herz sei einfach stehen geblieben, es habe keine Lebenskraft mehr gehabt. Er erklärte, wahrscheinlich habe sie nichts gespürt, was wohl ein Segen ist.«

»Oh, es tut mir so Leid, Kaspar«, rief Anastasia, rutschte auf dem Diwan an ihn heran und nahm seine Hände. »Das war gedankenlos von mir. Bitte vergebt mir; ich wollte keine schmerzlichen Erinnerungen erwecken.«

»Schon gut, Anastasia«, sagte Kaspar. »Ihr konntet es ja nicht wissen.«

»Vielleicht nicht, aber ich hätte aufmerksamer sein sollen. Schließlich weiß ich, was es heißt, einen geliebten Menschen zu verlieren. Andrej, mein Mann, wurde vor sechs Jahren ermordet.«

Kaspar streckte die Hand aus und wischte Anastasia eine Träne aus dem Augenwinkel.

»Das tut mir Leid. Hat man den Mörder zur Rechenschaft gezogen?«

»Pah! Die Stadtwache und die Tschekisten haben nichts unternommen. Andrej, Ursun sei seiner Seele gnädig, war in vielerlei Hinsicht ein sehr lieber Mensch, aber manchmal auch sehr naiv. Ohne mein Wissen hatte er einen Teil seines Geldes in einige ziemlich abenteuerliche Geschäfte mit einem *Lichnostjob* namens Tschekatilo investiert.«

Kaspar hatte bereits Grund, Tschekatilo zu verachten, und notierte sich jetzt im Stillen einen weiteren.

»Von Tschekatilo habe ich schon gehört«, sagte er.

»Genaues weiß niemand, aber man hat mir erklärt,

Andrej sei nach einer Versammlung der Händlergilde auf dem Heimweg gewesen. Dabei wurde er angeblich von einigen Räubern überfallen. Sie stahlen ihm seinen Geldbeutel und schlugen ihn mit einer Eisenstange tot.«

Kaspar dachte an die Version der Geschichte, die Sofia ihm erzählt hatte, und dankte lautlos dem Gewährsmann, der Anastasia die Wahrheit darüber erspart hatte, woher ihr Mann tatsächlich gekommen war.

»Natürlich wurde deswegen niemals etwas unternommen, aber ich wusste, wer in Wahrheit dahintersteckte. Ich konnte selbstverständlich nichts beweisen, aber tief im Herzen wusste ich, dass dieser Bastard etwas mit Andrejs Tod zu tun hatte.«

Tränen stiegen Anastasia in die Augen, und sie schlug die Hände vor den Mund. »Bitte entschuldigt meine Ausdrucksweise, aber der Gedanke, dass dieses Stück Dreck immer noch durch die Straßen läuft, macht mich furchtbar zornig.«

Kaspar beugte sich zu ihr herab und legte den Arm um ihre Schulter. Er wusste nicht, was er sagen sollte, um sie zu trösten; stattdessen zog er sie einfach an sich und barg ihren Kopf an seiner Schulter. Kajal von ihren tränenfeuchten Augen hinterließ Spuren auf seinem Wams.

»Ihr könnt unbesorgt sein«, sagte Kaspar. »Ich werde nicht zulassen, dass man Euch je wieder wehtut.«

IV

Kaspar drückte dem Stallburschen, der sein Reittier hielt, eine Kopeke in die Hand, denn er hatte erfreut bemerkt, dass der Junge sich die Zeit genommen hatte, die silbrige Mähne und den Schweif des Pferdes auszubürsten und ihm sogar die Steine aus den Hufen zu kratzen. Er ergriff den Sattelknauf, schwang sich auf den Rücken des Tieres und warf einen liebevoll-besorgten Blick zurück auf Anastasias Haus.

Ein paar Minuten lang hatten beide Trost in ihrer Umarmung gesucht, und dann hatte Anastasia sich entschuldigt, und Kaspar hatte beschlossen, sie ihrer Trauer zu überlassen und sich zurückzuziehen. Er hatte noch den Duft ihres Haars und ihrer Haut in der Nase, als er mit den Pantherrittern im Gefolge sein Pferd zurück auf die Magnusstraße lenkte.

Die Dämmerung brach herein, und hinter den Gebäuden im Westen versank allmählich die Sonne. In den letzten Sonnenstrahlen erblickte Kaspar die Silhouetten von sechs Männern am Ende der Straße, und sein Herz sank, als er den geckenhaften Sascha Kajetan erkannte. Er und fünf seiner muskelbepackten Krieger, die sich Klingen unter der Haut durchzogen, kamen im Handgalopp auf sie zu. Die Miene ihres Anführers war kalt, und seine violetten Augen blitzten vor Wut.

»Bei Sigmars Blut, nicht das«, stöhnte Kaspar halblaut. Die beiden Pantherritter lenkten ihre Pferde vor ihn, schlangen sich die Zügel um die linke Hand und griffen mit der Rechten drohend nach ihren Schwertern.

»Beachtet sie nicht«, befahl Kaspar. »Wir werden versuchen, ihnen aus dem Weg zu gehen.«

Valdhaas nickte. Alle drei lenkten sie ihre Pferde an den Straßenrand, wobei die Ritter darauf achteten, dass ihre Tiere sich zwischen Kajetans Männern und dem Botschafter befanden.

Aber der Schwertkämpfer ließ sich nicht darauf ein. Seine Krieger schwärmten zu einer langen Linie aus und blockierten die Straße. Kaspar ließ die Hand unter seinen Umhang gleiten und spannte das Flintschloss seiner Pistole.

»Was habt Ihr hier zu suchen?«, fuhr Kajetan ihn an.

Kaspar ignorierte ihn, hielt den Blick auf das Ende der Straße gerichtet und legte den Finger um den gebogenen Silberabzug. Er sah, dass sich dort weitere dunkle Gestalten zu Pferde sammelten, konnte aber im grellen Schein der untergehenden Sonne nicht erkennen, wer sie waren. Kaspar und die Ritter bewegten sich weiter vorwärts, aber Kajetan und seine Krieger ließen ihre Pferde geschickt rückwärts gehen. Der Schwertkämpfer starrte Kaspar unverwandt an.

»Ich habe Euch eine Frage gestellt, Imperiumsmann.«

»Und ich habe Euch ignoriert.«

Kaspar konnte kaum sehen, wie Kajetans Klinge aus der Scheide fuhr, so rasch lag sein Säbel in seiner Hand.

»Wenn ich eine Frage stelle, erwarte ich eine Antwort.«

Blitzschnell zogen Valdhaas und sein Kamerad die Schwerter. Kaspar sah, dass die Lage beim kleinsten Anstoß zu eskalieren drohte. »Ich habe eine Freundin besucht, wenn Ihr es durchaus wissen müsst«, erklärte er daher. »Madame Vilkova hatte mich gebeten, sie aufzusuchen, und ich habe ihre freundliche Einladung angenommen.«

»Ich habe Euch befohlen, Euch von ihr fern zu halten«, erwiderte Kajetan.

»Ich tue, was mir gefällt, Kajetan, und ich fühle mich in keiner Weise verpflichtet, Eure Erlaubnis einzuholen, wen ich besuchen darf«, antwortete Kaspar. Er sah, wie Kajetans Blick sich auf die Schulter seines Hemds richtete, und sofort war ihm klar, was der Schwertkämpfer ansah.

Die Kajalspur von Anastasias Wimpern.

Kajetans Augen weiteten sich, und sein Kiefer verkrampfte sich.

Kaspar wusste sofort, was jetzt kommen würde, daher riss er seine gespannte Pistole heraus und richtete sie auf den Punkt zwischen Kajetans Augen. Der Schwertkämpfer erstarrte, und ein schmales Lächeln umspielte seine Mundwinkel.

»Wollt Ihr mich erschießen, Imperiumsmann?«

»Wenn es sein muss«, antwortete Kaspar.

»Meine Männer würden Euch dafür umbringen«, versicherte Kajetan.

»Ja, wahrscheinlich. Aber tot wärt Ihr dennoch.«

»Das macht nichts«, meinte Kajetan achselzuckend, und zu seinem Entsetzen erkannte Kaspar, dass ihm das tatsächlich gleichgültig war.

Lange Sekunden verharrten sie wie erstarrt. Dann ließ sich eine schnarrende Stimme hinter Kajetan und seinen

Männern vernehmen. »Botschafter von Velten, Sascha Kajetan. Ich würde es sehr zu schätzen wissen, wenn Ihr beide Eure Waffen sinken lassen würdet. Meine Männer haben Musketen auf Euch alle gerichtet, und ich versichere Euch, dass sie sämtlich ausgezeichnete Schützen sind.«

Zögernd löste Kaspar den Blick von dem Schwertkämpfer und erblickte Wladimir Paschenko und zehn berittene Tschekisten, die kurzläufige Karabiner auf sie gerichtet hielten.

»Also bitte«, sagte Paschenko. Zehn Musketen-Flintschlösser wurden mit lautem Klicken gespannt.

Kaspar ließ behutsam das Steinschloss seiner Pistole zurückgleiten und steckte sie langsam ins Halfter zurück, und Kajetan schob seinen gekrümmten Kavalleriesäbel widerstrebend in die Scheide.

Der Anführer der Tschekisten lenkte sein Pferd voran und stellte sich zwischen Kaspar und den Schwertkämpfer.

»Ihr scheint Schwierigkeiten geradezu anzuziehen, Botschafter«, sagte Paschenko.

»Habt Ihr mich beschatten lassen?«, fragte Kaspar.

»Selbstverständlich«, antwortete der Tschekist, als wäre das die natürlichste Sache der Welt. »Ihr werdet verdächtigt, ein Verbrechen begangen zu haben. Warum sollte ich Euch da nicht beobachten lassen? Und Ihr solltet froh darüber sein, dass ich es getan habe. Hätten wir nicht eingegriffen, wäre dieses kleine Drama gewiss übel für Euch ausgegangen.«

Kajetan grinste höhnisch, und Paschenko wandte ihm

seine Aufmerksamkeit zu. »Und Ihr glaubt bitte nicht, dass Euer Ruf Euch vor meiner Aufmerksamkeit schützt, Sascha. Hättet Ihr diesen Mann getötet, dann hätte ich dafür gesorgt, dass Ihr auf dem Gerojev-Platz am Ende eines Henkerseils zappelt, ehe die Woche zu Ende gewesen wäre.«

»Ich hätte gern miterlebt, wie Ihr das versucht hättet«, sagte Kajetan. Er spuckte vor Kaspar auf den Boden, dann wendete er sein Pferd und galoppierte gen Osten, seine Männer dicht hinter sich.

Kaspar sah dem abziehenden Kajetan nach und spürte, wie die Spannung von ihm wich. Er fuhr sich mit der Hand über den Schädel und atmete tief aus. Er hatte gar nicht bemerkt, dass er die Luft angehalten hatte.

»Ich an Eurer Stelle«, riet Paschenko, »würde mich von diesem Mann fern halten. Er ist verliebt in Madame Vilkova, und Liebe lässt einen Mann merkwürdige Dinge tun.«

Trotz seines Abscheus vor dem Tschekisten zwang Kaspar sich, liebenswürdig zu sein. »Danke, Paschenko, dass Ihr uns zu Hilfe gekommen seid. Diese Geschichte hätte sehr leicht übel ausgehen können.«

»Dankt mir nicht so rasch, Botschafter. Ein Teil von mir hätte gern zugelassen, dass Sascha Euch tötet, aber er ist bei unserem Volk ein Held, und man würde es gar nicht gern sehen, wenn ich ihn aufhängen müsste.«

Paschenko wendete sein Pferd. »Ihr allerdings genießt keine so privilegierte Stellung, Botschafter«, sagte er. »An Eurer Stelle würde ich in Zukunft gut überlegen, auf wen ich meine Pistole richte.«

5. KAPITEL

I

Am Abend des Mittherbst-Tages, der Ulric heilig war, dem Gott des Kampfes und des Winters, fiel in Kislev der erste Schnee. Die Ulric-Priester frohlockten, als aus dem bleifarbenen Himmel die ersten Flocken herabschwebten und davon kündeten, dass die Gunst des Wolfsgottes mit ihnen war. Andere waren weniger begeistert: Der Schnee und die rasch fallenden Temperaturen würden großes Elend und Leid unter den Flüchtlingen verursachen, von denen Tausende die Stadt bevölkerten oder in den immer größer werdenden Zeltlagern vor den Mauern hausten.

Täglich war der Zustrom von Flüchtlingen aus dem Norden angeschwollen, bis die Tzarin sich gezwungen gesehen hatte, die Stadttore zu schließen. Kislev konnte einfach keine Menschen mehr aufnehmen. Mit dem praktischen Sinn der kislevitischen Bauern beschlossen viele der Flüchtlinge, einfach südwärts in Richtung Imperium weiterzuziehen, denn sie hatten nur den einen Wunsch, so weit wie möglich vor der drohenden Vernichtung zu fliehen. Andere bauten sich Unterkünfte, so weit ihre mageren Besitztümer dies zuließen, und kampierten vor den Mauern, zwischen den Lagern der Soldaten des Imperiums und Kislevs.

Je mehr die Zahl der Menschen wuchs, umso häufiger war auch der Name des Ungeheuers zu hören, das sie von ihrer Scholle vertrieben hatte. Es begann als leises Flüstern am Rande von abendlichen Lagerfeuern und wuchs in den Erzählungen zu furchteinflößenden Ausmaßen an, bis allein der Name des Monstrums eine eigene Macht zu besitzen schien. Unzählige Geschichten von niedergebrannten *Stanistas* und erschlagenen Frauen und Kindern kursierten. Man schrieb dem Ungeheuer alle möglichen Gräueltaten zu, und mit jedem Tag verbreiteten sich mehr und mehr Geschichten über diesen Barbaren von Lagerfeuer zu Lagerfeuer.

Es hieß, seine Krieger hätten im Dorf Ramaejk jeder lebenden Seele den Leib aufgeschnitten und die Bewohner dann auf den spitzen Kiefernpfählen ihres eigenen Verteidigungswalls aufgespießt. Tagelang hatten die Krähen sich an den noch lebenden Körpern ergötzt, und die makabre Szene war als Monument für den Triumph des Ungeheuers zurückgeblieben.

Niemand wusste, wer zuerst den Namen des Monstrums ausgesprochen hatte. Vielleicht war er auch gar kein Name, sondern ein schlecht verstandener Kriegsruf oder ein mit einem Fluch belegter Talisman, den jene, die er verschone, weiter trugen, auf dass das Entsetzen seines Namens und seiner Taten sich gen Süden verbreiteten.

Wie auch immer es geschehen war, dass er in Worte gefasst wurde, der Name Aelfric Cyenwulfs, des Anführers der nördlichen Stämme und bevorzugten Stellvertreters des gefürchteten Chaoslords Archaon selbst, war bis nach Kislev gedrungen. Kriegshäuptlinge der Kurgan waren nichts Neues, und die ältesten Männer und Frauen aus der Steppe wussten von vielen blutrünstigen Barbarenführern, die gekommen und gegangen waren. Sie wussten, dass Stämme aus dem Norden ihr Land schon früher überfallen hatten, aber sogar sie verstanden, dass es dieses Mal anders war.

Dieses Mal kamen die Stämme nicht, um zu plündern, dieses Mal kamen sie, um alles zu vernichten.

II

Mit einer Mischung aus düsteren Vorahnungen und Erleichterung sah Kaspar zu, wie der Schnee aus dem bleiernen Himmel auf die Zinnen der Stadtmauern fiel. Die Schneefälle würden den Vormarsch einer Armee verlangsamen und sie höchstwahrscheinlich zwingen, sich in ihr Winterquartier zurückzuziehen, denn andernfalls lief sie Gefahr, dass die Krieger verhungerten oder erfroren.

Noch war der Schneefall leicht, aber Kaspar wusste, dass es im besten Fall wenig mehr als einige Wochen dauern würde, bis der unsagbar kalte kislevitische Winter einsetzte. Dann würde er die Nation fest in seinem eisigen Griff halten und die Landschaft unter einer endlosen Schneedecke begraben. Die Kisleviten nannten diese Jahreszeit *Raspotitsa* – Straßenlosigkeit –, und dann kam praktisch jede Fortbewegung zum Erliegen, da jeder Weg und jede Straße tief unter Schnee verborgen lagen.

Er wandte sich vom Anblick der Wälle und der aufsteigenden Rauchwolken ab, die von den heftigen Winden, die aus dem Norden heranwehten, zerstreut wurden. Hunderte kleiner Feuer, um die sich die Menschen kauerten, um sich zu wärmen, brannten in den Lagern außerhalb der Mauern. Die Schwächsten starben bereits jetzt, alte Menschen und neugeborene Kinder, die die bittere Kälte und den Nahrungsmangel nicht ertrugen. Den in ihrer Nähe kampierenden Soldaten erging es kaum besser, denn sie erhielten weder Nachschub noch Nachrichten aus der Heimat, und ihre Moral war ins Bodenlose gesunken.

Kaspar wusste, dass es die einfachen Dinge des Lebens waren, die einen Soldaten bei Laune hielten. Die mitreißende Rede eines Anführers entzündete vielleicht ein Feuer in seinem Herzen, aber eine warme Mahlzeit und ein Tropfen Alkohol dazu wusste er weit mehr zu schätzen. Bisher hatten die Soldaten des Imperiums weder das eine noch das andere erhalten, aber Kaspar würde dafür sorgen, dass sich das änderte.

Er sah zu, wie ein Konvoi aus fünfzehn lang gestreckten Flussschiffen majestätisch durch die dunklen Wasser des Urskoy glitt und auf das Fallgatter der westlichen Schleuse zuhielt. Bootsleute holten die Segel auf dem ersten Schiff ein, das vom Schatten der hohen Wälle verschluckt wurde. Kaspar las den Namen des Schiffs, der knapp oberhalb der Wasserlinie auf seinen Rumpf gemalt stand, und verfolgte seinen Weg, als es aus der Schleuse auftauchte und flussaufwärts auf die Hafenanlagen zusteuerte.

Pavel Korowitsch und Kurt Bremen eilten die Treppe hinauf und gesellten sich auf der Mauer zu ihm.

»Sind sie das?«, fragte Bremen.

Kaspar nickte. »Ja, das Schiff an der Spitze ist die *Maid von Scheerlagen*. Sind Eure Männer bereit?«

»Das sind wir«, versicherte Bremen.

»Dann lasst uns aufbrechen«, sagte Kaspar.

III

Sie folgten den Flussschiffen, die auf den Haupthafen der Stadt zuhielten. Kaspar, der als junger Mann gelernt hatte, jede Art von Fortbewegung auf dem Wasser zu verabscheuen, war kein Seemann, doch selbst er erkannte, dass jedes einzelne Schiff gefährlich überladen war, so dass das träge Wasser des Flusses beinahe über das Dollbord schwappte. Mehrere Male verloren sie den Konvoi aus dem Blickfeld, da sie zu langen Umwegen gezwungen waren, um von Menschen verstopfte Straßen zu umgehen, aber es war immer leicht, ihn wiederzufinden, da auf dem Fluss kein Verkehr herrschte. Die meisten Kapitäne hatten ihre Schiffe bereits nach Süden gebracht, nach Talabec und weiter nach Altdorf oder Nuln.

Passanten warfen der Gruppe neugierige Blicke zu: Ein Mann von offensichtlich hohem Rang ritt neben einem bärtigen Kisleviten, der auf einem störrischen Karrengaul mit durchgebogenem Rücken saß, und beide wurden begleitet von einer Gruppe von sechzehn Rittern in blank polierten Plattenpanzern. Auch den Mannschaften der Flussschiffe blieb ihre Anwesenheit nicht lange verborgen, und sie riefen sie mit lautem »Ahoi« an.

Kaspar und die Ritter ignorierten sie, aber Pavel schrie zurück. »Was gibt's Neues aus dem Süden?«

»Wolfenburg ist nicht mehr«, schrie ein Matrose zurück.

»Ein großer Sturm hat es zerstört«, rief ein anderer. »Dunkelmagie, heißt es.«

Kaspar überließ es Pavel, sich mit den Männern auf den Schiffen zu unterhalten. Er selbst war zu sehr in Gedanken bei der Aufgabe, die vor ihm lag, um Wortgeplänkel mit Männern auszutauschen, mit denen er sich womöglich bald auseinander setzen musste. Seit vor vier Tagen die Briefe aus Altdorf eingetroffen waren, hatte er auf den von der *Maid von Scheerlagen* angeführten Konvoi gewartet.

Die Briefe hatten das Wappen des Zweiten Hauses Wilhelm und des Imperialen Kommissariats getragen, und darin hatte man von ihm zu wissen verlangt, was er unternommen habe, um das fortgesetzte Verschwinden von Waren zu verhindern. Kaspar hatte keine Ahnung gehabt, wovon in den Briefen die Rede war, bis er einen aufreibenden Tag damit verbracht hatte, die Aufzeichnungen des ehemaligen Botschafters durchzusehen. Aus dem Bild, das sie ergaben, wusste er jetzt, warum die imperialen Regimenter in Kislev hungerten und in den Kornkammern der Stadt die Vorräte knapp wurden. Zum Teil erklärte sich nun auch, warum die Herrscherin von Kislev auf seine Bitten um eine Audienz bisher nur mit bürokratischen Hinhaltemanövern und höflichen Zurückweisungen reagiert hatte.

Anscheinend kam der Nachschub durchaus in Kislev an, er gelangte nur einfach nicht zu den Empfängern, für die er bestimmt war. Während der letzten zwölf Monate hatte ein Händler aus Hochland namens Matthias Gerhard im Auftrag des Imperialen Kommissariats Nahrungsmittel, Waffen und die vielen verschiedenen Artikel verwaltet, die eine Nation und ihre Verbündeten in Kriegszeiten brauchten. Der Imperator hatte Unmengen an Gütern nach Kislev gesandt, aber nur wenig hatte die Menschen erreicht, die ihrer verzweifelt bedurften.

Die Briefe berichteten von den häufigen Diebstählen in Matthias Gerhards Lagerhäusern. Dessen Antwortschreiben sprachen zwar von erhöhter Wachsamkeit, aber anscheinend konnte nichts verhindern, dass Vorräte in einem steten Strom aus seinen Lagerhäusern verschwanden. Gerhard schob die Schuld auf die verschlagenen Kisleviten, und seine Leser in Altdorf mussten den Eindruck gewonnen haben, als verurteilten die Barbaren ihres nördlichen Nachbarlands sich durch ihre Faulheit und Dummheit selbst zum Verhungern und zur Niederlage. Hier in der Stadt allerdings, wo niemand genug zum Überleben hatte, war offensichtlich, dass die

Vorräte gestohlen wurden, und zwar nicht nur von einfachen Straßenräubern.

Je länger Kaspar in Teugenheims Unterlagen las, umso mehr wuchs sein Zorn auf den Mann. Der ehemalige Botschafter musste gewusst haben, dass der dringend benötigte Nachschub aus dem Imperium von denen gestohlen wurde, die mit seiner Verteilung beauftragt waren, und doch hatte er nichts unternommen, um das zu verhindern.

Nun, der neue Botschafter würde da ein Wörtchen mitreden.

IV

Als sie am Kai ankamen, wurde die *Maid von Scheerlagen* bereits entladen. Ein paar weitere Schiffe hatten festgemacht, und die Matrosen schlangen dicke Taue um eiserne Poller, während andere Schiffe noch darauf warteten, am Kai anlegen zu können. Nun, da die *Maid von Scheerlagen* endlich ihren Bestimmungsort erreicht hatte, war die Erleichterung unter der Mannschaft groß, und ihrem Kapitän schien es nicht einmal etwas auszumachen, dass er für sein Schiff mit einer exorbitanten Hafengebühr belegt wurde.

Dick vermummte kislevitische Schauerleute hievten mit Flaschenzügen Dutzende von Kisten, Fässern und schweren Säcken aus dem Frachtraum des Schiffs auf das gepflasterte Kai, wo eine Reihe breiter Wagen die Güter erwartete. Ein stämmiger Mann mit einem langen, buschigen Bart scherzte mit dem Schiffskapitän, der ein Gesicht machte, als wünschte er sich einfach nur, sein Schiff auszuladen und wieder abzureisen.

»Schwärmt aus«, befahl Kaspar, »und lasst keinen der Wagen abfahren.«

Bremen nickte, ballte seinen Panzerhandschuh zur Faust und wies auf die drei Zufahrtswege, die vom Kai wegführten. Die Ritter lenkten ihre Tiere dorthin, wo sie eine Linie aus Stahl bildeten und mit ihren schweren Pferden jedes Durchkommen verhinderten. Mit ihren heruntergeklappten Visieren waren sie ein furchterregender Anblick, und obwohl keiner von ihnen eine Waffe gezogen hatte, wirkten sie äußerst bedrohlich.

Schließlich bemerkten die Besatzungen und die schwer arbeitenden Schauerleute ihre Anwesenheit und sahen sich verwirrt auf dem Kai um, als Kaspar, Bremen und Pavel auf sie zuritten. Ein paar der Stauer griffen verstohlen nach Messern oder Knüppeln, aber das Scharren von sechzehn höllisch scharfen Kavallerieschwertern, die gleichzeitig gezogen wurden, überzeugte sie, davon abzulassen. Zahlenmäßig waren die Ritter hoffnungslos unterlegen, aber selbst diese groben Gesellen wussten, dass sie gegen schwer gepanzerte und gut ausgebildete Ritter nicht ankamen.

Der Anführer der Pantherritter und Pavel stiegen ab, doch Kaspar gedachte den Vorteil zu wahren, den seine erhöhte Position ihm verschaffte.

»Diese Güter«, sprach er den Kapitän an, »woraus genau bestehen sie?«

»Was geht dich das an, Bursche?«, erwiderte der Mann.

»Ich bin der Botschafter von Imperator Karl Franz, und ich werde hier die Fragen stellen.«

Der Kapitän, der die Ritter sah und Kaspars Akzent aus dem Süden hörte, nickte.

»Nun gut, wir liefern Weizen, Hafer, Salz, Schwertklingen und Axtschneiden. Alles unterzeichnet, versiegelt und abgeliefert. Habt Ihr daran etwas auszusetzen?«

Kaspar überging die Frage und sprach als Nächstes den kislevitischen Hafenmeister an. »Und wohin bringt Ihr diese Fracht, sobald sie ausgeladen ist?«

Der Mann gab keine Antwort, bis Pavel ihn in seiner Muttersprache anblaffte und Kaspars Frage übersetzte. Höhnisch grinsend knurrte der Hafenmeister seine Antwort hervor, während sein Blick ständig zwischen den beiden Männern hin und her huschte. Die Worte verstand Kaspar nicht, aber er schnappte in dem kislevitischen Redeschwall den Namen Gerhard auf.

»Er sagt, die Vorräte sind für Gerhards Lagerhaus«, übersetzte Pavel.

»Gut«, sagte Kaspar. »Sag ihnen, sie sollen die Schiffe ausladen und die Wagen beladen.«

»Und dann?«, fragte Pavel.

»Dann warten wir auf Gerhard«, erklärte Kaspar.

V

Valery Schewtschuk zog seine Frau und seine beiden Töchter enger an sich. Durch die dünne Decke, das Einzige, was sie vor der bitterkalten Nachtluft schützte, konnte er ihre Rippen fühlen. Dichtes Schneetreiben herrschte, aber hier in einer der gepflasterten Gassen der Stadt hatten sie einen guten Platz gefunden, eine Nische, in der eine Treppe zu einer Tür führte, die schon vor langer Zeit zugemauert worden war. Hier waren sie vor dem schlimmsten Wind und Schnee geschützt, gierigen Räubern, die einem die Körperwärme stahlen. Immerhin hatte er eine Art Obdach für seine Familie finden können. Er strich Nicolje eine Haarsträhne aus dem Gesicht und wünschte sich, sie hätte ihm Söhne schenken können.

Sein Fluch war gewesen, dass er alte Eltern hatte und keine Söhne, die er in den Krieg hatte schicken können, und so hatte er kämpfen müssen, um genug Nahrung für seine große Familie aufzubringen. Die Menschen in seinem *Stanista* hatten zwar versucht, ihnen zu helfen, aber sie konnten schließlich nicht zugunsten einer anderen Familie ihre eigene vernachlässigen.

Vor drei Wochen hatten seine Eltern bei Nacht das Dorf verlassen und waren ohne Decken und Nahrung auf die winddurchtoste Ebene hinausgewandert. Niemand hatte gesehen, wie sie fortgingen, und man hatte ihre gefrorenen Körper weniger als eine halbe Meile entfernt vom Tor des *Stanista* entdeckt. Eng umschlungen hatten sie mitten auf der Straße gelegen.

Valery hatte um sie geweint, weil sie sich geopfert hatten, aber insgeheim war er auch erleichtert gewesen, weil er nicht länger für sie zu sorgen brauchte. Als dann den militärischen Befehlshaber des Dorfes die Nachricht erreichte, dass immer mehr *Stanistas* und größere Siedlungen angegriffen wurden, hatte Valery beschlossen, ihre *Ibza* zu verlassen und seine Familie in die Hauptstadt zu bringen.

Er hatte ihre wenigen Habseligkeiten auf seinen Wagen geladen und war aufgebrochen, nachdem er unter Tränen seine Freunde und Nachbarn umarmt hatte. Die Fahrt nach Süden war hart gewesen, und sie hatten auf der Reise ihre jüngste Tochter verloren. Das kleine Mädchen war einem Fieber erlegen, das die Heilkräuter seiner Nicolje nicht besiegen konnten. Sie hatten sie in der Steppe begraben und waren weiter gen Süden gezogen.

Als sie die Hauptstadt erreichten, hatte er seinen Wagen und das Pony für einen lächerlich geringen Preis verkauft und verzweifelt versucht, irgendeine Arbeit und eine Unterkunft für seine Familie zu finden. Aber nichts davon gab es, und so waren sie gezwungen, in dieser schmutzigen Gasse zu vegetieren und von dem zu überleben, was er stahl oder was sie mit den wenigen Kupfermünzen, die ihnen geblieben waren, kaufen konnten.

Dreimal hatte er schon gegen Diebe und andere Missetäter kämpfen müssen, die versucht hatten, sie aus ihrer Zuflucht zu vertreiben. Valery Schewtschuk war zwar entsetzlich hungrig und erschöpft, aber er war ein großer Mann und nicht leicht zu besiegen.

Weiter oben in der Gasse hörte er ein leises Tappen im

Schnee und hielt den Atem an. Der Schritt war zu leicht für einen mit einem Stiefel bekleideten Fuß. Vielleicht war es ein Tier, ein Hund, eine Katze oder eine Ratte. Bei dem Gedanken an frisches Fleisch lief ihm das Wasser im Mund zusammen.

Valery zog sein Messer mit dem beinernen Griff, der einzige Besitz, den zu verkaufen er sich geweigert hatte, aus seiner Lederscheide und schälte sich vorsichtig aus der Decke. So dünn sie auch war, jetzt spürte er, wie die Kälte ihm durch den ganzen Körper fuhr. Seine Frau schreckte aus ihren unruhigen Träumen hoch und öffnete benommen die Augen.

»Valery?«

»Psst, Nicolje«, sagte er. »Vielleicht kann ich etwas zu essen besorgen.«

Er stand auf, stützte sich an der Wand ab und ging, das Messer fest in der Hand, die Treppe hinunter. Er hoffte, dass das Geräusch, das er gehört hatte, von einem Hund stammte. Ein Hund würde eine gute Mahlzeit abgeben.

Er konnte das Tappen nicht mehr hören und beschloss, einen Blick um den Rand der Nische zu riskieren, um seine Beute in Augenschein zu nehmen.

Vorsichtig streckte er den Kopf um die Mauerecke, und dann fiel ihm vor Verblüffung die Kinnlade herunter, als er einen nackten Mann in den Schatten der verschneiten Gasse hocken sah. Wenn er bei diesem Wetter ohne Pelze oder einen Umhang unterwegs war, musste er ein Verrückter sein; und bei Ursun, Valery würde nicht zulassen, dass dieser Wahnsinnige sie aus ihrem Unterschlupf vertrieb.

Der Mann wiegte sich leicht vor und zurück und plapperte leise vor sich hin. Eine Hand hatte er zwischen die Beine gesteckt, und mit der anderen kratzte er sich mit zersplitterten Fingernägeln die Haut von den Armen. Dort, wo Blutstropfen auf den Boden fielen, schmolz der Schnee.

»Heda«, rief Valery und hob sein Messer. »Such dir einen anderen Schlafplatz für die Nacht.«

Der Mann ignorierte ihn. »Nein, nein, nein«, murmelte er. »Das sind nur Träume ... du bist nicht ich ...«

Nervös trat Valery einen Schritt weit in die Gasse hinein, wobei er die Spitze seines Messers auf die kauernde Gestalt gerichtet hielt.

Dann ruckte der Kopf des Mannes nach oben, und Valery sah, dass er eine schlecht sitzende Maske aus einem Material trug, das wie graues Leder aussah. Sie war grob zusammengenäht und rollte sich an den Rändern hoch. Durch die Maske starrten ihn Augen an, in denen der Wahnsinn funkelte.

»Falsch. Ich bin das wahre Ich«, stieß der Verrückte grinsend hervor. In seiner Hand erschien ein schimmerndes Messer. Die Klinge fuhr herab, und Valery stürzte. Aus der durchtrennten Arterie an seinem Schenkel strömte sein Lebensblut. Im Fallen drehte er sich und schlug mit dem Kopf auf dem Boden auf.

»Bei Tor, lass meine Familie in Frieden!«, schrie er. »Ich liebe sie so sehr. Es ist mir auch egal, dass ich keine Söhne habe. Ich liebe sie so sehr, und ich will sie nicht verlassen ... bitte ...«

Aus der Treppennische vernahm er Schreie und dann

ein Zischen, so als ob Fleisch in eine Pfanne gelegt wird, aber er konnte nicht sehen, was da vor sich ging. Bittere Tränen weinend, kroch er mit letzter Kraft durch den blutbefleckten Schnee, um zu seiner Familie zu kommen.

Dann hörten die Schreie auf.

Ein Wasserfall aus Blut rann die Stufen herunter und lief am Fuß der Treppe zu einer Pfütze zusammen.

Der Mann, der seine Familie ermordet hatte, trat in die Gasse. Sein Gesicht, seine Brust und sein Bauch waren dick mit Blut überzogen und schimmerten im Licht des Mondes schwarz. Seine Augen leuchteten, und seine Brust hob und senkte sich vor Erregung, als die Wollust des Tötens durch seine Adern rann.

Valery versuchte, die Hand nach ihm auszustrecken, doch vor seinen Augen verschwamm alles in Grautönen.

»Nein«, sagte der Mann, drehte ihn sanft auf den Rücken und beugte sich über ihn.

Er riss die blutigen Fänge weit auf.

Der Wahnsinnige erbrach einen Schwall schaumigen, mit Knorpeln durchsetzten Bluts über seine Brust, und Valery schrie vor Qual laut auf, als die zähflüssige Säure zischte und ihm das Fleisch von den Knochen ätzte.

Er fühlte noch, wie eine Hand sich tief in seinen zerfetzten Brustkorb bohrte, und dann starb er.

VI

Irgendwo hörte Sorka jemanden schreien, aber er ignorierte es. Heutzutage war es eher seltsam, wenn man ausnahmsweise keine Schreie vernahm. Rasch ging er den belebten Prospekt entlang, auf dem es immer noch vor Menschen wimmelte, obwohl es dunkel und kalt war. Er vermutete, dass manch einer nicht wusste, wohin er sich wenden sollte, und fürchtete, sich in den Schnee zu legen, weil er dann vielleicht nicht mehr aufwachen würde.

Fest umklammerte er die Metallschachtel, die er unter seinem Wams trug. Er hatte Angst, sie aus den Augen zu lassen, aber es jagte ihm auch schreckliche Furcht ein, sie zu nahe an seinem Körper zu spüren. Die quadratische Schatulle hatte vielleicht sechs Zoll Kantenlänge und war weit schwerer, als ein Gegenstand dieser Größe eigentlich sein durfte, und obwohl er den Schlüssel zu dem geschwärzten Schloss bei sich trug, versetzte der Gedanke, sie zu öffnen, ihn in Entsetzen und bereitete ihm Übelkeit. Seit Tschekatilo ihm die Schatulle übergeben hatte, damit er sie auslieferte, hatte er sich äußerst unwohl gefühlt.

Seit fast sechs Monaten arbeitete er nun für das Oberhaupt von Kislevs Verbrecherbanden, und den Großteil dieser Zeit hatte er damit verbracht, durch Prügel, Brandstiftung und Einschüchterungen dem Willen seines Herrn zur Geltung zu verhelfen. Er war ein großer, kräftiger Mann mit wenig Fantasie, und er war begeistert, weil sein Herr ihm eine Mission von so offensichtlicher Bedeutung anvertraut hatte.

»Sorka«, hatte Tschekatilo gesagt, »dieser Gegenstand ist von großem Wert für mich. Er muss genau um Mitternacht am Ende der Kalkgasse abgeliefert werden. Kennst du den Ort?«

Sorka hatte genickt. Dort hatte er schon mindestens drei Leichen abgelegt. »Ich werde Euch nicht enttäuschen«, hatte er gelobt. Er hatte den Befehl erhalten, in den Keller zu gehen und die Metallschachtel abzuholen, die er jetzt bei sich trug, und war dann gleich aufgebrochen. Seine Haut juckte, sein Magen rumorte, und ihm war übel. Vielleicht war der Fisch, den er irgendwann vorher gegessen hatte, verdorben gewesen.

Er wandte sich vom Goromadny-Prospekt ab und lief durch die verwinkelten Straßen, wobei er sich immer wieder umschaute, um sich zu vergewissern, dass ihm niemand folgte. Durch den frischen Schnee war es schwierig, sich ganz sicher zu sein, und auch der Umstand, dass die Straßen so belebt waren, war nicht besonders hilfreich. Aber zumindest sah er niemanden hinter sich.

Endlich erreichte er den Eingang der Kalkgasse und sah rasch noch ein letztes Mal über die Schulter. Als er sich zu seiner Zufriedenheit überzeugt hatte, dass niemand in der Nähe war, huschte er in die Gasse und lief sie zögerlich entlang. Sorka sah, dass hier heute Abend schon jemand eine Leiche liegen gelassen hatte. Durch die Kälte roch sie nicht, und die Hunde hatten sie noch nicht entdeckt, aber das würde bald genug geschehen.

Aus einem schattigen Winkel vor ihm rief ihn eine Stimme an.

»Habt Ihr es?«

Sorka fuhr zusammen. Die Stimme hatte ihn erschreckt. Mühsam erinnerte er sich daran, was man ihm zu sagen befohlen hatte.

»Ja, wenn Ihr das Geld habt.«

»Ich habe es«, sagte der Mann. »Stellt den Kasten hin und tretet beiseite.«

So sollte sich der Austausch eigentlich nicht abspielen, und Sorka überlegte fieberhaft, was er darauf antworten sollte. »Zeigt mir das Geld, und dann tue ich, was Ihr sagt.«

»Nein.«

Sorka war nicht daran gewöhnt, dass sich jemand so rundheraus weigerte, seinen Wünschen zu entsprechen, und er war sich nicht sicher, was er als Nächstes tun sollte. Er arbeitete für Tschekatilo, daher wurden normalerweise Befehle, die er erteilte, rasch befolgt. Er beschloss, dem Dummkopf zunächst seinen Willen zu lassen, und legte die Hand um den Griff seines Dolches. Er war sich sicher, dass er es mit dem Mann aufnehmen konnte, wenn er einen Trick versuchte. Schließlich führte nur ein Weg aus dieser Sackgasse hinaus, und das bedeutete, dass er zuerst an ihm vorbei musste.

Und das war, wie er wusste, nicht leicht.

»Nun gut«, sagte er, zog die Schatulle unter seinem Wams hervor und stellte sie auf den Boden. Er zog den Schlüssel heraus, der um seinen Hals hing, und ließ ihn neben der Schachtel fallen.

Der Mann, dessen Gesicht durch die Kapuze seines Umhangs verborgen wurde, trat aus den Schatten, kniete neben der Schatulle nieder und schloss sie rasch auf. Er umfasste ein dunkles Amulett, das er am Hals trug, und hob den Deckel einen Spalt weit.

Ein weiches grünes Glühen drang aus der Schachtel, tauchte den Mann in ein gespenstisches Licht und warf seinen Schatten an die Wand hinter ihm.

Für Sorka sah es aus, als winde sich der Schatten und entwickle ein eigenes Leben, statt den Mann nachzuahmen, zu dem er gehörte.

Er runzelte die Stirn und blinzelte, um das bizarre Bild aus seinem Kopf zu vertreiben, aber der Schatten setzte seinen Tanz fort. Immer dunkler wurde es um seinen Kopf, und auf seiner Stirn wuchs ein Paar Hörner.

Sorka öffnete den Mund, um seiner Verwunderung Ausdruck zu verleihen. Doch der kniende Mann zog eine Radschlosspistole und schoss ihm die Schädeldecke weg.

VII

Der Pistolenschuss hallte aus dem Eingang der Sackgasse, und Minuten später steckte der Mann in dem dunklen Umhang vorsichtig den Kopf um die Ecke. Der Mond kam hinter den Wolken hervor, warf sein schwarzweißes Licht auf die schneebedeckte Straße und erhellte sein Gesicht.

Er schaute nach rechts und links, dann trat er zielstrebig auf die Straße und ging zurück in Richtung Stadtmitte.

Von der anderen Straßenseite aus sahen zwei in Pelze gehüllte Männer ihm nach.

»Er hat Sorka erschossen«, sagte der kleinere der beiden.

Wassili Tschekatilo nickte, rieb sich mit der Hand über das Kinn und zupfte an den Enden seines Schnurrbarts. »Ja, Rejak, und ich hätte das Gleiche getan.«

»Wir sollten ihn aufhalten!«, protestierte Rejak. »Er versucht Euch zu betrügen.«

Tschekatilo schüttelte den Kopf. »Nein, lass ihn gehen. Ich bin froh, diesen verdammten Kasten los zu sein, und wünschte, ich hätte nie zugestimmt, ihn zu beschaffen. Und außerdem glaube ich, dass wir auf lange Sicht mehr dadurch gewinnen, dass wir wissen, für wen wir sie tatsächlich besorgt haben.«

»Aber was ist mit Sorka?«

»Ich werde seinetwegen keine Tränen vergießen«, meinte Tschekatilo. »Er hat Befehle gut befolgt, aber es gibt viele andere wie ihn, und er wird kein großer Verlust für meine Organisation sein.«

»Sollen wir nachsehen, ob er tot ist?«

»Nein, lass ihn liegen. Die Hunde müssen auch essen.«

Rejak zuckte die Achseln. Mit einer Kopfbewegung wies er in die Richtung, in die der Mann mit der Metallschachtel verschwunden war. »Was hat jemand wie er wohl mit etwas so Gefährlichem vor?«

»Ja, was wohl?«, pflichtete Tschekatilo ihm bei. Er hätte wirklich gern gewusst, was Pjotr Losov, der oberste Berater der Tzarin von Kislev, mit einer Schatulle anfangen wollte, die ein faustgroßes Stück Warpstein enthielt.

VIII

Kaspar fand es beeindruckend, wie rasch Matthias Gerhard auf der Suche nach seinen Waren herbeigeeilt kam, nachdem der Nachschub von den Flussschiffen nicht in seinen Lagerhäusern eingetroffen war. Sobald die Schiffe entladen waren, hatte Kaspar die Schauerleute fortgeschickt, und sie waren rasch in die Nacht verschwunden. Den Schiffsbesatzungen befahl er, ins Imperium zurückzukehren. Nachdem sie abgelegt hatten, herrschte auf dem Kai eine fast unheimliche Stille, und abgesehen von einem Schrei dann und wann und einem einsamen Pistolenschuss war das einzige Geräusch das Klatschen des Wassers, das gegen die steinerne Kaimauer schlug.

Sie hatten etwas über zwei Stunden am Kai gewartet, als sich das Rumpeln von Wagenrädern und das Klappern von Hufen näherten.

Die Pantherritter wichen auseinander, als eine rot-golden gestrichene Troika über die Pflastersteine des Kais ratterte. Die Troika war aus kislevitischer Herstellung und wurde von drei hintereinander angespannten Pferden gezogen, und selbst im schwachen Licht des Mondes konnte Kaspar erkennen, dass sie ein teures Modell und ausgezeichnet gearbeitet war. Es war nicht schwer zu erraten, wohin die Gelder, die Matthias Gerhard beiseite gebracht hatte, geflossen waren. Auf dem Wagen saßen sechs mit schweren Kettenpanzern gerüstete Männer, die mit langen Speeren bewaffnet waren. Als er anhielt, kreisten die Pantherritter die Troika ein und bildeten einen Ring aus Stahl, der jeglichen Fluchtweg abschnitt.

Die sechs Wachen warfen einander hektische Blicke zu und kletterten dann zögernd herunter.

Kaspar genoss ihr offensichtliches Unbehagen. Inzwischen musste Matthias Gerhard begriffen haben, dass nicht die Inkompetenz irgendeines niederen Chargen schuld am Ausbleiben seiner Lieferung war, und Kaspar lächelte freudlos, als die Tür des Wagens aufflog und ein hochgewachsener, offensichtlich wohlhabender Mann aus dem Gefährt stieg. Auf seinem schulterlangen blonden Haar trug er ein goldenes Stirnband, dazu eine teures, scharlachrotes Wams, das mit gelber Seide abgesetzt war, und eine pelzverbrämte, mit Silberfäden bestickte Husarenjacke. Jeder Finger war mit goldenen Münzringen geschmückt, und dicke goldene Amtsketten hingen um seinen Hals. Seine ganze Aufmachung kündete von Matthias Gerhards Reichtum, wenn schon nicht von seinem guten Geschmack.

Dem Mann war augenscheinlich nicht wohl, und Kaspar beschloss, ihn hart anzugehen und noch weiter aus dem Gleichgewicht zu bringen, bevor er sich eine Strategie zu seiner Verteidigung zurechtlegen konnte. Er stieg vom Pferd und trat auf den Händler zu.

»Matthias Gerhard, Ihr seid ein Dieb und ein Bastard, und für das, was Ihr getan habt, müsste ich Euch eigentlich sofort den Tschekisten übergeben.«

Trotz Kaspars schneidendem Ton erholte Gerhard sich rasch. Er war ein einflussreicher Mann in einer Stadt, die keine Geduld mit Dummköpfen hatte, und jemand, der nicht seine fünf Sinne beisammen hatte, wäre nicht so reich geworden wie er.

»Gehe ich recht in der Annahme, dass Ihr Botschafter von Velten seid und dies Eure Ritter?«, fragte er.

»Da liegt Ihr ganz richtig.«

»Dürfte ich dann fragen, warum Ihr die Nachschubgüter des Kaisers hier festhaltet?«, sagte Gerhard. »Sie müssten jetzt schon auf dem Weg in meine Lagerhäuser sein. Wie Euch sicherlich bekannt ist, gibt es in dieser Stadt viele Menschen, die sich über die Gelegenheit freuen würden, diese Waren ihrer Bestimmung zuzuführen.«

»O ja, das weiß ich allerdings«, fuhr Kaspar ihn an. »Teugenheims Aufzeichnungen und die Briefe, die ich aus Altdorf erhalten habe, haben mir über diese Menschen alles verraten, was ich zu wissen brauche.«

»Dann habt Ihr sicherlich nichts dagegen, wenn ich Männer rufe, die sie an einen sicheren Aufbewahrungsort bringen«, fuhr Gerhard gewandt fort.

»Habt Ihr nicht verstanden, Gerhard?«, entgegnete Kaspar und schwenkte den Brief des Imperialen Kommissariats. »Es ist vorbei. Ich weiß, was Ihr getrieben habt und werde dafür sorgen, dass Ihr für Eure Taten an einem Strick baumelt.«

»Ach, tatsächlich?«, gab Gerhard zurück. »Und was glaubt Ihr nun zu wissen?«

»Dass Ihr diese Waren als gestohlen gemeldet und dann weiterverkauft habt. Sagt mir, welche andere Erklärung gibt es dafür, dass so große Mengen von Gütern ›verschwunden‹ sind?«

»Exzellenz«, sagte Gerhard geduldig, »ich versichere Euch, dass die Waren, die der Imperator in den Norden geschickt hat, von dritten Personen gestohlen werden. Ich habe vollständige Unterlagen von der Stadtwache, die das beweisen.«

»Ich brauche nichts zu beweisen, ich weiß, was Ihr getan habt. In der Armee habe ich so etwas schon hundert Mal gesehen. Betrügerische Quartiermeister, die Vorräte zurückhalten und sie an den Meistbietenden verscherbeln. Ihr seid nichts als ein gewöhnlicher Dieb!«

»Versucht Ihr, mich wütend zu machen, Botschafter?«

»Allerdings«, gestand Kaspar, der spürte, wie er langsam die Beherrschung verlor.

»Dann seid Ihr zu lange Soldat gewesen, von Velten. Ich bin ein zivilisierter Mensch und habe im Unterschied zu Euch gelernt, meinen Zorn zu bezwingen und meine Differenzen beizulegen, ohne Gewalt anzuwenden.«

Kaspar erkannte, dass er auf diese Art bei Gerhard nichts erreichen würde. Er packte den Händler am Hemdkragen und zerrte ihn an den Rand des Kais. Gerhards Wachen traten vor, aber die Pantherritter rückten nach und verhinderten, dass sie in Aktion traten.

»Wirklich, Botschafter!«, stotterte Gerhard. »Das ist empörend!«

»In diesem Punkt stimme ich mit Euch überein, Matthias«, antwortete Kaspar. Endlich hatte er die Treppe erreicht, die hinunter zu den dunklen, eiskalten Wassern des Urskoy führte.

»Botschafter!«, bettelte Gerhard, als ihm klar wurde, was Kaspar vorhatte. »Das ist wirklich nicht nötig.«

»Tja, da gehen unsere Meinungen nun wieder auseinander«, sagte Kaspar und stieß den Händler vom Ufer.

Matthias Gerhard landete klatschend im Wasser und ging unter. Sekunden später tauchte er wieder auf und schlug so hektisch um sich, dass das Wasser weiß aufschäumte. Er hustete und schrie, doch seine Hilferufe wurden zu einem bloßen Gurgeln, als er Wasser schluckte. Verzweifelt trat der Händler Wasser, aber seine schweren Gewänder und dicken Ketten verschworen sich gegen ihn und zogen ihn hinab, und sein Kopf verschwand wieder unter der Oberfläche. Ein heftiger Schwall von Luftblasen brachte das Wasser zum Brodeln, und dann tauchte der Kopf des Händlers von neuem auf.

»Bitte!«, kreischte er und bekam endlich die unterste Steinstufe zu fassen. Atemlos japsend sog er dankbar Luft in seine brennenden Lungen, bis Kaspar ihm mit dem hölzernen Absatz seiner Reitstiefel auf die Finger trat. Der Händler jaulte auf und verschwand wieder unter der Wasseroberfläche.

»Holt mir einen Speer von seinen Wachen«, rief er zum Kai hinauf. Im hellen Mondlicht sah er die Silhouette von Kurt Bremen und spürte das Missfallen des Ritters, doch das war ihm längst egal. Jetzt kam es nur noch darauf an, seine Aufgabe zu erledigen, und wenn es ohne Gewalt nicht abging, dann war das nicht sein Problem.

Wenn Gerhard ihn für einen Soldatenrüpel hielt, dann würde er sich halt so benehmen.

»Hier«, sagte Bremen mit eisiger Stimme.

»Danke, Kurt.« Gerhard kam noch einmal um sich schlagend an die Oberfläche. Kaspar sah, dass der Kaufmann so gut wie am Ende war, und ließ ihn noch ein Weilchen zappeln, indem er ihm den Speer so hinhielt, dass er ihn knapp verfehlte. Der Mann bemühte sich, den hölzernen Schaft des Speers zu ergreifen, doch jedes Mal, wenn seine Finger ihn streiften, zog Kaspar ihn fort.

»Seid Ihr jetzt bereit, mit mir zu sprechen, ohne mir Bockmist aufzutischen?«, fragte Kaspar.

»Ja!«, schrie der Händler, und Kaspar ließ zu, dass er den Speerschaft packte.

Er hievte ihn bis an die Treppe heran und bedeutete dann seinen Rittern, den durchnässten Mann aus dem Wasser zu ziehen.

Gerhard fiel auf die Seite und erbrach schmutziges Wasser. Sein Gesicht war in den eiskalten Fluten blau angelaufen, und er wimmerte. Als Kaspar neben dem Kaufmann niederkniete, roch er, dass Gerhard sich in seiner Angst beschmutzt hatte.

Er strich dem Mann das nasse Haar aus dem Gesicht. »Nachdem ich Eure ungeteilte Aufmerksamkeit erlangt habe, können wir jetzt wohl reden. Ihr habt also die Nachschubgüter des Imperators verkauft, oder?«

Gerhard hustete, nickte aber langsam.

»Gut«, fuhr Kaspar fort. »So allmählich kommen wir voran. Damit ist ab sofort Schluss. Alles, was Ihr noch habt, und alles, was von nun an aus dem Imperium eintrifft, wird zu den Menschen gelangen, die es dringend benötigen. Habt Ihr mich verstanden?«

»Ja, ich verstehe.«

»Eigentlich hättet Ihr verdient, für Eure Taten in das tiefste, dunkelste Verlies geworfen zu werden. Aber ich brauche Euch noch, um die Verteilung der Waren an die Soldaten und die Einwohner dieser Stadt in die Wege zu leiten. Ihr werdet mit meinem Adjutanten Stefan zusammenarbeiten, und seid versichert, dass er es erfahren wird, wenn Ihr wieder in Eure alten schlechten Angewohnheiten verfallt.«

Kaspar stand auf, massierte sein steifes Knie und stieg die Treppe zum Kai hinauf.

Kurt Bremen erwartete ihn. »Botschafter, darf ich frei sprechen?«, fragte er leise.

»Natürlich, Kurt.«

»Botschafter, ich fühle mich nicht wohl mit diesen ... brutalen Methoden, die Ihr vorzuziehen scheint. Ist es wirklich angemessen, wenn ein Botschafter des Imperators sich in der Öffentlichkeit so verhält?«

Kaspar nickte. »Ich habe Verständnis für Eure Bedenken, Kurt, wirklich. Es macht mir kein Vergnügen, zu solchen Mitteln greifen zu müssen, aber manchmal ist eine Machtdemonstration notwendig, um bei Menschen, die glauben, sie stünden über jeder Vorstellung von Ehrlichkeit und Pflicht, etwas zu erreichen.«

Bremen wirkte nicht überzeugt. »Meine Ritter und ich sind das Instrument, durch das Euer Wille durchgesetzt wird, Botschafter von Velten«, erklärte er. »Aber wir müssen in Übereinstimmung mit dem Ehrenkodex unseren Ordens handeln, auf den wir einen Eid geleistet haben. Das ist der Sinn unseres Hierseins. Wir sind Eurer Sache verpflichtet, doch wir können unsere Pflichten nicht gewissenhaft wahrnehmen, wenn Ihr darauf beharrt, Euch so zu verhalten. Ihr müsst uns die Möglichkeit lassen, unsere Arbeit zu tun, ohne unseren Ehrenkodex zu verletzen.«

»Natürlich, Kurt. Vielleicht hatte Gerhard ja doch Recht«, meinte Kaspar. »Möglicherweise bin ich zu lange Soldat gewesen, um die Stellung eines Botschafters auszufüllen, aber das ist nun einmal mein Los, und dies ist die einzige Art, die ich kenne, um meine Pflicht gegenüber dem Imperator zu erfüllen.«

Bremen nickte knapp, obwohl Kaspar ihm ansah, dass der Ritter nicht gutheißen konnte, was er gesagt hatte.

»Was wollt Ihr nun mit Gerhard anfangen?«, fragte Bremen und wechselte das Thema.

»Bringt ihn zurück in seine Unterkunft und lasst ihn säubern. Ich möchte, dass einige Eurer Männer ihn bewachen, um sicherzugehen, dass er nicht versucht, die Stadt zu verlassen. Morgen früh schicke ich Stefan, der nachsehen soll, was von den Vorräten, die Gerhard gestohlen hat, noch übrig ist, damit wir anfangen können, sie an unsere Leute zu verteilen.«

Bremen wandte sich ab und begann Befehle an seine Männer auszugeben. Kaspar ging zu seinem Pferd zurück. Plötzlich spürte er jedes einzelne seiner vierundfünfzig Jahre auf sich lasten.

6. KAPITEL

I

Durch das Lager der Arkebusiere aus Whisenland zog der Duft brutzelnden Fleisches. Soldaten verschlangen frisch gebackenes Brot und Käse und spülten ihre Mahlzeit mit großen Krügen Bier aus Nordland hinunter. Von jedem Lagerfeuer stiegen Gelächter und aufgeregtes Stimmengewirr auf. Es war eine Freude zu sehen, wie der Kampfgeist der Imperiumssoldaten wieder erwachte, dachte Kaspar.

Etliche Male in den vergangenen fünf Tagen hatte er solche Szenen erlebt, wenn er zusammen mit Anastasia und den Botschaftssoldaten, welche die Karren steuerten, den erschöpften und hungrigen Soldaten der Stadt die dringend benötigten Vorräte gebracht hatte. Stefan hatte in Gerhards Lagerhäusern eine Bestandsaufnahme gemacht und eine wahre Fülle lebenswichtiger Güter entdeckt. Gemeinsam mit dem in Ungnade gefallenen Händler hatte er sogleich begonnen, sie zu den Menschen zu bringen, die ihrer so verzweifelt bedurften. Zusätzlich hatte Kaspar Sofia gebeten, den Kaufmann im Auge zu behalten, denn er wollte nicht, dass der Mann nach seinem langen Bad in den eisigen Wassern des

Urskoy Fieber bekam. Nein, *so* leicht würde Gerhard sich seiner Strafe nicht entziehen.

Er und Anastasia saßen auf dem Kutschbock eines leeren Wagens und suchten sich einen Weg zwischen den Tausenden von Menschen, die vor den Befestigungen kampierten. Sie fuhren zurück in die Stadt, nachdem sie eine weitere Lieferung aus Matthias Gerhards Lagerhäusern hergebracht hatten. Das Licht des Nachmittags ging in das Purpur der Abenddämmerung über, und Kaspar verspürte nicht den Wunsch, sich länger als notwendig im Freien aufzuhalten, denn nachts wurde es bitterkalt. Vier berittene Pantherritter begleiteten sie. Die Wimpel an ihren silbernen Lanzenspitzen flatterten in der steifen Abendbrise, und das Lächeln und die Segenswünsche, die ihnen die Menge der Flüchtlinge entgegenbrachte, waren eine erfrischende Abwechslung nach der feindseligen Zurückhaltung, die ihnen in Kislev bisher begegnet war.

»Diese Veränderung ist unglaublich, Kaspar«, meinte Anastasia, die sich fest in einen weißen, mit Schneeleopardenfell abgesetzten Umhang gewickelt hatte. Die Kälte hatte ihre Wangen gerötet, aber ihre Augen strahlten.

»Ich weiß«, gab Kaspar lächelnd zurück. Es freute ihn, den vollständigen Umschwung im Verhalten der Soldaten, die rund um Kislev kampierten, zu sehen.

»Woher habt Ihr nur all diese Dinge?«, fragte Anastasia.

»Von einem diebischen Hund aus Hochland namens Matthias Gerhard«, antwortete Kaspar. »Er hatte alles für sich selbst gehortet, und seine Lagerhäuser waren bis zum Bersten mit allen möglichen gestohlenen Waren gefüllt: Waffen, Öltuch, Boote, Uniformen, Getreide, eingesalzenes Fleisch, Schwarzpulver, Munition, Hellebarden, Schanzwerkzeug und sogar drei Kanonen aus der Imperialen Artillerieschule.«

»Und er hatte nicht die Absicht, irgendetwas davon weiterzugeben?«

»Nein, Anastasia, nicht das Geringste. Jedenfalls nicht, ohne sich dafür bezahlen zu lassen.«

»Ich habe Euch schon gesagt, dass Ihr mich Anna nennen sollt. Alle meine Freunde tun das.«

»Sehr wohl«, schmunzelte Kaspar. »Dem Befehl einer Dame darf ich mich nicht widersetzen.«

»Gut«, sagte Anastasia mit gespielter Strenge. »Seht zu, dass Ihr das nicht vergesst, Kaspar von Velten. Und was Gerhard angeht, so hoffe ich, Ihr werdet dafür sorgen, dass er bestraft wird.«

»Aber ja«, versicherte Kaspar. »Allerdings bin ich kein Quartiermeister, und ich brauche ihn, damit jemand den Überblick behält. Sonst hätte ich ihn liebend gern in den eisigen Fluten untergehen lassen.«

Als der Wagen den *Gora Gerojev* hinauffuhr, lehnte Anastasia sich an ihn. Kaspar genoss es, ihren Körper an seinem zu spüren. Er war überrascht gewesen, Anastasias Brief zu erhalten, in dem sie ihm anbot, nach bestem Vermögen bei der Ausgabe der Vorräte an die Soldaten und Flüchtlinge zu helfen. Doch dann war ihm wieder eingefallen, was Sofia ihm erzählt hatte, nämlich dass sie Schirmherrin zahlreicher Armenhäuser und Hospize war. Ihre Freundlichkeit gegenüber jenen, die weniger vom Glück begünstigt waren als sie selbst, war in ganz Kislev bekannt, und um die Wahrheit zu sagen, hatte Kaspar nichts dagegen gehabt, die Bekanntschaft mit ihr zu erneuern. Trotz seines Zusammenstoßes mit Sascha Kajetan war er entschlossen gewesen, sie wiederzusehen, und ihr Angebot lieferte ihm einen willkommenen Vorwand. Die letzten beiden Tage, in denen sie gemeinsam bei der Verteilung der Lebensmittel geholfen hatten, waren genau das Heilmittel gewesen, das er brauchte und das ihn seinem wachsenden Unbehagen entriss.

»Seid unbesorgt; sobald dieser Krieg vorüber ist, werde ich dafür sorgen, dass er auf dem Königsplatz am Galgen baumelt.«

»Wie kann ein Mann nur seinem Land und seinem Volk den Rücken kehren und so etwas tun?«, überlegte Anastasia.

Kaspar schüttelte den Kopf. »Ich weiß es nicht, Anna, wirklich nicht. Und um ehrlich zu sein, ich will es auch gar nicht wissen.«

»Jedenfalls verdient er für seine Verbrechen die schlimmste Strafe, die man nur verhängen kann. Ich weiß, dass wir Vergebung üben sollen, und Shallya lehrt uns, gnädig zu sein. Aber Gerhard hätte uns alle zum Untergang verurteilen können.«

Kaspar antwortete nicht gleich, sondern beobachtete aufmerksam eine Gruppe von berittenen Bogenschützen, die weiter draußen in der Steppe, am Fuß des Hügels, ihre Übungen abhielten. Ungefähr sechzig Männer auf geschmeidigen, langbeinigen Pferden umrundeten eine Reihe von Pfählen, die auf einer rechteckigen Grundfläche, die in etwa der Länge und Breite einer Abteilung in Rängen angetretener Soldaten entsprach, in den Boden gerammt waren. An den Pfählen waren kopfgroße Sandsäcke angebracht, und Kaspar sah zu, wie die Reiter das Areal umkreisten, immer wieder dicht heranschossen und vernichtende Garben rotgefiederter Pfeile auf die Ziele losließen.

Jede Garbe wurde mit tödlicher Genauigkeit abgefeuert und durchschlug die Sandsäcke oder fuhr unter ihnen in die Holzpfähle. Ein menschlicher Feind, der von diesen Kriegern angegriffen wurde, würde unter einem solchen mörderischen Pfeilhagel entsetzliche Verluste erleiden und bei jeder Garbe Dutzende von Männern einbüßen. Die Krieger schossen mit kurzen, gehörnten Bogen aus aufeinander geleimten Schichten abgelagerten Holzes, deren Durchschlagskraft für ihre Größe unglaublich schien, und lenkten ihre Pferde allein durch Schenkeldruck. Kaspar staunte darüber, wie die Krieger ihre Reittiere im Griff hatten: Die gesamte Truppe bewegte sich wie von einem einzigen Willen angetrieben.

An der Spitze der Bogenschützen ließ ein Krieger, der in ein weites, weißes Hemd und scharlachrote Kavalleriehosen gekleidet war, mit unglaublicher Schnelligkeit und Treffsicherheit seine Pfeile los. Sein Pferd gehorchte ihm, als wären die beiden zusammengewachsen, so wie die Tiere des Dunkelwaldes, die angeblich teils Mensch und teils Pferd waren. Seine lange, zu einem Knoten geschlungene Haarsträhne flatterte hinter ihm er, und er stieß wilde Jubelschreie aus, während er einen Pfeil nach dem anderen durch die Sandsäcke schoss. An der Seite trug er eine Scheide mit gekrümmten Zwillingsschwertern, und Kaspar erkannte ihn sofort wieder: Sascha Kajetan.

»Er ist wirklich ein großartiger Krieger«, meinte Kaspar.

»Sascha? Ja, er ist ziemlich eindrucksvoll, nicht wahr? Aber auch liebenswürdig, auf seine eigene Art.«

»Liebenswürdig?« Kaspar zog eine Augenbraue hoch. »Kein Wort, das mir bei ihm in den Sinn käme.«

»O ja ...«, sagte Anastasia. »Ich habe von diesem unseligen Zusammenstoß vor meinem Haus gehört. Aber deswegen dürft Ihr Euch nicht grämen. Er ist zwar hoffnungslos vernarrt in mich, aber er würde es nicht wagen, Euch Schaden zuzufügen.«

»Nicht? Was macht Euch da so sicher?«, wollte Kaspar wissen.

»Weil er weiß, dass mir das missfallen würde, und leider tut Sascha alles, was er tut, um mein Wohlwollen zu erringen.«

»Da wäre ich mir nicht allzu sicher, Anna. Als ich in seine Augen sah, da entdeckte ich darin nur den Wunsch, mich zu verletzen ... oder vielleicht selbst verletzt zu werden. Hört auf mich, Anna, was er für Euch empfindet, ist mehr als nur Vernarrtheit.«

»Na schön, das ist seine eigene Schuld. Ich habe ihm bei mehreren Gelegenheiten erklärt, dass ich nicht so für ihn fühle. Außerdem sind da, glaube ich, noch andere, die meine Zuneigung eher verdienen.«

Kaspar, der die Zügel locker in der linken Hand hielt, spürte, wie Anastasia ihn unterhakte und die Finger um sein Handgelenk legte, und lächelte vor sich hin. Er lenkte den Wagen über die ausgefahrene Straße, die durch das Stadttor nach Kislev hineinführte, und genoss das freundschaftliche Schweigen zwischen ihnen. Anastasia rückte auf dem Kutschbock näher an ihn heran.

Als die Menschen neben ihm die weiß gekleidete Gestalt Anastasias erkannten, machte die Menge dem Wagen Platz – ihr weit verbreiteter Ruf als Wohltäterin der Armen sorgte dafür, dass sie auf dem belebten Prospekt rasch vorankamen. Kaspar sah, dass die Stimmung auf den Straßen immer noch angespannt war, und das nicht ohne Grund. Der Menschenschlächter hatte wieder zugeschlagen und eine ganze Familie niedergemetzelt, die nicht weit von den Hafenanlagen entfernt in einer geschützten Gasse geschlafen hatte.

Rasch legte der Wagen die Strecke vom Stadttor zur Botschaft zurück, und kaum eine Viertelstunde später zog Kaspar die Zügel an und steuerte den Wagen durch die Gasse, die am Tempel des Ulric vorbeiführte.

Er passierte die eisernen Gitter, umrundete den Brunnen in der Mitte des Hofs und überlegte, dass die von ihm eingestellten Handwerker bei der Renovierung der Botschaft ausgezeichnete Arbeit geleistet hatten. Die Wandschmierereien waren übertüncht, und geschickte Zimmerleute hatten neue Fenster und eine stabile neue Tür eingesetzt.

»Also, das sieht wirklich schon besser aus«, bemerkte Anastasia.

»Ja«, pflichtete Kaspar ihr säuerlich bei. »Das sollte es auch. Es hat mich genug gekostet, und aus Altdorf habe ich noch keinen Kupferpfennig erhalten.«

Sogar der Brunnen war poliert worden. Das Bronzegesicht des kleinen Engels schimmerte wieder, und aus seiner Schale plätscherte klares Wasser. Kaspar stieg vom Kutschbock, ging rasch auf die andere Wagenseite und streckte Anastasia seine Hand entgegen.

Sie rutschte an den Rand und streckte die Arme aus. Doch statt seine dargebotene Hand zu nehmen, stützte sie sich auf seine Schultern, sprang geschickt auf das Pflaster herab und lächelte zu ihm auf.

»Sollen wir?«, fragte sie und schob ihren Arm wieder unter seinen.

Zwei Wachen, die den Botschafter gesehen hatten, kamen von der Residenz zum Tor marschiert.

Kaspar bemerkte ein rotes Stoffbündel, das so vor dem Tor lag, dass es vom Innenhof gesehen durch eine schmückende Motivplatte verborgen wurde. Als die Wachen das Tor erreichten, kniete er schon neben dem Bündel und zupfte mit der behandschuhten Hand daran.

Ein entsetzlicher Geruch stieg von dem Bündel auf, als er es aufzuschlagen begann.

Beim Aufwickeln entpuppte sich das Tuch als eine Art langer Schal, und er erkannte eine scharlachrote Schärpe, wie sie normalerweise von den kislevitischen Bojaren getragen wurde. Je weiter er das Bündel aufrollte, umso schlimmer wurde der Gestank, doch jetzt vermochte er nicht mehr aufzuhören. Eine perverse Faszination zwang ihn, sein Werk zu vollenden.

Endlich lag der Inhalt der Schärpe auf den Pflastersteinen offen zutage.

Er hörte Anastasia aufschreien und sah auf eine Sammlung von vier menschlichen Herzen herab.

II

Das Lubjanko-Hospital war vor über zweihundert Jahren, nach dem Großen Krieg gegen das Chaos, von Tzar Alexis an der östlichen Stadtmauer errichtet worden. Zu viele Männer waren nach den Schlachten ohne Not an ihren Wunden gestorben, und Alexis hatte beschlossen, Kislev solle sich in Zukunft der besten Einrichtung zur Behandlung von Verletzungen in der ganzen Alten Welt rühmen können.

Nach seiner Fertigstellung hatten die Shallya-Priesterinnen seine Mauern gesegnet, und eine Zeit lang hatte das Lubjanko tatsächlich dazu gedient, die Menschen aufzunehmen, die durch die Schrecken des Krieges verwundet oder umnachtet waren. Recht bald allerdings hatte es sich zu einem Ort entwickelt, an dem man sich der Kranken, Verkrüppelten und Wahnsinnigen entledigte. Ganze Stockwerke wurden sich selbst überlassen, wo Menschen, die – ob nun von einer Axt oder bloß vom Alter niedergestreckt – zu krank zum Weiterleben waren, während der letzten Stunden ihres Lebens elend dahinsiechten.

Zu Recht heißt es, dass das Unglück gern Gesellschaft hat, und so zog das Lubjanko alle möglichen Besitzlosen magisch an. Waisen, Obdachlose, Kranke und Verrückte landeten hinter seinen Mauern, und seine schwarze Steinfassade und die hohen, mit Metallspitzen gekrönten Mauern dienten als düsteres Mahnmal an das Schicksal derer, die in der Gemeinschaft keinen Platz mehr hatten. Mütter brachten unartige Kinder zur Ruhe, indem sie drohten, sie hinter diese düsteren Albtraummauern zu stecken, und Invaliden beteten zu den Göttern, sie möchten ihnen das Lubjanko ersparen.

Allnächtlich hallte das Jaulen der Verdammten aus seinen schmalen, vergitterten Fenstern wider, und der Tod schlich durch seine Flure wie ein Raubtier und verlangte seinen nächtlichen Tribut. Die Leichen wurden auf Scheiterhaufen verbrannt.

Zwei Männer gingen einen kalten Steinflur entlang, der von einer tropfenden Fackel nur schwach erhellt wurde. Ein hinkender Mann, dessen massige Gestalt fast die ganze Breite des Korridors einnahm, trug das Licht. Er hustete und spie einen Schleimklumpen auf den Boden, doch sein Husten ging in dem Weinen und Heulen unter, das aus den Zellen auf beiden Seiten drang.

Pjotr Losov folgte ihm in vorsichtigem Abstand. Er hielt sich bedachtsam in der Mitte des Ganges, aber sein Kapuzenumhang streifte über die schmutzigen Bodenplatten. Ein Rattentrio huschte an ihm vorbei, und er beobachtete schmunzelnd, wie sie am Auswurf des anderen herumschnüffelten.

Zwischen den Gitterstäben der Zellentüren streckten sich ihnen schmierige, ausgemergelte Hände entgegen, denen unmittelbar jämmerliches Stöhnen, Flüche und

Körperflüssigkeiten folgten. Der Hinkende polterte mit einem bronzebeschlagenen Knüppel gegen die Türen der Zellen, deren Bewohner am lautesten um sich schlugen und schrien.

»Ruhe, ihr dreckiges Pack!«, brüllte er.

»Sie sind besonders laut heute Nacht, Dimitri«, bemerkte Losov.

»Das sind sie wohl«, knurrte der andere und hämmerte mit seinem Knüppel gegen die Gitterstäbe einer weiteren Zelle. »Immer dasselbe, wenn der Winter kommt. Ich glaube, sie spüren die Dunkelheit und das, was sie verbirgt.«

»Ungewöhnlich poetisch für Euch, Dimitri«, meinte Losov.

Dimitri zuckte die Achseln. »Dies sind auch ungewöhnliche Zeiten, mein Freund. Aber keine Sorge, ich habe eine Schar kleiner Hübscher für Euch, die Euch ganz bestimmt gefallen werden. Jung ... unverdorben.« Er leckte sich genießerisch die Lippen.

Losov verachtete dieses traurige Exemplar der menschlichen Gattung. Er hielt ohnehin nicht allzu viel von seinen Mitmenschen, aber Dimitri war ein besonders abscheuliches Beispiel für alles, was an der Menschheit krank war. Er wünschte sich nichts mehr, als seine Steinschlosspistole zu ziehen, die der Meisterwaffenschmied Chazate aus den östlichen Königreichen gefertigt hatte, und Dimitri das Hirn wegzublasen. Diese Wände hatten schon so viele Scheußlichkeiten gesehen, was käme es da auf eine weitere an?

Er hatte Dimitri nie seinen wahren Namen verraten;

der Gefängniswärter des Lubjanko hielt ihn für einen schmutzigen alten Mann, den es nach jungen, leicht beherrschbaren Eroberungen gelüstete. Der Gedanke, dass Dimitri das so bereitwillig glaubte, bereitete ihm Übelkeit. Dass jemand annehmen konnte, ein geistig so hochstehender Mann wie er könne einer so perversen Bruderschaft angehören ...

Aber es war hilfreich, diese Geschichte aufrechtzuerhalten, denn die Wahrheit war fast noch schlimmer.

Er musste sich körperlich bezähmen, um nicht nach seiner Pistole zu greifen, als Dimitri vor einer verschlossenen Tür am Ende des Ganges stehen blieb und unter seinen üppigen Gewändern einen klirrenden Schlüsselbund hervorzog. Mit einem Klicken öffnete sich das Schloss, und Dimitri stieß die Tür auf und trat beiseite, um Losov vorbeizulassen, wobei er ihm die Fackel reichte.

Im Unterschied zu allen anderen Zellen im Lubjanko war diese sauber und stank nicht nach Exkrementen, Tod und Verzweiflung. An den Wänden standen vier Kinderbettchen, und auf jedem saß ein kleines Kind, zwei Jungen und zwei Mädchen. Keines davon war älter als fünf oder sechs Jahre.

Sie sahen nervös hoch, als Losov eintrat, und versuchten zu lächeln, wie man es ihnen eingeschärft hatte. Die Kinder hatten Angst und schauten doch hoffnungsvoll zu ihm auf. Vielleicht sahen sie in ihm eine Chance, aus diesem feuchtkalten Höllenloch zu entkommen.

Losov spürte, wie das Blut laut durch seine Adern pochte, als er die Kinder ansah.

Dimitri hatte Recht gehabt. Sie waren unverdorben, und sie waren vollkommen.

Die Kinder mussten unberührt sein. *Sie* würde erkennen, wenn sie es nicht waren. Nur das Blut von Unschuldigen war gut genug.

III

Kaspar hatte geglaubt, nach der Entdeckung der makabren Gabe, die jemand vor dem Tor der Botschaft abgelegt hatte, könne seine Stimmung sich nicht weiter verschlechtern. Doch er hätte sich nicht gewaltiger irren können; dies war erst der Anfang einer der schlimmsten Nächte in seinem Leben. Nachdem er Anastasia beruhigt hatte, gingen sie in die Botschaft, wo Pavel sie im Treppenhaus erwartete.

Der stämmige Kislevit wirkte nachdenklich. »Oben sind Reiter aus Altdorf mit Briefen für dich. Ich glaube, es ist wichtig.«

»Wie kommst du darauf?«

»Sie sind schwer bewaffnet. Harte Männer. Sind schnell geritten, um herzukommen.«

»Ich verstehe«, sagte Kaspar und reichte Pavel mit spitzen Fingern das blutige Bündel. »Hier, halt das mal.«

Pavel nickte und schlug den Stoff zurück. »Bei Ursuns Zähnen, das sind menschliche Herzen!«

»Ich weiß«, gab Kaspar angewidert zurück und stieg die mit neuen Teppichen belegte Treppe hinauf.

Die vier Reiter aus Altdorf erwarteten ihn in seinem Arbeitszimmer. Ihre zerrissenen Kleider und hohlwangigen Gesichter verrieten, dass sie tatsächlich viele Wochen hart geritten waren, um Kislev zu erreichen. Zwei Ritter standen neben ihnen und nahmen Haltung an, als er eintrat.

»Meine Herren«, begann Kaspar und trat hinter seinen Schreibtisch. »Ich sehe, dass Ihr eine beschwerliche Reise zurückgelegt habt, um herzukommen. Kann ich Euch eine Erfrischung anbieten?«

»Nein, danke, Botschafter von Velten«, sagte ein kräftig gebauter Mann mit einem Gesicht wie ein zerklüfteter Bergrücken und hielt ihm ein zusammengelegtes, mit grünem Wachs versiegeltes Stück Pergament hin. »Mein Name ist Pallanz, und ich bringe Euch Briefe von höchster Dringlichkeit. Ich möchte sie Euch übergeben, bevor ich mich zurückziehe.«

»Wie Ihr wünscht, Pallanz«, antwortete Kaspar und nahm den Brief. Er sah, dass das Wachssiegel das Wappen des Zweiten Hauses Wilhelm trug, und sein Unbehagen wuchs. Er brach das Siegel, entfaltete das dicke Pergament und nahm sich Zeit, den Inhalt des Briefes in Augenschein zu nehmen. Die Handschrift war beherrscht und eckig, und noch bevor er die einfache Unterschrift am Ende des Briefes las, wusste er, dass sie keinem Geringeren als Imperator Karl Franz selbst gehörte.

Kaspar las den Brief zweimal und ließ ihn dann aus den Fingern gleiten. Er sank auf seinem Stuhl zusammen und ging die Worte noch einmal im Geiste durch. Er wollte nicht glauben, dass sie wahr waren und was sie möglicherweise, nein *mit Sicherheit* für seine Stellung hier in Kislev bedeuten würden.

Er hörte kaum, wie die Reiter um die Erlaubnis baten, sich zurückzuziehen, und winkte unbestimmt in Richtung Tür, als sie ihre Bitte wiederholten.

Als die Reiter sein Arbeitszimmer verließen, trat Pavel ein, der sich die Hände an einem leinenen Handtuch abtrocknete.

Pavel wies auf den Brief. »Ist es schlimm?«

»Sehr schlimm«, bestätigte Kaspar mit einem nachdenklichen Nicken.

IV

»Trinkt alles aus«, drängte Sofia. »Sonst wirkt es nicht.«

»Verdammt sollt Ihr sein, Frau!«, schimpfte Matthias Gerhard. »Das ist abscheulich! Ihr wollt mich vergiften, ich weiß es genau.«

Sofia Valentschik hielt dem Händler den Becher hin. »Ich versichere Euch, Gerhard, wenn ich die Absicht hätte, Euch zu vergiften, dann wärt Ihr bereits nicht mehr in der Lage, Euch zu beklagen.«

Das Licht der Lampen schien durch das trübe Gebräu, das Sofia aus einer Vielzahl von Zutaten aus ihrer Leinentasche zusammengemischt hatte. Für ein Heilmittel sah es ziemlich ungesund aus; die Flüssigkeit roch nach saurer Milch, und Blätter schwammen darin herum. Gerhard nieste heftig und verzog das Gesicht, doch er nahm den Becher und leerte ihn in einem Zug. Würgend und spuckend schluckte er die Kräutermedizin herunter, dann stellte er den Becher auf einem Stapel Papiere ab und verschränkte schmollend die Arme vor der Brust.

»Es ist empörend, einen Mann von meinem Rang auf diese Weise zu behandeln«, sagte er.

»Ihr solltet Euch glücklich schätzen, Gerhard«, entgegnete Sofia. »So mancher Mann hätte Euch für Eure Verbrechen in den tiefsten Kerker der Tschekisten werfen lassen. Seid dankbar, dass Botschafter von Velten Euch noch braucht und Euch gestattet hat, in Eurem eigenen Haus zu bleiben.«

»Wo ich Tag und Nacht von bewaffneten Rittern und dieser elenden Natter bewacht werde!«, beschwerte sich der Kaufmann und wies auf Stefan, der hinter einem Wall aus ledergebundenen Hauptbüchern an Gerhards überladenem Schreibtisch saß. Ein Kneifer klemmte auf seiner Nasenspitze, und ein Gänsefeder-Kiel huschte über ein Pergament.

»Wenn Ihr mich fragt, Sofia«, meinte Stefan, ohne ein einziges Mal von Gerhards aufgestapelten Hauptbüchern aufzusehen, »solltet Ihr ihn einfach am Fieber sterben lassen. Verdient hat er es auf jeden Fall.«

»Schweigt still, alter Dummkopf«, gab Sofia zurück und stopfte mehrere Phiolen mit Kräutern und Salben in ihren Ranzen zurück. »Der Botschafter hat mich gebeten, dafür zu sorgen, dass dieser Mensch nicht stirbt, und ich habe nicht vor, ihn zu enttäuschen.«

»Darauf möchte ich wetten«, bemerkte Stefan. Sein Federkiel kratzte über das Pergament.

»Und was genau soll das heißen?«, empörte sich Sofia.

»Nichts«, sagte Stefan wegwerfend, »überhaupt nichts.«

»Schön, dann wäre ich Euch sehr verbunden, wenn Ihr in Zukunft solche Anspielungen für Euch behieltet.«

»Ich wollte ja nur sagen, dass ...«

»Sagt es einfach nicht«, schnitt sie ihm das Wort ab.

Unten hämmerte jemand an die Vordertür.

Sie wandte sich zu Gerhard um. »Erwartet Ihr Besuch?«

V

Bis Kaspar und Pavel sich in andere Gewänder gekleidet hatten, die passender für den Palast waren, war die Dunkelheit hereingebrochen. Normalerweise wäre Kaspar geritten, doch dieses Mal stimmte er zu, sich in seiner Kutsche zum Winterpalast fahren zu lassen. Vier Botschaftswachen unter Führung von Leopold Dietz hielten sich an den Trittbrettern des Wagens fest, und sechs Ritter eskortierten sie im Galopp.

Die Kutsche ruckelte durch die belebten Straßen der Stadt, bewegte sich langsam über die Prospekte von Kislev und bahnte sich einen Weg zum Palasthügel.

Drinnen stützte Kaspar den Kopf in die Hände und versuchte zu formulieren, was genau er der Tzarin sagen würde. Immer vorausgesetzt, dass sie ihn empfing; aber irgendwie glaubte er nicht, dass es diesmal schwierig sein würde. Er hatte das ungute Gefühl, die Mauern, auf die er bisher getroffen war, wenn er versuchte, eine Audienz bei der Tzarin zu erhalten, würden jetzt von der anderen Seite aus eingerissen werden.

»Vielleicht wird es ja nicht so schlimm«, bemerkte Pavel, der Kaspar gegenübersaß. »Die Tzarin ist nicht dumm, sie weiß, dass Alexander ein Nichtsnutz war, und sie mochte ihn sowieso nicht leiden.«

»Seinen Cousin nicht zu mögen ist eine Sache, und gleichgültig zu bleiben, wenn er in einer ausländischen Stadt umgebracht wird, eine ganz andere«, erklärte Kaspar.

»Vielleicht, aber mehr oder weniger war es ein Unfall.«

»Kannst du dir vorstellen, Karl Franz würde die andere Wange hinhalten, wenn jemand aus seiner Familie ›irrtümlich‹ in Kislev ermordet wird?«

»Wahrscheinlich nicht«, sagte Pavel, verschränkte die Arme und sah aus dem Fenster der Kutsche. »Eine wirklich üble Geschichte.«

»Ja«, pflichtete Kaspar ihm bei, »so ist es.«

Pavel hätte die Lage nicht zutreffender beschreiben können, überlegte Kaspar verbittert. Der Brief des Kaisers hatte von einem »unglücklichen und höchst bedauerlichen Vorfall« gesprochen, der sich vor einigen Wochen in einem weniger angesehenen Stadtteil von Altdorf zugetragen hatte.

Die Worte »unglücklich« und »höchst bedauerlich« trafen es nicht einmal annähernd.

In einer nebligen Nacht im Monat Brauzeit hatte eine Kutsche, in welcher der Cousin der Tzarin saß, über die Luitpoldstraße auf die Straße der Hundert Tavernen zugehalten, als bewaffnete Büttel sie im Namen eines der größten Kontore von Altdorf vor der übel beleumdeten *Taverne zur silbernen Mondsichel* anhielten.

Alexander, der ein unverbesserlicher Spieler und berüchtigter Schürzenjäger war, hatte den dortigen Etablissements beträchtliche Summen geschuldet, und deren Agenten waren nicht in der Stimmung gewesen, seinen flehentlichen Bitten um Gnade Gehör zu schenken, sondern hatten ihn ins nächstbeste Schuldgefängnis geworfen.

Als am nächsten Morgen die Mächtigen der Stadt Nachricht von den Ereignissen der vergangenen Nacht erhielten, waren sie peinlich berührt über einen solchen Verstoß gegen das Protokoll gewesen. Doch ihre Verlegenheit sollte in blankes Entsetzen umschlagen, als Alexanders Wärter seine Zellentür öffneten und feststellten, dass er von seinen Mithäftlingen missbraucht und erschlagen worden war.

Kaspar wagte sich kaum vorzustellen, wie erzürnt die Königin angesichts einer solchen Schmach gegen ihre Familie sein würde; und bei dem Gedanken, vor sie zu treten, wenn sie sich in einer solchen Stimmung befand, wurde ihm vor Angst ganz schlecht. Lieber hätte er sich mit einer Horde marodierender Grünhäute angelegt, als sich dem tödlichen Zorn einer wütenden Zauberin zu stellen.

Er legte den Ellbogen auf den Rand des Kutschfensters, stützte das Kinn in die Handfläche und spähte in die Dunkelheit hinaus, aus der jetzt der Gerojev-Platz auftauchte. Hier kampierten Tausende von Flüchtlingen, die das Glück gehabt hatten, Eingang in die Stadt zu finden, bevor die Tore geschlossen wurden. Auf dem ganzen Areal brannten ihre Kochfeuer, und der einst weitläufige Platz hatte sich in eine verlotterte Zeltstadt verwandelt.

»Bei Sigmars Hammer«, fluchte Kaspar leise. »Nur der Teufel weiß, wie wir diese vielen Menschen durchfüttern sollen, wenn die Armeen aus dem Norden kommen.«

»Ja«, seufzte Pavel. »Was glaubst du, wann es so weit ist?«

»Sobald der erste Schnee fällt«, sagte Kaspar. »Ende *Nachexen* oder spätestens Anfang *Jahrdrung*, könnte ich mir vorstellen.«

»Das ist nicht mehr lange.«

»Nein.«

Die erste Ahnung, dass sie in Schwierigkeiten steckten, bekamen die Pantherritter, als sie einer Ansammlung von Menschen befahlen, dem Botschafter des Imperiums Platz zu machen. Beschimpfungen und wütendes Geschrei schallten der Kutsche entgegen, und Pavel beugte sich herüber, um aus dem Fenster zu sehen.

»Wir sollten schneller fahren«, sagte er.

»Wie bitte?«, fragte Kaspar, aus seinen trüben Gedanken gerissen.

»Schneller fahren«, wiederholte Pavel und wies aus dem Fenster.

Kaspar schaute nach draußen und sah in Hunderte zorniger Gesichter. Die Menschen umgaben die Kutsche, drängten sich gegen die Ritter und schrien ihnen Beschimpfungen zu. Niemand wagte, ihnen allzu nahe zu kommen, aber Kaspar erkannte, dass die Stimmung aufgeheizt war.

»Was machen diese Menschen?«, verlangte Kaspar zu erfahren. »Und was rufen sie?«

»Sie haben von Alexanders Tod gehört«, erklärte Pavel alarmiert. »Und sie sind nicht glücklich darüber.«

Das Geschrei der Menge schwoll an, und die Kutsche wurde immer langsamer, je mehr aufgebrachte Bürger sich um sie drängten. Inzwischen fragte sich Kaspar, ob es wirklich klug gewesen war, in einer Kutsche durch die Stadt zu fahren, die sein persönliches Wappen und das des Imperiums trug. Seine Ritter befahlen den Kisleviten, Platz zu machen. Ihre Worte mochten nicht verstanden werden, doch ihr Sinn erschloss sich deutlich, denn sie stießen denen, die der Kutsche zu nahe kamen, die stumpfen Enden ihrer Lanzen ins Gesicht.

Kaspar sah, dass sie weniger als hundert Meter von den Palasttoren entfernt waren. Vor dem gewaltigen Bauwerk saß ein Dutzend in Bronzerüstungen gehüllter Ritter reglos auf schnaubenden Kavalleriepferden.

Kaspar fragte sich, warum sie nicht vorrückten. Sie sahen doch wohl, dass sie Hilfe brauchten, oder?

Dann wurde ihm klar, dass die Ritter wahrscheinlich Befehl erhalten hatten, nicht einzugreifen.

Holz splitterte, als ein Pflasterstein, den jemand aus dem Boden gerissen hatte, in die Kutsche einschlug.

Kaspar zuckte zusammen. Weitere Wurfgeschosse regneten auf den Wagen herab, schlugen gegen die Holzwände und ließen Glas zu gefährlich scharfen Splittern zerbersten. Seine Wachen auf den Trittbrettern stießen Schmerzensschreie und Warnrufe aus.

Und die aufgebrachte Menge brandete vorwärts.

VI

Unter seinem Ansturm splitterte die Tür, krachte in ihren Angeln zurück und zerschmetterte den Putz auf der dahinter liegenden Wand. Er sprang durch den Türrahmen, denn er witterte seine Beute in den oberen Stockwerken des Stadthauses. Das Innere des Gebäudes, das offensichtlich einem reichen Mann gehörte, war luxuriös eingerichtet, wenngleich er keine Ahnung hatte, wie der Name des Besitzers lautete.

Als er erwacht war, hatte sich ein Gesicht in sein Bewusstsein eingebrannt, und die frühe Dunkelheit des Abends zerstob unter der Woge von Zorn und Hass, die angesichts dieser letzten ihm auferlegten Aufgabe durch seine Adern rauschte. Er wusste nicht, woher diese Visionen, die sein wahres Ich befreiten, zu ihm kamen, und es war ihm auch gleich. Jedenfalls befreiten sie ihn aus der höllischen Sklaverei hinter der Maske seines geprügelten und missbrauchten anderen Ich.

Sein wahres Ich hätte die Beleidigungen, mit denen

das andere Ich überhäuft wurde, nicht hingenommen. Hatte es dem nicht selbst ein Ende bereitet?

Sie hatte mehr in ihm gesehen als den heulenden kleinen Jungen, zu dem Er ihn gemacht hatte, und das volle Potenzial seines wahren Ich erweckt. Wie hatte er gelacht und geweint an dem Tag, an dem er die Leiden des anderen Ich beendet und Ihn mit der Axt in blutige Stücke gehackt hatte, bevor er sich hingekauert und die Fleischklumpen mit den Zähnen von den Knochen gerissen hatte!

Nur für sie hatte er das tun können, nur für sie war er in der Lage, solche Dinge weiterhin zu tun.

Der Flur war dunkel, und er sah, wie zwei gepanzerte Gestalten mit gezogenen Schwertern die Treppe hinunter und auf ihn zu kamen. Ritter, die Pantherfelle um ihre Schulterpanzer gelegt hatten, stellten sich zwischen ihn und seine Beute, und das durfte er nicht zulassen.

Sogar durch ihre geschlossenen Helme hindurch nahm er den Ekel wahr, den sie angesichts seines nackten Körpers und der Maske aus toter Menschenhaut, die er trug, empfanden. Einer der Ritter schrie etwas, und er sah, wie drei Gestalten über den oberen Treppenabsatz rannten. Die Witterung seiner Beute erfüllte seine Nüstern, und er brüllte wütend auf.

Der erste Ritter machte einen Ausfall, holte mit dem Schwert aus und zielte auf seine Mitte, aber er rollte sich unter dem Schlag weg, zog das Messer unter seiner Haut hervor und stieß es durch die Lücke zwischen der Rüstung und der Beinschiene des Ritters. Schrill kreischte der Mann auf, als die schmale Klinge die Glie-

der seines Kettenhemds sprengte und in seinen Oberschenkel fuhr. Eine Drehung des Messers, seine Hauptarterie wurde durchtrennt, und der Ritter stürzte. Blut schoss aus seiner Wunde.

Der andere Ritter trat auf ihn zu und ließ sein Schwert herabsausen, aber er war längst nicht mehr da, wo er gestanden hatte, sondern vollführte einen Salto rückwärts über die herannahende Klinge. Er landete sanft, balancierte auf einem Bein und ließ den anderen nackten Fuß in den Oberschenkel des Ritters krachen. Das Metall verformte sich unter der enormen Kraft des Tritts, und er hörte, wie mit einem Knacken der Oberschenkelknochen seines Gegners brach.

Der Mann schrie vor Schmerz und sackte zusammen. Doch noch bevor er auf dem Boden auftraf, rannte er schon nach oben, immer drei Stufen auf einmal nehmend. Mit einem Satz sprang er auf den Treppenabsatz, schlug die Richtung ein, die seine Beute eingeschlagen hatte, und zerschmetterte jede Tür, die zwischen ihm und seinem Ziel stand.

Jetzt war es nicht mehr weit. Mit der Schulter sprengte er eine weitere Tür auf und betrat ein prachtvoll ausgestattetes Schlafzimmer. Ein aus dicken Holzbalken geschreinertes Himmelbett mit Draperien aus roter und goldener Seide beherrschte den Raum, doch er schenkte ihm keine Beachtung, als er die drei Menschen sah, die vor ihm standen.

Er sah, wie ihre Gesichter sich vor Entsetzen verzerrten, als er in seiner ganzen nackten Herrlichkeit vor ihnen stand.

Ihre Angst vor ihm erfüllte die Luft mit einem köstlichen, scharfen Duft, und er lachte.
Dann sah er sie.
Und seine Welt wurde auf den Kopf gestellt.

VII

»Fahrt!«, schrie Kaspar durch das zerschmetterte Fenster der Kutsche.

Er hörte die Peitsche knallen, aber in der wogenden Menge, die sich um sie drängte, kam die Kutsche kaum voran. Zornige Rufe und Geschrei hallten durch die Luft, und Kaspar hörte, wie sich Schmerzensschreie unter das Wutgebrüll mischten. Seine Wachen und Ritter verteidigten ihn nach Kräften.

Er sah, dass die Ritter ihre Lanzen, die auf so kurze Distanz zu sperrig waren, beiseite gelegt und ihre Schwerter gezogen hatten. »Nein!«, schrie Kaspar. »Kein Blutvergießen!«

Er hatte keine Ahnung, ob die Ritter ihn gehört hatten, aber dann sah er, wie sie mit der flachen Klinge und dem Schwertknauf um sich schlugen.

Die Botschaftswachen, die sich immer noch an die Trittbretter des Wagens klammerten, traten mit ihren eisenbeschlagenen Stiefeln aus, die Knochen brechen konnten, und wehrten diejenigen ab, die den Türen der Kutsche zu nahe kamen. Weitere Pflastersteine und andere Geschosse regneten auf den Wagen herab, und

Kaspar war klar, dass es nicht lange dauern würde, bis sie vollständig überrannt wurden.

»Verflucht, wieso greifen diese verdammten kislevitischen Ritter denn nicht ein?«, brüllte Kaspar und versetzte einem schreienden Mann, der versuchte, in die Kutsche zu klettern, einen Fausthieb ins Gesicht.

»Die Eiskönigin will uns wohl eine Lektion erteilen«, vermutete Pavel und packte eine Hand, die durch das zerbrochene Fenster gesteckt wurde, am Gelenk. Ein Schrei, und dann zog der Besitzer eilig den Arm zurück.

Die Pantherritter bildeten einen Ring um die Kutsche und droschen mit der Breitseite ihrer Schwerter auf die Menge ein. Ihre Pferde stampften mit den Vorderbeinen, dass ihre Hufe auf den Pflastersteinen Funken schlugen. Die mächtigen Schultern der riesigen Schlachtrosse überragten die meisten Menschen in der Menge, und ihre gewaltige Masse wirkte ebenso abschreckend wie ihre Hufschläge.

Doch so lange die Ritter nicht zu tödlicher Gewalt griffen, konnten sie nicht allzu viel ausrichten, und bald waren sie von einem wütenden Mob eingeschlossen, der mit improvisierten Keulen, Steinen und allem, was den Leuten in die Hände fiel, auf sie einschlug. Keine dieser behelfsmäßigen Waffen hatte eine Chance, die Plattenpanzer der Ritter zu durchdringen, aber die Schläge hagelten in immer schnellerer Folge herab; schließlich wurden sie durch die bloße zahlenmäßige Übermacht überwältigt.

Ein Ritter wurde vom Pferd gezerrt, und der Mob stürzte sich auf ihn und schlug auf seinen Helm ein, bis

Blut unter seiner Halsberge hervordrang und die Pflastersteine rot färbte. Das Pferd eines anderen Ritters wieherte vor Schmerz auf, als ein einfallsreicher Angreifer es schaffte, hinter das Tier zu gelangen und ihm die Kniesehnen durchzuschneiden. Es krachte zu Boden und warf dabei seinen Reiter ab, der wundersamerweise in der Lage war, sich abzurollen und auf die Füße zu kommen. Bei dem Sturz hatte er sein Schwert verloren, aber mit seinen Panzerhandschuhen teilte er weiter kräftig aus.

Kaspar trat und schlug um sich, als die Menge durch die Türen seiner Kutsche brach. Pavel wehrte die Angreifer an der anderen Tür ab, aber es war nur eine Frage der Zeit, bis sie nach draußen gezerrt würden. Kaspar verfluchte die sinnlose Raserei des Mobs. Welch trauriges Ende seiner Amtszeit als Botschafter: in Stücke gerissen ausgerechnet von dem Volk, dem zu helfen er hergekommen war!

Holz splitterte, als Fäuste durch die dünnen Bretter der Kutsche schlugen und die Menge begann, die Wände einzureißen.

»Pavel!«, schrie Kaspar.

»Schon gesehen!«

Ein schreiender Mann, dem der Speichel aus dem Munde troff, sprang nach drinnen und stürzte sich auf Kaspar. In dem engen Innenraum der Kutsche konnte er nicht weit ausholen, und Kaspar bekam nicht die volle Wucht des Schlags ab. Er spürte, wie die Haut auf seiner Wange aufgerissen wurde, und packte den Mann am Kragen seines zerlumpten Bauernkasacks. Er senkte den Kopf und hämmerte dem Mann die Stirn ins Gesicht.

Der Mann schrie, Knochen brachen, Blut rann aus seiner Nase, und er taumelte rückwärts.

Eine Hand tauchte auf und riss Kaspar zurück, während andere ihm die Arme festhielten.

»Verdammt sollt ihr sein!«, brüllte er, als er einen Schlag auf die Schläfe erhielt. Fäuste und Stiefel krachten in seine Rippen, und er fühlte, wie er nach draußen gezogen wurde. Er schlug auf dem Kopfsteinpflaster auf und sah im Fallen gerade noch Pavel auf der anderen Seite der Kutsche. Dann bedeckte er den Kopf mit den Händen und zog die Beine an, um die Schläge abzuwehren, die weiter auf ihn herunterprasselten.

Geschrei und Lärm erfüllten die Luft, aber selbst in dem allgemeinen Durcheinander spürte Kaspar, dass sich der Ton veränderte. Seine Angreifer zerstreuten sich und rannten, als wären ihnen die Dämonen des Chaos auf den Fersen. Er drehte sich auf die Seite, zuckte zusammen, als ein stechender Schmerz ihm in die Rippen fuhr, und kroch über den matschigen Boden, um unter den zerschmetterten Überresten der Kutsche Zuflucht zu suchen.

Pavel gesellte sich zu ihm. Über dem linken Auge hatte er eine Platzwunde, und sein Gesicht war eine blutüberströmte Maske.

»Diese Bastarde! Warten bis jetzt ...«, bemerkte der dicke Kislevit.

»Was?«, fragte Kaspar, der immer noch atemlos und benommen war.

»Da!« Pavel wies auf ein Dutzend Ritter in bronzenen Rüstungen, die durch die Menge ritten und sich mit ihren Schwertern einen Weg durch den Mob bahnten. Auf ihren Brustplatten trugen sie das Wappen eines silbernen Bären, und ihre Helme waren mit Schädeln mit langen Fängen gekrönt.

Sie trieben die Menge von der Kutsche weg und gaben niemandem Pardon, der nicht rasch genug verschwand. Blut befleckte die Pflastersteine, wo ihre Schwerter sich den Weg zu den Eingeschlossenen freischlugen. Die sechs Pantherritter, von denen einer seinen Helm verloren hatte und von zweien seiner Brüder gestützt wurde, bildeten eine Kampflinie zwischen den gepanzerten Giganten und dem Botschafter. Die Botschaftswachen stolperten ebenfalls herbei. Nach ihren zerrissenen Uniformen und zerschlagenen Gesichtern zu urteilen, hatten sie ebenfalls mit Zähnen und Klauen gegen die wütende Menge gekämpft, und Kaspars Herz schwoll vor Stolz an.

Die kislevitischen Ritter zügelten ihre Reittiere vor den Pantherrittern, die kampfbereit ihre Schwerter hoben.

Doch der Anführer der Ritter steckte seine blutige Klinge in die Scheide. »Botschafter von Velten, die Eiskönigin wird Euch jetzt empfangen.«

Kaspar kroch unter der Kutsche hervor und stützte sich auf das zerbrochene Wagenrad, um aufzustehen. Sein Knie knackte schmerzhaft. Er wischte sich so gut er konnte sauber und zog sein zerrissenes Hemd und seine Kniehosen zurecht, bevor er dem Ritter antwortete. Er musste sich beherrschen, damit seine Stimme gleichmütig klang.

»Nun gut, wenn sie das Spiel so spielen will, dann möge es so sein.«

Umgeben von seinem übel zugerichteten Gefolge trat Kaspar hinter den Rittern durch die Tore des Winterpalasts.

VIII

Nichts hatte sich im Palast der Eiskönigin verändert, seit er das letzte Mal hier gestanden hatte. Immer noch glitzerten die Wände aus Eis herrlich, das Mosaik an der hohen Decke war immer noch so beeindruckend und die Luft noch so eisig wie in seiner Erinnerung. Doch dieses Mal kam er nicht als zögerlicher Gast, sondern als jemand, der zu Kreuze kriechen sollte. Bei der Vorstellung, sich vor dieser hochnäsigen Frau erniedrigen zu müssen, stieg ihm die Galle in die Kehle; schließlich hatte sie, so fand er, sie alle beinahe umbringen lassen. Zumindest hatte einer seiner Ritter einen Schädelbruch erlitten und würde wahrscheinlich viele Wochen lang keinen aktiven Dienst tun können. Bei den Botschaftswachen waren gebrochene Glieder und schwere Schnitt- und Platzwunden zu beklagen, und sowohl er als auch Pavel würden noch etliche Zeit üble Blutergüsse zur Schau tragen.

Pavel betupfte sich die Stirn mit einem kalten Tuch und wischte sich so gut er konnte das Blut aus dem Gesicht, während Kaspar einen weiteren müßigen Versuch unternahm, sich präsentabler herzurichten und weniger wie ein schmutziger Bauer auszusehen.

Er hatte gehofft, man würde ihnen Zeit lassen, sich ordentlich zu säubern, aber anscheinend wollte die Eiskönigin ihnen nicht einmal das zugestehen. Sobald sie den Palast betreten hatten, war ein gehetzt wirkender Pjotr Losov auf sie zugeeilt. Sorgenfalten furchten sein Gesicht.

»Botschafter von Velten!«, stieß er hervor. »In was für Zeiten leben wir nur, dass ein Mann Eures Ranges vom Mob attackiert werden kann! Ich versichere Euch, dies wird nicht ungestraft bleiben.«

»Es wäre überhaupt nichts geschehen, wenn Eure verdammten Ritter uns früher zu Hilfe gekommen wären«, knurrte Kaspar, dessen Geduldsfaden kurz vor dem Zerreißen stand.

»Ich weiß, ich weiß, und ich kann mich nicht genug entschuldigen, Exzellenz«, versicherte Losov. »Aber die Palastwachen haben spezielle Befehle, ohne ausdrückliche Erlaubnis ihres Kommandanten ihren Posten nicht zu verlassen. Unglücklicherweise hat es einige Zeit gedauert, bis ich ihn aufgetrieben hatte.«

»Wie unangenehm...«, meinte Pavel.

»Allerdings«, gab Losov lächelnd zurück. Anscheinend bemerkte er Pavels Sarkasmus nicht, oder, was wahrscheinlicher war, er ignorierte ihn.

»Einige meiner Männer sind schwer verletzt«, schaltete sich Kaspar ein. »Sie brauchen Wasser und Verbände.«

»Ich kümmere mich sofort darum.« Losov schnippte

mit den Fingern und schnauzte einem Diener in blauer Livree Befehle zu.

»Für Eure Männer wird gesorgt werden, Botschafter, aber ich fürchte, ich muss darauf bestehen, dass Ihr selbst mir augenblicklich in die südliche Halle folgt. Die Tzarin verlangt Eure Anwesenheit, und es wird ihr nicht gefallen, wenn Ihr sie noch länger warten lasst, als ohnehin bereits geschehen.«

Der oberste Ratgeber der Tzarin führte sie durch das Hauptvestibül und die girlandengeschmückte Treppe hinauf, die sie bei ihrem letzten Besuch im Palast erstiegen hatten, obwohl sie ihnen jetzt weniger beeindruckend vorkam als zuvor.

Auf dem ganzen Weg rang Kaspar um Beherrschung. Die Eiskönigin tadelte – über Losov – doch tatsächlich *sie selbst*, weil sie sie hätten warten lassen! Verdammt sollte die Frau sein, sie zerrte wirklich an seiner Geduld.

Sie betraten den großen Saal, wo der Tanz stattgefunden hatte, und gegen seinen Willen stellte er fest, dass er den Kopf in den Nacken legte, um staunend die Majestät des Winterpalasts zu betrachten.

Er nahm sich zusammen und wandte den Blick wieder der Doppeltür am Ende des Saals zu. Jetzt verstand er, wie wohldurchdacht es von der Eiskönigin war, ihre Audienzen an diesem Ort abzuhalten, wo ihre unglaublichen Zauberkräfte so offen zur Schau gestellt wurden.

Die Uhr über der Tür schlug, sie flog auf und die Eiskönigin trat heraus, gefolgt von ihrem aufgeblähten Gefolge aus Lakaien, Favoriten, Adjutanten, Schreibern und Trabanten. Sie war so beeindruckend wie in Kaspars

Erinnerung, und er spürte, wie die Temperatur im Saal abrupt fiel, als sie sich näherte. Gekleidet in ein langes, elfenbeinfarbenes Gewand, das mit Perlen und Eissplittern bestickt war, schien sie über den Boden zu gleiten. Ihr Haar, dessen Farbton eisiger und kälter war als in Kaspars Erinnerung, wurde nur über der Stirn von Klammern aus farbigem Eis gehalten und fiel ihr offen über die Schultern. Kaspar sah, dass sie wieder mit der uralten Klinge der Khanköniginnen, Furchtfrost, bewaffnet war.

Ihr Blick war durchdringend und hart wie Diamant, und auf ihrer Wange glitzerte eine künstliche Eisträne.

»Sieht nicht glücklich aus«, bemerkte Pavel.

»Nein«, stimmte Kaspar ihm zu. Drei stämmige Krieger mit nackten Oberkörpern, Haarknoten und gewachsten Schnurrbärten trugen einen gewaltigen, hochlehnigen, mit Gold und Lapislazuli überzogenen Thron herein und platzierten ihn neben ihrer Königin. Dann nahmen sie hinter ihr Aufstellung, die muskelbepackten Arme über der Brust gekreuzt.

Sie nahm auf dem Thron Platz. Noch würdigte sie Kaspar und Pavel keines Blickes, sondern arrangierte die Schwertscheide so, dass sie quer über ihrem Schoß lag.

Eiseskälte strahlte in Wellen von der Königin und ihrer Waffe aus, und Kaspar erzitterte. Bevor er ein einziges Wort anbringen konnte, kreuzte die Eiskönigin ihre Hände über der durchscheinenden Scheide ihrer Klinge. »Wir sind zutiefst bekümmert, Botschafter von Velten. Einer von Kislevs geliebten Söhnen ist uns entrissen worden.«

Kaspar wusste, dass er seine Worte jetzt sorgfältig wählen musste. »Euer Majestät«, begann er, »im Namen von Imperator Karl Franz übermittle ich Euch die aufrichtige Bitte um Verzeihung und das tiefste Mitgefühl meiner Nation zu Eurem Verlust. Nach allem, was ich gehört habe, war Alexander eine Zierde Eurer Familie.«

Die Mundwinkel der Eiskönigin zuckten. »Ja, er war ein feiner Mensch, und wir werden ihn sehr vermissen. Sagt mir, wie ist er gestorben?«

Einen winzigen Augenblick lang zögerte Kaspar. Ihm war klar, dass eine Lüge sinnlos war, aber zugleich war dies nicht die Zeit, die peinlichen Begleitumstände von Alexanders Tod detailliert aufzuführen. Er erkannte die verhüllte Drohung hinter der leichthin gestellten Frage der Tzarin und überlegte sich die Antwort sorgfältig, bevor er sprach.

»Er ... ähm, man hat mir berichtet, er sei von einigen Halunken getötet worden, wegen Schulden, die er gehabt haben soll.«

»Schulden? Wie ist es möglich, dass ein kislevitischer Edelmann sich in einer solchen Lage wiederfindet? Mein königlicher Cousin war ein vermögender Mann. Ich vermute eher, dass Eure Wucherer in Altdorf ihn wegen ein paar Pfennigen zu Tode gehetzt haben.«

»Majestät, es gibt noch vieles, das ich über die Umstände von Alexanders Hinscheiden nicht weiß. Ich bin nur hier, um Euch das Beileid des Imperators auszusprechen und Euch Wiedergutmachung für Euren Verlust anzubieten.«

»Wiedergutmachung?«, fauchte die Eiskönigin. »Was für eine Wiedergutmachung könnte den Verlust eines Menschen lindern, der mir so teuer war wie Alexander? Er war ein Heiliger unter den Männern, und Eure verdammte aufgeblasene Nation hat sich zweifellos daran erfreut, ihn so gedemütigt zu sehen.«

»Ich versichere Euch, Majestät, dass dem nicht so ist«, gab Kaspar in ruhigem Ton zurück.

»Treibt keine Spielchen mit mir, Botschafter von Velten. Es ist kein Geheimnis, wie Euer kostbarer Imperator unsere Nation betrachtet: als einen Vasallenstaat, einen wohlfeilen Puffer zwischen dem Imperium und den barbarischen Stämmen des Nordens. Die Sicherheit Eures Landes wird mit dem Tod unserer Söhne und Töchter erkauft. Für Euch und Euer Volk sind wir nichts weiter als Verbündete, deren man sich bedient, wenn es einem gerade passt.«

»Majestät ...«, begann Kaspar, aber die Eiskönigin war noch nicht fertig.

»Jedes Jahr überfallen die Stämme aus dem Norden unser Land und töten Hunderte meiner Leute. Wir bluten für dieses Land, und jedes Mal treiben wir sie wieder in ihre Heimat in der nördlichen Wüste zurück. Und welchen Dank erhalten wir für dieses große Opfer?«

Während die Eiskönigin ihn mit Vorwürfen überschüttete, ballte Kaspar die Fäuste. Er konnte nicht glauben, dass sie die Frechheit besaß, so etwas zu behaupten. Starben nicht sogar in diesem Moment Männer des Imperiums, um ihr elendes Land zu verteidigen? Je länger die Eiskönigin ihn beschimpfte, umso mehr spürte

Kaspar, wie ihm seine Beherrschung, die schon durch die Gewalttätigkeiten auf dem Gerojev-Platz angeschlagen war, zu entgleiten drohte.

»Wir bitten Euren Imperator um Hilfe, aber Krieger schickt Ihr uns nur, wenn Ihr glaubt, dass Euer eigenes Land bedroht ist.«

»Verdammt sollt Ihr sein, Frau«, brüllte Kaspar, dem nun endgültig der Geduldsfaden riss. Er tat einen Schritt nach vorn, und gleichzeitig traten die Wachen der Tzarin hinter ihrem Thron hervor, um den aufgebrachten Imperiumsgeneral aufzuhalten.

»Kaspar, nein ...«, begann Pavel, doch es war schon zu spät.

»Wie könnt Ihr es wagen, so etwas zu behaupten?«, schrie Kaspar. »Meine Landsleute sterben hier und jetzt in Eurem elenden Dreckloch von einem Land, um uns alle zu schützen. Ihr wisst so gut wie ich, dass unsere Nationen immer Seite an Seite gegen die Horden des Chaos gekämpft haben. Tausende von Imperiumssoldaten kampieren in diesem Augenblick vor Euren Stadtmauern. Sie frieren und hungern, aber sie sind bereit, sich Euren Feinden entgegenzustellen, ganz gleich was geschieht. Ich werde nicht hier stehen und mir anhören, wie Ihr Männer von solchem Mut mit Beleidigungen überschüttet. Und wenn Euch das nicht passt, dann könnt Ihr von mir aus zum Teufel gehen ... Euer Majestät.«

Verblüfftes Schweigen quittierte Kaspars Ausbruch.

Pjotr Losovs Gesicht war bleicher geworden als das der Eiskönigin, und ihr Lakaienheer hätte nicht verblüffter dreinblicken können, wenn ihm Flügel gewachsen wären und er sich in die Lüfte erhoben hätte.

»Ursun rette uns, Ursun rette uns«, hörte er Pavel hinter sich flüstern.

Das Schweigen zog sich in die Länge, und Kaspar spürte, wie seine Wut sich legte, als endlich der Nebel seines Zorns verflog und ihm dämmerte, was – und zu wem – er gesagt hatte.

Er sah in die kalten, unversöhnlichen Augen der Königin von Kislev und wartete darauf, dass sie ihn in eine Statue aus Eis verwandelte. Langsam und betont gemessen stand sie auf und kam auf ihn zu.

Sie blieb vor ihm stehen und beugte sich vor, bis die Kälte, die ihre Nähe ausstrahlte, fast nicht mehr zu ertragen war.

Die Eiskönigin lächelte. »Sehr gut, von Velten«, sagte sie.

»Was?«, platzte Kaspar heraus, erstaunt darüber, dass er noch lebte.

»Wandelt ein Stück mit mir«, bat sie, schob ihren brennend kalten Arm unter seinen und führte ihn zurück ins große Treppenhaus. Hinter ihnen blieben Dutzende verwirrter und verblüffter Menschen zurück. Pjotr Losov versuchte ihnen zu folgen, doch die Eiskönigin gebot ihm mit einer knappen Handbewegung Einhalt.

Als Kaspar an Pavel vorbeiging, zuckte dieser nur die Achseln und verdrehte die Augen.

Schweigend verließen Kaspar und die Eiskönigin den Saal, bis sie außer Hörweite der Zurückgebliebenen waren. Vor dem gewaltigen Porträt ihres Vaters Radij Bokha, der rittlings auf dem monströsen Bären Urskin saß, blieb die Eiskönigin stehen. Sie sah zu dem Gemälde auf, und Kaspar kam es vor, als würde ihre Miene weicher.

»Warum lasst Ihr eigentlich nicht das Blut in meinen Adern gefrieren?«, fragte Kaspar schließlich.

Die Eiskönigin lachte in sich hinein. »Wie Ihr sicherlich wisst, war Alexander ein Verschwender, und es gibt wenige Menschen, die über seinen Tod Tränen vergießen werden; ausgenommen vielleicht seine Gläubiger und eine Reihe törichter Frauen, die seine Bastarde zur Welt gebracht haben. Was glaubt Ihr, warum er ins Imperium geschickt wurde, wenn nicht, um ihn mir aus den Augen zu schaffen?«

»Wozu war dann dieser Auftritt notwendig?«

»Nun kommt schon, von Velten, spielt nicht die Unschuld vom Lande«, gab die Tzarin zurück. »Zugegeben, ich habe meinen Cousin verabscheut, aber ich muss doch den Eindruck erwecken, dass sein Tod mich tief getroffen hat.«

»Nun, herzlichen Glückwunsch. Es ist Euch ausgezeichnet gelungen, mich wie einen streitsüchtigen, unflätigen Halunken aussehen zu lassen«, murrte Kaspar.

Angesichts seines offensichtlichen Missbehagens lachte die Eiskönigin auf. »Mein Vater sagte gern, er würde nie einem Mann trauen, der sich fürchte, die Beherrschung zu verlieren. Im Ergebnis waren seine Bojaren ein unerträglicher Haufen von Rohlingen, die sich ständig prügelten, stritten und miteinander kämpften. Aber sie waren verlässlich, ehrlich und treu, und niemals hat eine großartigere Truppe Soldaten Schulter an Schulter gekämpft. Dieser Spruch hat meinem Vater immer gute Dienste geleistet, daher sehe ich keinen Grund, nicht ebenfalls danach zu handeln, Botschafter.«

»Ihr habt versucht, mich in Zorn zu versetzen?«

»Selbstverständlich.«

»Warum?«

»Ich kannte Euren Vorgänger, Teugenheim«, erklärte die Eiskönigin. »Er war ein Wiesel und ein Feigling und ist nur nach Kislev gekommen, um seine Karriere voranzutreiben. Ich weiß, dass dies verglichen mit anderen Orten kein attraktiver Posten ist, aber er ist wichtig, eine Aufgabe, die einen Mann von einem gewissen Temperament erfordert. Andreas Teugenheim war nicht dieser Mann, aber ich glaube, dass Ihr es sein könntet.«

»Ein Mann, der die Beherrschung verliert?«

»Nein«, sagte die Eiskönigin. »Ein Mann mit Feuer im Herzen und der Seele eines Kisleviten.«

Jetzt war es an Kaspar zu lachen. »Die Seele eines Kisleviten? Ich fürchte, dazu bin ich zu sehr ein Sohn des Imperiums.«

»Ihr irrt Euch, Kaspar von Velten. Ihr habt schon in der Vergangenheit für Kislev gekämpft, und Ihr seid hier, da es Eurer am dringendsten bedarf. Das Land hat Euch hierher zurückgerufen, damit Ihr für es kämpft, und ich glaube nicht, dass Ihr scheitern werdet.«

Das war zu viel für Kaspars Begriffe. »Das Land hat mich gerufen? Nein, der Imperator hat mich hergeschickt.«

Die Eiskönigin schüttelte den Kopf. »Nein. Es kommt nicht darauf an, ob Ihr es glaubt oder nicht. Ihr habt dem Ruf des Landes Folge geleistet, da bin ich mir ganz sicher. Der richtige Mann im richtigen Moment ... Euch ist es bestimmt, hier zu sein, und Ihr habt noch viel zu tun.«

»Was zum Beispiel?«

»Ich habe keine Ahnung«, gestand die Eiskönigin mit einem kalten Lächeln. »Das müsst Ihr selbst herausfinden.«

IX

»Pavel glaubt immer noch nicht, dass wir nicht tot sind.«

»Ich kann es selbst kaum fassen«, meinte Kaspar, als sie die Gasse, die zur Botschaft führte, entlangritten. Die Ritter in den Bronzerüstungen hatten ihnen sicheres Geleit durch Kislev gegeben, und der Mob, der sie zuvor angegriffen hatte, war vor diesen furchterregenden Kriegern zerstoben wie Morgennebel in der Sonne. Die verwundeten Mitglieder von Kaspars Gefolge folgten ihnen in einem gepolsterten Wagen, und er selbst ritt ein frisches Pferd aus den Ställen der Eiskönigin, einen graubraunen Wallach, der mit Leichtigkeit dem Vergleich mit dem Tier standhielt, das sie auf dem Gerojev-Platz verloren hatten.

Von seiner ramponierten Kutsche war keine Spur mehr zu sehen gewesen. Wahrscheinlich brannten ihre zerschlagenen Bretter im Feuer eines Unbekannten, und die feinen Stoffe hatte jemand um der zusätzlichen Wärme willen unter die speckigen Lagen seiner Kleidung gesteckt. Kaspar trauerte nicht um den Verlust der Kutsche; er war ohnehin nie gern darin gefahren.

Der Heimritt war ohne Zwischenfall verlaufen. Doch als er einem wartenden Stalljungen die Zügel seines Tieres reichte und auf die Botschaft zuhinkte, erkannte er an den angespannten Mienen der Wachen an der Tür, dass etwas nicht stimmte.

Sie öffneten ihm die Tür, und er ging nach oben in sein Arbeitszimmer.

Drinnen traf er auf Kurt Bremen und Wladimir Paschenko, den Tschekisten, die auf ihn warteten.

Bevor Paschenko etwas sagen konnte, wandte sich Kaspar an Bremen. »Was ist passiert?«, verlangte er zu wissen.

»Etwas Schlimmes«, begann Bremen warnend.

»Mach keine Spielchen, Mann. Was immer es ist, spuck es aus.«

»Es hat heute einen Überfall auf Matthias Gerhards Haus gegeben. Einer meiner Ritter ist tot und ein weiterer schwer verwundet«, sagte Bremen.

Der Ritter holte tief Luft. »Und Stefan ist tot«, brachte er heraus.

Kaspar spürte, wie sein Magen sich zusammenzog und ihm die Hitze ins Gesicht stieg. Ein herzzerreißender Gram wallte in ihm auf. Stefan. Sein ältester Kamerad beim Militär, der Mann, der ihn alles gelehrt hatte, was er wissen musste, um als Soldat zu überleben. Tot.

Das musste ein Irrtum sein. Stefan war zu starrköpfig zum Sterben.

Aber als er Bremens ernstes Gesicht sah, wusste er, dass keine Verwechslung vorlag. Es war wahr.

»Was ist mit Sofia?« Er ängstigte sich schrecklich um sie, aber noch mehr fürchtete er die Antwort. »Verdammt, was ist mit Sofia?«

»Ich weiß es nicht«, antwortete Bremen langsam.

»Was zum Teufel soll das heißen, Ihr wisst es nicht?«

»Ich meine, dass es keine Spur von ihr oder von Matthias Gerhard gibt. Sie sind beide verschwunden.«

7. KAPITEL

I

Kaspar kniete neben dem blutbespritzten Bett und wrang bekümmert die rot-goldenen Laken zwischen den Händen. Glasscherben lagen über den Boden von Matthias Gerhards Schlafzimmer verstreut. Mehrere Möbelstücke waren umgeworfen und zu Kleinholz geschlagen worden. Ein großer Spiegel mit einem geschnitzten Mahagonirahmen lag in Splittern, und jedes scharfkantige Bruchstück reflektierte die Gesichter der Männer, die sich am Ort dieses Gemetzels versammelt hatten, und warf die Worte, die in Blut an die Wände geschrieben waren, vielfach zurück. Blut überzog fast alle Flächen, den Boden, die Wände und sogar die Decke.

Kaspar sah zu den Balken an der Wand gegenüber dem Bett auf. Die blutigen Worte waren in einer kindlichen Schrift geschrieben, in zögerndem, grammatisch falschem *Reikspiel*. Kaspar wusste, dass die Schrift an die Wand geschmiert worden sein musste, während Stefan im Sterben lag.

»Ich hab alles für ihr gemacht«, lautete die Inschrift.

Stefan war in diesem Raum gestorben, und Sofia war ... ja was? Entführt worden? Umgebracht?

Kaspar empfand die Angst davor, was Sofia möglicherweise in diesem Moment erlitt, wie einen körperlichen Schmerz in der Brust. Die beiden kannten sich zwar erst seit einigen Monaten, aber sie hatten von ganz allein eine Vertrautheit entwickelt, wie sie zwischen alten Freunden herrschte; und der Gedanke, sie könnte Schmerzen leiden, jagte ihm größere Furcht ein, als er für möglich gehalten hätte.

Wladimir Paschenko wies auf einen großen, pflaumenfarbenen Fleck auf dem teuren Teppich in der Nähe von Kurt Bremen. Der Flor war verfilzt und stank nach Blut.

»Dort haben wir Euren Diener gefunden. Anscheinend ist er an einer einzigen Halswunde gestorben, welche die Hauptarterie in seinem Hals durchtrennt hat.«

»Sein Name war Stefan«, knurrte Kaspar.

»Ah ja«, fuhr Paschenko fort. »Der Mörder hat eine außerordentlich scharfe Klinge benutzt und wusste genau, wo er sie ansetzen musste.«

»Oder er hat die drei überrascht, was allerdings unwahrscheinlich ist angesichts des Umstands, dass die Haustür aufgebrochen wurde und meine Ritter nach unten gelaufen sind, um den Bastard zu bekämpfen«, sagte Kurt Bremen. Er war erzürnt darüber, dass zwei seiner Krieger anscheinend so leicht überwältigt worden waren. Einer von ihnen lag unter einem Leichentuch in Morrs Tempel, und dem anderen würde man wahrscheinlich das Bein vom Knie abwärts amputieren müssen.

»Die Halswunde ist die einzige Verletzung, die dem Opfer zugefügt wurde«, sprach Paschenko weiter, wobei er aus einem in schwarzes Leder gebundenen Notizbuch vorlas. »Es gab keine Abwehrverletzungen.«

»Abwehrverletzungen?«, fragte Kaspar und stand mühsam auf.

»Ja. Wenn jemand von einer Person angegriffen wird, die mit einem Messer bewaffnet ist, hebt er typischerweise die Hände vor sich, um die Stiche abzuwehren. Oft stellt man fest, dass Finger fehlen oder die Unterarme vollkommen zerfetzt sind.«

»Aber Stefan hatte keine solchen Wunden?«, fragte Kaspar.

Paschenko überprüfte seine Notizen. »Nein, überhaupt keine.«

»Habt Ihr eine Vorstellung, was dahinterstecken könnte?«

Paschenko zuckte die Achseln. »Ich weiß es nicht. Vielleicht hat der Mörder so rasch angegriffen, dass sein Opfer keine Chance hatte, sich zu verteidigen.«

Kaspar nickte. »Habt Ihr sonst irgendetwas gefunden, das uns helfen könnte, diesen Bastard zu fangen?«

»Nicht viel«, gab Paschenko zu.

»Aber irgendjemand muss doch etwas gesehen haben«, meinte Bremen.

Paschenko schüttelte den Kopf. »Der Überfall geschah in der Dunkelheit, und die wenigen Seelen, die um diese Zeit unterwegs sind, gehören nicht zu der Sorte Menschen, die sich melden und mit mir sprechen würden. Obwohl ich natürlich mit Eurem Ritter reden werde, sobald er dazu in der Lage ist. Er ist möglicherweise der Einzige in Kislev, der den Menschenschlächter gesehen und es überlebt hat ... Wir haben allerdings einige Spuren gefunden, die in Gerhards Ställe hinein- und wieder herausführen. Zwei der Pferde seiner Troika fehlen, daher kann ich nur vermuten, dass der Mörder auf einem der Tiere entkommen ist und auf dem anderen seine Gefangenen fortgebracht hat.«

Kaspar schritt unruhig im Raum umher und blieb vor den bluttriefenden Worten an der Wand stehen. »Und was, in Sigmars Namen, hat das hier zu bedeuten? ›Alles für ihr.‹ Wer ist diese ›Sie‹? Habt Ihr bei den vorherigen Morden des Menschenschlächters etwas Ähnliches gesehen?«

»Nein«, antwortete Paschenko betont. »Erst seit Ihr nach Kislev gekommen seid, hat der Mörder begonnen, Trophäen oder Botschaften zu hinterlassen.«

»Und was heißt das?«

»Sicher bin ich mir nicht, aber ich glaube, der Mörder versucht Euch etwas mitzuteilen.«

»Mir etwas mitzuteilen? Aber was?«

»Auch das weiß ich nicht«, sagte Paschenko, »aber wenn man es zusammen mit den Herzen betrachtet, die er vor der Botschaft abgelegt hat, bin ich der Ansicht, dass diese Nachricht für Euch bestimmt war. Aus irgendeinem Grund hat der Menschenschlächter sich auf Euch fixiert, Botschafter von Velten.«

II

Zuerst fühlte sie Schmerz. Dann Kummer und dann Entsetzen.

Sofia versuchte gleichmäßig zu atmen und hielt die Augen geschlossen. Sie spürte, dass sie auf einem schweren Holzstuhl saß. Ihre Hände waren hinter ihr fest an die Lehne gefesselt, und das raue Seil hatte ihr bereits die Gelenke blutig gescheuert. Ihr war unklar, ob sich noch jemand in diesem Raum befand, daher gab sie weiter vor, bewusstlos zu sein, und setzte alles daran, ihre angsterfüllten Gedanken zu sammeln. Sie fror, aber sie fühlte, dass sie sich nicht im Freien befand. Doch wo immer sie sein mochte, es roch übel, und sie hatte in genug Feldlazaretten gearbeitet, um den Gestank nach verwestem Fleisch und Blut zu erkennen. Sie unterdrückte ein angeekeltes Würgen, und ihr Kopfschmerz kehrte verstärkt zurück.

Tränen quollen unter ihren Lidern hervor, als sie sich erinnerte: das Aufblitzen des Messers, das Stefans Leben ein Ende bereitet hatte, das hervorspritzende helle Blut und sein um Vergebung flehender Blick, als er gefallen war.

Ein einziges Wort schoss ihr durch den Kopf: *Menschenschlächter…*

In ihrem Kopf hallten noch Gerhards Schreie nach, doch sie stellte fest, dass sie sich nicht erinnern konnte, was danach geschehen war; sie wusste nur noch, dass sie entsetzt aufgeschrien hatte, und dann hatte sie einen Schlag gegen die Schläfe erhalten.

»Du kannst ruhig die Augen öffnen«, ließ sich eine Männerstimme vernehmen. »Ich weiß, dass du wach bist.«

Sofia schluchzte. Alle Selbstbeherrschung verflog, als sie fühlte, wie die Hand ihres Entführers unter ihr Kinn glitt und ihren Kopf anhob.

»Es tut mir Leid, dass ich dich geschlagen habe«, sagte er. »Ich war einfach nicht darauf gefasst, dich dort zu sehen. Ich dachte, du wärst tot.«

Sofia drehte den Kopf und versuchte, sich ihm zu entziehen. »Bitte tut mir nicht weh, bitte, bitte ...«

»Psst ... Ich werde dir nichts tun, *Matka*«, beruhigte sie die Stimme. »Wie kannst du nur so etwas denken? Nach allem, was du für mich getan hast. Du hast mich beschützt, getröstet und geliebt und mich auf den Tag vorbereitet, an dem wir uns endlich von *Ihm* befreien konnten. Wie könnte ich dir wehtun? Ich liebe dich, habe dich immer geliebt.«

Sofia weinte leise, als seine Hände durch ihr rotbraunes Haar strichen und sie seine Nähe spürte. Sie hörte, wie er die Luft einsog, und erkannte, dass er an ihr roch.

»Bitte«, flehte sie. »Was immer Ihr wollt, tötet mich nicht.«

»Dich töten?«, lachte die Stimme. »Hast du es vergessen? Du bist bereits tot, aber ich habe ein Stück von dir behalten.«

Sie spürte, wie eine feuchte Zunge über ihre Wange leckte, und drehte den Kopf von dem Menschenschlächter weg. Seine Haut fühlte sich ledrig und hart an.

»Warum weichst du mir aus?«, fragte er.

»Weil Ihr mir Angst macht«, antwortete Sofia.

»Aber ich bin's doch«, erwiderte er verletzt. »Dein kleiner Junge, dein kostbarer Krieger. Schau mich an.«

»Bitte nicht«, bat Sofia weinend und kniff die Augen fest zusammen.

»Ich sagte, dass du mich ansehen sollst!«, brüllte ihr Entführer und versetzte ihr einen harten Schlag gegen den Kiefer. Sofia schmeckte Blut im Mund, und dann legte sich ein Gewicht über ihre Schenkel, als er über ihr zusammensank und ein schmerzerfülltes Jaulen ausstieß.

»Es tut mir Leid«, schluchzte er. »So Leid. Ich wollte nicht ... das würde ich nie tun! Bitte zwing mich nicht, dir wehzutun! Zwing mich nicht, dir noch einmal wehzutun. Das möchtest du doch auch nicht.«

Sie spürte, wie er sich vor ihr aufrichtete. Instinktiv ließ sie den Fuß vorschnellen, doch er war zu schnell, und ihr Tritt verfehlte sein Ziel.

»Ich habe dir befohlen, die Augen zu öffnen«, sagte er. Der kummervolle Ton von eben war aus seiner Stimme verschwunden. »Wenn du dich weigerst, schneide ich dir die Augenlider ab.«

Tränen des Schmerzes stiegen Sofia in die Augen, und sie tat, was er verlangte.

Nackt stand der Menschenschlächter vor ihr. Seine Haut war dick mit Blut verkrustet, und hinter einer Maske aus grob zusammengenähter Haut – einer Maske aus toter Menschenhaut! – starrten sie Augen an, in denen der Wahnsinn brannte. Das Gesicht hatte offensichtlich einmal einem Mann gehört, aber die zerfetzte

Haut war Jahrzehnte alt, irgendwie konserviert und zu dieser grotesken Fassade zusammengestichelt worden. Ein langes Messer mit schmaler Klinge steckte in einer Hauttasche auf seinem muskulösen Unterleib.

Hinter ihm schwang an einem Fleischerhaken, der in den mittleren Dachbalken eingelassen war, der geschundene Körper von Matthias Gerhard leise hin und her. Sein Gesicht, das einzige Stück Haut, das sein Schlächter an ihm gelassen hatte, war zu einer Grimasse ewiger Todesqual verzerrt.

Sofia schrie.

Sie schrie und schrie, bis er sein tothäutiges Gesicht auf das ihre presste und sie wie rasend küsste, während er sie fest an seinen nackten Körper drückte.

III

»Macht Euch keine Sorgen, Kaspar. Wir werden sie finden«, sagte Anastasia. Sie hielt seine Hand, während sie mit der anderen Hand seinen Nacken massierte. Sie saßen im Hof der Botschaft, dort, wo Kaspar mit Valdhaas trainiert und Sofia seine verletzte Schulter genäht hatte. Anastasia trug ein scharlachrotes, mit silbrigem Pelz abgesetztes Gewand. Als sie von dem Überfall auf das Haus von Matthias Gerhard gehört hatte, war sie sofort in die Botschaft geeilt. Zwei Tage lag dieser schreckliche Abend jetzt zurück, und sie war täglich in die Botschaft gekommen und hatte ihm hoffnungsvollen

Zuspruch und freundschaftlichen Trost gespendet. Ihre Haut schimmerte im hellen, kühlen Licht des Morgens, und Kaspar war ihr dankbar für ihre tröstlichen Worte, obwohl inzwischen so viel Zeit vergangen war, dass sie ihm hohl in den Ohren klangen.

»Paschenko glaubt, dass sie längst tot ist«, sagte Kaspar und fasste damit endlich den Gedanken in Worte, der ihn seit zwei Tagen quälte und keinen Schlaf finden ließ. Die Tschekisten und Pantherritter hatten nach Sofia und Gerhard gesucht, aber in der überfüllten Stadt war es wie die Suche nach der Nadel im Heuhaufen. Der Ritter, der bei dem Überfall auf Gerhards Haus verletzt worden war, konnte keinerlei nützliche Informationen über den Mörder beitragen; er hatte nur aussagen können, dass er in der Lage gewesen war, die Ritter mit Leichtigkeit zu besiegen, und dass er nackt kämpfte.

Einzig der Umstand, dass sie keine Leichen gefunden hatten und keine weiteren grauenvollen Gaben für ihn hinterlegt worden waren, schenkte Kaspar einen Hoffnungsschimmer.

»Nein, so dürft Ihr nicht denken«, sagte Anastasia. »Wenn dieser Wahnsinnige sie und Gerhard umbringen wollte, dann hätte er es gewiss schon getan. Gleich, als er ... auch Stefan getötet hat.«

»Vielleicht«, antwortete Kaspar. Er klang nicht überzeugt.

»Haben die Tschekisten schon irgendeine Vorstellung, was tatsächlich geschehen ist?«

Kaspar schnaubte höhnisch. »Nein. Dieser Dummkopf Paschenko wird sich damit zufrieden geben, in Bälde einen passenden Sündenbock zu präsentieren, aber in Wirklichkeit weiß er nichts.«

Anastasia seufzte. »Und er hat keine Ahnung, warum oder wohin Sofia und Gerhard verschleppt wurden?«

»Zumindest verrät er uns nichts davon.«

Anastasia nickte und nagte an ihrer Unterlippe, als ringe sie mit einem schwierigen moralischen Konflikt. Kaspar bemerkte ihre Miene. »Was habt Ihr?«, fragte er.

»Nun, es ist nur ... ich weiß, dass Ihr große Stücke auf Sofia haltet«, begann Anastasia zögernd.

»Was soll das heißen?«

»Wie viel wisst Ihr wirklich über sie?«

»Genug, um mir sicher zu sein, dass sie ein guter Mensch ist und ich ihr vertrauen kann.«

»Genau das meine ich. Ihr vertraut ihr, aber eigentlich kennt Ihr sie gar nicht, oder? Ich weiß, dass sie für Wassili Tschekatilo gearbeitet hat, bevor sie in Euren Dienst getreten ist.«

»Ihr macht wohl Scherze«, gab Kaspar ungläubig zurück.

»Ich wünschte, es wäre so, Kaspar, aber soweit ich weiß, hat sie mehrere Jahre lang für ihn gearbeitet.«

»Was wollt Ihr damit andeuten?«

»Tschekatilo ist kein Mann, den man so einfach los wird«, sagte Anastasia. »Das weiß ich aus Erfahrung. Ich meine, dass möglicherweise gar nicht der Menschenschlächter Sofia entführt hat. Vielleicht hat ja Tschekatilo sie mit Gewalt zurückgeholt.«

IV

Die Zeit verschwamm. Ihre einzige Verbindung zur Außenwelt war eine schmutzverkrustete Dachluke, die nur ab und zu ein wenig Licht einließ. Sofia hatte keine Ahnung, wie viele Tage seit ihrer Entführung vergangen waren. Sie wusste nur, dass ihr Schmerz mit jedem Moment stärker wurde und ihre Gewissheit wuchs, dass sie in dieser stinkenden Dachkammer sterben würde.

Sie vergoss ohnmächtige Tränen, doch ihr Schluchzen wurde durch den vor Blut steifen Fetzen erstickt, den er ihr in den Mund gestopft und mit einem breiten Lederriemen festgezurrt hatte. In ihren Handgelenken pochte ein dumpfer Schmerz; sie spürte ihre Fingerspitzen nicht mehr, und bei der kleinsten Bewegung riss der blutige Schorf auf, das raue Seil schnitt tiefer in das Fleisch ihrer Arme und bereitete ihr glühende Pein.

Die Tage verstrichen. Manchmal empfand sie nur schmerzerfüllte Ödnis, und dann wieder namenloses Entsetzen, wenn er auf den Dachboden kam, die Maske aus toter Haut fest über sein Gesicht gezogen. Oft berührte er sie dann, flüsterte ihr zu, dass er sie liebe oder dass er ihre Befehle ausgeführt und wieder für sie getötet habe, dass er zur Erinnerung an den Tag, an dem sie beide von *Seiner* Tyrannei befreit worden waren, Menschenfleisch gegessen habe.

Ihre Augen waren durch Schlafmangel und Tränen verklebt; der Hunger ließ ihren Blick verschwimmen, und ihr Körper war so ausgedörrt, dass ihre Lippen aufplatzten. Ihr Mund fühlte sich klebrig an, und sie konnte nur noch kraftlos den Kopf rollen, als sie das verhasste Knarren hörte, mit dem die Falltür, die auf den Dachboden führte, sich auf ihren verrosteten Angeln bewegte.

»Bist du da, *Matka*?«, fragte er und lachte dann. »Natürlich bist du das. Wohin könntest du auch gehen?«

Sofia presste die Augen zusammen, als sie seine Schritte vernahm und spürte, wie er ihr seine schwielige Hand auf die Schulter legte. Sie roch seine Nähe, und obwohl sie stark zu sein versuchte, konnte sie nicht anders, als vor nackter Angst zu erbeben. Sie fühlte, wie seine Hände über ihren Körper glitten und wie er sich an sie presste.

»Jetzt habe ich es fast geschafft, nicht wahr?«, stöhnte er.

Sofia konnte nicht antworten; ihr Knebel erstickte alles, was sie vielleicht hätte sagen können. Doch dann begriff sie, dass er überhaupt nicht mit ihr sprach. Sie hatte nicht gehört, dass jemand anderes die Dachkammer betreten hätte, doch jetzt antwortete eine andere Stimme, eine ferne, melodische Stimme, die klang, als dringe sie vom Boden eines sehr tiefen Schachts herauf.

»Sehr bald, mein wunderschöner Prinz, sehr bald. Es gibt nur noch eines, was du tun musst. Einen letzten Dienst, und dann haben wir es vollbracht.«

»Alles, was du willst, *Matka*. Alles«, sagte er.

»Ich will, dass du mich tötest«, sagte die Stimme. »Ich bin schon einmal tot gewesen und gehöre nicht in diese Welt. Morr verlangt nach mir, und ich dürfte nicht hier in deiner Welt sein.«

»Nein!«, schrie er. Sofia spürte, wie er sie fester umklammerte, und stieß einen erstickten Schmerzensschrei aus, als er den Stuhl herumriss, so dass sie ihn ansehen musste. »Warum verlangst du das von mir? Ich habe dich doch gerade erst wiedergefunden, und ich lasse dich nicht gehen. Nicht noch einmal.«

»Vertrau mir, mein Prinz, du musst es tun«, sagte die leise, provozierende Stimme.

Sofia öffnete die Augen einen Spalt breit und erblickte vor sich das abstoßende, maskierte Gesicht. Ein flackerndes Licht warf einen sanften Schein über die konservierten Züge der Leichenmaske, und darunter waren die violetten Augen ihres Entführers wie in Ekstase aufgerissen. Über ihre Schulter hinweg starrte er etwas an, das sich hinter ihr befand. In seinen dunklen Pupillen glühte ein phosphoreszierender Lichtpunkt. Ihre Augen brannten, aber einen winzigen Moment lang war ihr, als huschte die Spiegelung eines leuchtenden Gesichts, blass und engelsgleich, über seinen Augapfel.

»Ich kann nicht«, jammerte er.

»Hör mir zu!«, donnerte die Stimme ohne jede Zärtlichkeit. »Tu es. Ich befehle es dir. Töte mich, töte mich jetzt. Wirf die Ketten deines missbrauchten anderen Ich ab und zieh dein Messer, das Messer, das *ich* dir gegeben habe, und schneide mir die Kehle durch, du jämmerlicher Hurensohn. Töte sie, hack sie in Stücke und wirf sie von Velten vor die Füße.«

»Nein ... das werde ich nicht! Ich liebe dich ...«, stieß er weinend hervor, und dann verstummte er unter heftigem Schluchzen.

Sofia spürte, wie sich die Wut des Wesens, das mit ihrem Entführer sprach, in entsetzliche Höhen steigerte, und schloss von neuem die Augen. Sogar durch ihre geschwollenen Lider nahm sie wahr, dass ein greller Lichtblitz die Todeskammer erfüllte. Aber er verging so rasch, wie er aufgeflammt war, und sie fühlte, dass das Ding, das zu dem Mann geredet hatte, verschwunden war. Sein Zornausbruch hatte einen knisternden, unirdischen, stechenden Geruch nach Magie hinterlassen. Doch der Mann hatte sich seinen mörderischen Gelüsten widersetzt, und das ließ einen winzigen Funken Hoffnung in ihr aufkeimen. Das Wesen wollte, dass er sie tötete, aber aus irgendeinem Grund hielt er sie für seine *Matka*, seine Mutter, und wollte es nicht tun.

»Ich kann dich nicht töten«, sagte er, als habe er ihre Gedanken gelesen. »Noch nicht, aber ich muss dir wehtun. Oh, *Matka*, ich muss dich schneiden.«

Sofia spürte seine Messerklinge auf der Haut und versuchte zu schreien. Doch er trennte ihr den Daumen der linken Hand ab.

V

Das Bordell befand sich in einem unscheinbaren Gebäude aus durchhängenden schwarzen Balken und willkürlich zusammengewürfelten, grob behauenen Steinen, die einmal Teil der alten Stadtmauer gewesen waren. Bunte Glasscheiben in den Fenstern im oberen Stockwerk und eine scharlachrote Schärpe, die schlaff vom Giebel herabhing, waren die einzigen Hinweise auf die Bestimmung des Gebäudes, und Kaspar konnte den Gestank nach Verzweiflung, mit dem sich die Mauern vollgesogen hatten, geradezu riechen.

»Ist das der Ort?«, fragte er.

»Ja«, bestätigte Pavel. »Hier findest du Tschekatilo, obwohl Pavel wirklich nicht weiß, warum du das möchtest. Er ist kein Mann, den man unbedingt sehen will. Wir sollten nicht hier sein.«

»Er weiß vielleicht etwas über Sofias Entführung«, wandte Kaspar ein, und seine Stimme klang so eiskalt wie das Schneetreiben, das sie einhüllte. Pavel und Kurt Bremen wechselten argwöhnische Blicke; keinem von beiden gefiel die tödliche Entschlossenheit im Tonfall des Botschafters.

»Botschafter von Velten«, sagte Bremen. »Wenn Tschekatilo tatsächlich etwas über Sofias Verbleib weiß, dann müssen wir sehr vorsichtig mit ihm umgehen. Ihr könnt Euch nicht erlauben, ihn gegen Euch aufzubringen.«

»Keine Sorge, Kurt. Ich kann sehr diplomatisch sein, wenn es erforderlich ist«, versicherte Kaspar, stieß die Tür des Bordells auf und trat in das dämmrige Innere. Ein Gestank nach ungewaschenen Leibern und billigem Duftwasser stand in der Luft, wobei letzterer eindeutig seinen Zweck verfehlte, ersteren zu überdecken.

Sogar in dem trüben Licht, das die wenigen verhängten Laternen und das niedrig brennende Kaminfeuer spendeten, konnte Kaspar erkennen, dass das Haus rege besucht war. Anscheinend stachelte die drohende Nähe von Krieg und Tod die Wollust der kislevitischen Männer an, und viele von ihnen bevölkerten den lang gestreckten Raum, bereit, ihre letzten Kopeken für die Umarmung einer Frau auszugeben, die ihren Körper um klingende Münze feilbot.

Ein paar Besucher wandten den Kopf, als sie eintraten, aber die meisten waren so sehr in ihr Geschäft vertieft oder so in ihre von berauschenden Wurzeln hervorgerufenen glücklichen Träume versunken, dass sie ihnen kaum Beachtung schenkten. Eine beißende Rauchwolke, die süß und klebrig wie Moschus aus Arabia roch, hing unter der Decke, und Kaspar fühlte sich lebhaft an die Schlachten erinnert, die er in jener trostlosen Wüstenlandschaft ausgefochten hatte.

Er marschierte an den zuckenden Leibern vorbei, ignorierte das übertriebene Stöhnen und die theatralischen Lustschreie und hielt auf eine Tür an der hinteren Wand des Raumes zu. Davor hielten zwei kalt blickende Männer Wache, die sich keine Mühe gaben, die Äxte zu verbergen, die sie unter ihren Umhängen trugen.

»Pavel«, sagte Kaspar. »Übersetz für mich.«

»Na schön«, brummte Pavel, riss den Blick von den kopulierenden Paaren los, die sie umgaben, und trat neben den Botschafter.

»Mein Name ist Kaspar von Velten, und ich bin gekommen, um mit eurem Herrn zu sprechen, Wassili Tschekatilo. Ich wäre dankbar, wenn ihr ihm mein Anliegen übermitteln würdet.«

Pavel gab seine Worte weiter, und Kaspar sah, wie die

beiden einen belustigten Blick wechselten. Dann schüttelte der Mann, den Pavel angesprochen hatte, den Kopf.

»*Nya*«, sagte er, und es war auch ohne Übersetzung klar, was er meinte.

»Pavel, erklär ihm, dass ich eine Abteilung Pantherritter zur Verfügung habe; und wenn Tschekatilo nicht einwilligt, mich zu empfangen, werde ich ihnen befehlen, dieses dreckige Hurenhaus niederzubrennen. Wenn nötig, solange er noch drinnen ist.«

Wieder übersetzte Pavel Kaspars Worte, und dieses Mal wirkten die Männer sichtlich beunruhigt. Eine leise, aber hitzige Diskussion in rasch gesprochenem Kislevitisch brach aus. Dann hob der Mann, der sie abgewiesen hatte, die Hand und verschwand durch die Tür. Der andere schenkte ihnen ein schiefes Grinsen, das gelbe Zahnstummel enthüllte.

Die drei Männer warteten einige Minuten, und Pavel wandte seine Aufmerksamkeit von neuem dem wollüstigen Treiben zu, das sie umgab, und nahm mehrere Schlucke aus einer Feldflasche, die an seiner Hüfte hing.

Schließlich öffnete sich die Tür. Der Überbringer der Nachricht erschien und winkte ihnen mit schmierigen Fingern, ihm zu folgen. Kaspar ging hinter ihm einen langen Flur mit Holzboden entlang, von dem auf beiden Seiten mit Samtvorhängen abgetrennte Nischen abgingen. Grunzen und noch mehr falsches Lustgestöhne drangen daraus hervor. Kaspar versuchte die Geräusche zu überhören und ging auf eine schwere, mit schwarzem Eisen beschlagene Tür aus Holzbohlen zu. Der Mann vor ihm zog einen langen Schlüssel hervor und schloss geräuschvoll die Tür auf. Dann öffnete er sie weit und bedeutete den beiden, sie möchten eintreten.

»*Yha!* Du gehen, *Yha?*«

»*Yha*«, gab Kaspar zustimmend zurück und trat in einen prächtig ausgestatteten, weitläufigen Raum. Er war mit Möbeln und anderen Gegenständen im Stil des Imperiums eingerichtet, und Kaspar ging auf, dass sie aus seiner Botschaft stammten. Vier Frauen, die in durchscheinende Seidengewänder gekleidet waren, saßen in verschiedenen Stadien berauschter Selbstvergessenheit herum, die Lippen mit den narkotischen Wurzelsäften befleckt. Vor der gewaltigen Gestalt Tschekatilos, der mit dem Rücken zu Kaspar auf einer knarrenden Holzbank saß, führte eine nackte Frau ungeschickte Tanzschritte auf. Neben ihm stand ein steckendürrer Mann mit dem Gesicht eines Kämpfers, der die Neuankömmlinge mit unverhohlener Feindseligkeit anstarrte.

Tschekatilo klatschte den Takt zu den Drehbewegungen der Frau, und Kaspar erkannte an ihrem stämmigen Körperbau und ihren ängstlichen, einfachen Zügen, dass sie bäuerlicher Herkunft war. Zweifellos wollte sie hier ein paar Kupfermünzen verdienen, damit sie im Winter zu essen hatte.

»Tschekatilo«, sagte Kaspar.

Der dicke Kislevit gab keine Antwort, sondern hielt die Hand hoch zum Zeichen, dass Kaspar warten sollte, bis der Tanz vorüber war. Kaspar biss sich auf die Unterlippe und verschränkte die Arme vor der Brust. Bremen wandte den Blick von dem tanzenden Mädchen ab, und auch Pavel brachte den Anstand auf, die demütigende Vorführung zu ignorieren.

Schließlich klatschte Tschekatilo in die Hände, stand auf und winkte das Mädchen fort, damit es seine Kleider holte.

»Rejak«, sagte er, an den kaltäugigen Killer neben sich gewandt, »lass sie in der großen Halle arbeiten. Für die Kabinen taugt sie nicht.«

Rejak nickte, führte das Mädchen zu der Tür, durch die Kaspar und die anderen gekommen waren, und stieß sie in den Korridor, wobei er den Wachen am anderen Ende einen Befehl zubrüllte. Dann kehrte er an die Seite seines Herrn zurück, die Hand fest um den Schwertknauf gelegt. Kaspar erkannte ihn sogleich als das, was er war: einen Auftragskiller und Mörder.

Endlich ließ Tschekatilo sich herab, sich zu Kaspar und seinem kleinen Gefolge umzudrehen. Auf seinem breiten, bedrohlichen Gesicht lag ein falsches Raubtierlächeln. Sein Bart war so lang und buschig, wie Kaspar ihn in Erinnerung hatte, und seine aus Leder und Pelz gefertigte Kleidung war gepflegt und kostspielig. Er setzte sich wieder auf die Bank. »Ihr wolltet mich sehen?«, sagte er.

»Ja, ich würde Euch gern ein paar Fragen stellen.«

»Ich habe es mir zur Regel gemacht, keine Fragen zu beantworten, wenn ich nicht unbedingt muss«, erwiderte Tschekatilo.

»Diese werdet Ihr beantworten«, meinte Kaspar.

»Wirklich? Was macht Euch da so sicher?«

»Ich werde Euch töten, wenn Ihr es nicht tut«, verhieß Kaspar.

Kurt Bremen zuckte zusammen, als Kaspar diese Drohung ausstieß, und Tschekatilo lachte, ein Donnergrollen, das mehrere der berauschten Frauen hochschrecken ließ.

»Du wusstest wohl nicht, was dein Herr vorhat, Ritter?«, fragte Tschekatilo.

Bremen antwortete nicht, und Tschekatilo fuhr fort.

»Pavel Korowitsch! Ich hab dich lange nicht mehr hier gesehen. Bringst du mir noch einen Imperiumsbotschafter, den ich verderben soll?«

Pavel schüttelte hastig den Kopf und schlug die Augen nieder, als Kaspar ihm einen düsteren Blick zuwarf. Kaspar lief rot an, und Tschekatilo lachte noch einmal auf.

»Ihr kommt mit Fragen, aber Ihr wisst nichts über den Mann, dem Ihr sie stellt. Wollt Ihr mich in meinen eigenen Gemächern bedrohen? Ein Wort von mir, und Ihr seid alle tot. Ich habe ein Dutzend Männer in Rufweite, die ich herbeiholen kann, damit sie Euch auf der Stelle töten.«

»Vielleicht stimmt das, vielleicht auch nicht«, sagte Kaspar. »Aber können sie uns auch erreichen, bevor ich Euch ein Schwert in die Eingeweide stoße?«

»Möglicherweise nicht, aber andererseits gibt es schlechtere Schutzpanzer als viele Speckschichten, Imperiumsmann. Ich denke, dass Ihr tot seid, wenn Ihr das versucht, und dazu seid Ihr noch nicht bereit.«

»Nicht?«

»Nein«, sagte Tschekatilo. »Ihr habt noch Dinge zu tun, bevor Euch die Krähen fressen. Das sehe ich.«

Kaspar wurde klar, dass ihm die Kontrolle über den

Verlauf dieses Gesprächs entglitt – falls er sie überhaupt je besessen hatte –, aber er wünschte sich verzweifelt, irgendetwas zu finden, das ein Hinweis darauf sein konnte, wohin Sofia verschleppt worden war. Und wenn Anastasia bezüglich Sofias Vergangenheit Recht hatte, dann war es sehr gut möglich, dass dieser Bastard etwas wusste, was ihnen nützen konnte.

Er erkannte, dass er für diese Konfrontation nicht gut genug gerüstet war, und begriff endgültig, dass er mit Drohungen nicht die Antworten bekommen würde, die er wollte. Also schlug er eine andere Taktik ein.

»Tschekatilo, wir sind doch alle Männer von Welt, oder? Und doch benehmen wir uns wie Tiere in der Wildnis und rangeln wie Hirsche, die versuchen, sich zum Anführer der Herde aufzuschwingen. Aber dies ist Euer Revier, und ich sehe jetzt ein, dass es sinnlos ist, wenn ich versuche, hier meine Autorität durchzusetzen.« Kaspar breitete die Arme zu einer Geste aus, die, wie er inbrünstig hoffte, elegante Großmut ausdrückte. »Ich brauche Eure Hilfe und wende mich in verzweifelter Not an Euch. Eine gute Freundin von mir ist verschwunden, und ich glaube, dass Ihr durch Eure Stellung in der Lage sein könntet, mir bei der Suche nach ihr zu helfen.«

Tschekatilo, der Kaspars Manöver sogleich durchschaut hatte, lächelte. »Schlau, Imperiumsmann, viel schlauer als dieser Trottel Teugenheim. Auch er dachte, er könnte sich an diesem Ort als großer Mann aufspielen. Zu seinem Leidwesen hat er sich in jeder Hinsicht geirrt.«

»Dann helft Ihr mir?«

»Schon möglich. Wen vermisst Ihr?«

»Meine Heilerin. Ihr Name ist Sofia Valentschik, und man hat mir berichtet, sie habe früher für Euch gearbeitet.«

»Sofia!«, brüllte Tschekatilo. »O ja, ich erinnere mich an Sofia. Aber nein, sie hat nie für mich gearbeitet, egal, wie viel Geld ich ihr angeboten habe. Ich glaube, sie mag mich nicht.«

»Kann mir gar nicht vorstellen, wieso«, meinte Bremen hämisch.

Kaspar sah, wie Rejak erstarrte, und warf dem Ritter einen vernichtenden Blick zu. »Wirklich? Sie hat nie für Euch gearbeitet? Seid Ihr sicher?«

Kaspar spürte, wie die geringe Hoffnung, die er gehegt hatte, sich in Luft auflöste. Und dabei hatte er geglaubt, dass die Nachforschungen in dieser Richtung etwas Aufschlussreiches ergeben könnten. Anastasia hatte ihn davon überzeugt, dass Sofia für Tschekatilo gearbeitet hatte, und er hätte jederzeit ihrem Wort mehr getraut als dem des fetten Kisleviten. Auf der anderen Seite sagte ihm sein Instinkt, dass Tschekatilo nicht log.

»Seid Ihr sicher?«, wiederholte Kaspar.

Tschekatilo zog eine finstere Miene. »Ich mag ja über vierzig sein, aber noch lässt mich mein Gedächtnis nicht im Stich. Nein, sie hat nie für mich gearbeitet. Ein paar Mal im Jahr kam sie aber her.«

»Wie bitte?«, fragte Kaspar entsetzt. »Sofia ist hergekommen, aus freien Stücken?«

»Ja«, bestätigte Tschekatilo. »Ganz freiwillig. Sie hat

sich um die Mädchen gekümmert, die hier in den Zimmern arbeiten, hat ihnen Salben gegen Syphilis und andere solche Dinge gegeben. Manchmal hat sie Babys auf die Welt gebracht oder auch Kinder weggemacht. Sie wollte dafür sorgen, dass die Mädchen gesund bleiben.«

Der fette Gauner grinste dreckig. »Keine leichte Aufgabe in Kislev. Aber nein, gearbeitet hat sie nie für mich, obwohl ich froh über ihre Dienste war. Sie war eine gute Frau.«

»Ist«, beharrte Kaspar. »Sie *ist* eine gute Frau. Und jetzt ist sie verschwunden, entführt von dem Menschenschlächter.«

»Dann ist sie tot. Zerstückelt und gefressen.«

»Das glaube ich nicht«, erklärte Kaspar.

»Nein? Was macht Euch so sicher, dass sie lebt?«

»Ich weiß es einfach«, erwiderte Kaspar. Seine Stimme klang mit einem Mal erschöpft und jeden Gefühls beraubt. »Ich werde so lange nach ihr suchen, bis ich einen Beweis dafür finde, dass sie nicht mehr lebt.«

»Seid Ihr in sie verliebt?«, lachte Tschekatilo. »Wenn dem so ist, dann nehme ich es Euch nicht übel. Sofia Valentschik ist eine schöne Frau.«

»Nein«, versetzte Kaspar, und Tschekatilo lächelte über seine prompte Reaktion.

»Verstehe. Aber wie kommt Ihr darauf, dass ich Euch bei der Suche nach ihr helfen kann?«

»Keine Ahnung«, gestand Kaspar. »Als ich herkam, dachte ich, Ihr hättet sie vielleicht verschleppen lassen, aber jetzt glaube ich das nicht mehr. Ich weiß nicht, ob

Ihr etwas unternehmen könnt, um mir zu helfen, aber wenn es etwas gibt, dann bitte ich Euch, es zu tun.«

Tschekatilo betrachtete Kaspar lange Sekunden, bevor er antwortete.

»Ich werde Euch helfen, Imperiumsmann, obwohl nur Ursun weiß, wieso. Wenn Sofia nicht wäre, dann wären wir beide in diesem Moment sicherlich Feinde. Was bietet Ihr mir, wenn ich Euch helfe?«

»Alles, was ich Euch anbieten kann, ist meine Dankbarkeit«, erklärte Kaspar.

Der riesige Kislevit lachte, doch dann sah er, dass es Kaspar ernst war. »Seid Ihr ein Mann, der zu seinem Wort steht, Kaspar von Velten?«

»Das bin ich«, versicherte Kaspar. »Mein Wort ist wie Eisen und wird nie gebrochen, sobald ich es einmal gegeben habe.«

»Kaspar ...«, warf Bremen warnend ein, aber der Botschafter brachte ihn mit einer Handbewegung zum Schweigen.

Die beiden Männer sahen einander fest in die Augen, und dann nickte Tschekatilo schließlich und stand von der Bank auf. »Ich glaube Euch, dass Ihr Wort haltet, Imperiumsmann. Seht nur zu, dass es Euch nicht den Hals bricht. Nun gut, ich habe viele Augen und Ohren in Kislev, und wenn es etwas zu erfahren gibt, dann finde ich es für Euch.«

Tschekatilo beugte sich nach vorn. »Aber wenn ich dies für Euch tue, dann ...« Er verstummte vielsagend.

»Ich verstehe«, sagte Kaspar und fragte sich, ob er das wirklich tat.

8. KAPITEL

I

In den Tagen, die auf Kaspars Treffen mit Tschekatilo folgten, verschlechterte sich das Wetter weiter, und die weisesten Köpfe unter Kislevs Ältesten verkündeten, dies könne der härteste Winter seit den Zeiten des Großen Tzaren Radij Bokha werden. Ob das stimmte, wusste Kaspar nicht, und es war ihm auch ziemlich einerlei, so sehr beschäftigte ihn die anspruchsvolle Aufgabe, eine kämpfende Truppe während der unendlich langen Zeit, in der es nichts zu kämpfen gab, zu unterhalten.

Immer mehr Tage verstrichen, doch die Gedanken an Sofia drangen ständig in seine Träume und seine wachen Gedanken ein. In einer seltenen Geste des Mitgefühls hatte Paschenko ihn persönlich darüber unterrichtet, dass die Tschekisten jetzt gezwungen waren, die Suche nach ihr aufzugeben. Abgesehen von den vier Herzen, die vor der Botschaft abgelegt worden waren, hatte man seitdem noch weitere verstümmelte Leichen entdeckt, und er musste in diesen Fällen ermitteln, um vielleicht einen Hinweis auf die Identität des Mörders zu finden.

Obwohl Paschenko sein Scheitern eingestanden hatte, weigerte sich Kaspar, die Hoffnung aufzugeben, Sofia könnte durch irgendein Wunder noch am Leben sein. Als sie von dem Gespräch mit Tschekatilo zurückgekehrt waren, hatte er Anastasia das Wenige berichtet, das sie erfahren hatten, und sie hatte ihn an sich gezogen und ihn gewarnt, er möge dem Wort eines solchen Halunken nicht trauen. Kaspar hätte sich gern von ihr überzeugen lassen, aber immer wieder kehrte sein früheres instinktives Gefühl zurück, dass Tschekatilo die Wahrheit sagte.

Anastasia hatte die Aufgabe übernommen, die Verteilung der Hilfsgüter an die Soldaten und Flüchtlinge zu organisieren. Sie hatte sich mit Begeisterung in die Arbeit gestürzt und zeigte eine echte Begabung für eine solche Tätigkeit. Kaspar hatte allerdings darauf bestanden, dass sie ihr in der Botschaft nachging; er würde nicht zulassen, dass er durch Unachtsamkeit noch jemanden an den Menschenschlächter verlor.

Sie hatte die Räume neben Kaspars Gemächern bezogen, und in der zweiten Nacht war sie in sein Bett gekommen. Sanft war sie in seine Arme geglitten, und sie hatten einander den Trost gespendet, dessen zwei einsame Menschen bedürfen, wenn sie eine Zeit lang die grausame Außenwelt ausschließen wollen. Sie liebten sich zart und vorsichtig, jede Berührung und jede Liebkosung ein wenig ängstlich, und jedes Mal, wenn Kaspar nachts erschöpft in ihren Armen lag, hörte er sich die größte Lüge aller Liebenden aussprechen – »Ich werde dich nie verlassen.«

Jede Nacht kam sie zu ihm, und er stellte fest, dass seine Dankbarkeit für ihre Aufmerksamkeiten wuchs.

Sie lagen zusammen im Dunkel, und Kaspar erzählte ihr von Nuln und von seinem Leben im Imperium, und sie revanchierte sich bei ihm mit abenteuerlichen Geschichten über die Khanköniginnen aus alter Zeit und die magischen Kräfte, die sie angeblich besessen hatten. Die Nächte brachten sie einander näher, und sie klammerten sich aneinander und bezogen Trost daraus, ganz einfach einen anderen Menschen in den Armen zu halten.

»Es wird schrecklich, wenn sie kommen, nicht wahr?«, flüsterte Anastasia.

Kaspar hätte sie am liebsten angelogen, doch er konnte sich nicht dazu zwingen. Stattdessen nickte er einfach. »Ja, die nördlichen Stämme sind ein schrecklicher Feind«, sagte er. »Harte, brutale Männer, die mit Krieg und Blutvergießen aufgewachsen sind. Sie werden nicht leicht zu schlagen sein.«

»Aber du glaubst, dass wir sie besiegen können?«

»Ganz ehrlich? Ich weiß es nicht. Vieles hängt davon ab, was in diesem Moment im Imperium geschieht. Ich habe gehört, die große Horde, die Wolfenburg vernichtet hat, habe sich für den Winter in den Norden zurückgezogen, und angeblich sammelt Bojar Kurkosk am Rand der Hochebene von Kislev einen Pulk.«

»Stimmt das denn?«

»Es gibt keine Gewissheit. Heutzutage gibt es so wenige Nachrichtenläufer. Aber es klingt wahrscheinlich. Wenn sich im Imperium noch Kräfte der Kurgan aufhalten, dann könnte Kurkosk ihnen den Rückzug abschneiden und sie aushungern.«

»Und was geschieht, wenn die Kurgan bereits nach Norden marschiert sind?«

»Dann werden sie auf das Heer des Bojaren treffen, Mann gegen Mann, und nach allem, was ich über Kurkosk gehört habe, dürften sie bei diesem Zusammentreffen den Kürzeren ziehen.«

Anastasia schmiegte sich enger an ihn und ließ die Finger durch das silberne Haar auf seiner Brust gleiten. »Sammeln sich auf der Hochebene noch weitere Pulks? Einige der anderen Bojaren müssen doch ebenfalls versuchen, ihre Soldaten zusammenzuziehen.«

»Möglich ist das schon«, räumte Kaspar ein, »aber der Großteil der kislevitischen Soldaten sind auf der ganzen Ebene und in der Steppe verstreut und haben sich für den Winter in ihre *Stanistas* zurückgezogen. Sie zusammenzurufen, bevor der Schnee fällt, wird eine Höllenarbeit.«

»Oh, ich verstehe«, sagte Anastasia und verstummte dann. Sie war eingeschlafen.

Kaspar lächelte nachsichtig und küsste sie auf die Stirn. Er schloss die Augen und fiel schließlich in einen unruhigen Schlummer.

Stunden später weckte ihn kaltes, winterliches Licht, und er blinzelte in die erbarmungslose Helligkeit. Er gähnte und lächelte in sich hinein, als er die angenehme Wärme von Anastasias weichem, weiblichem Körper neben sich spürte.

Vorsichtig, um sie nicht zu wecken, schlüpfte Kaspar aus dem Bett und zog seinen Morgenmantel über. Dann schob er die Tür zu seinem Arbeitszimmer auf und schloss sie leise hinter sich. Einmal mehr vermisste er den vertrauten Duft des starken Tees, den Stefan jeden Morgen für ihn gebraut hatte.

Dann stand er am Fenster und sah auf die schneebedeckten Dächer von Kislev hinaus. Zu jeder anderen Zeit hätte er das Bild malerisch, ja sogar schön gefunden, aber jetzt konnte er nur daran denken, dass dort draußen der brutale Mörder, der Sofia entführt hatte, frei herumlief.

Anastasia hatte versucht, ihn auf das Schlimmste vorzubereiten und ihn sanft gedrängt, zu akzeptieren, dass sie fort war, aber Kaspar wehrte sich starrköpfig gegen diese Vorstellung.

Sofia befand sich irgendwo in dieser rauen Stadt im Norden. Er war sich ganz sicher.

II

Das Wasser war herrlich kühl, und Sofia musste sich zwingen, das Nass nicht in großen Mengen hinunterzustürzen. Sie wusste schließlich besser als jeder andere, dass ihr ausgetrockneter Körper rebellieren würde, wenn sie ihm zu rasch zu viel Wasser zuführte. Längst hatten sich ihre Augen an das Halbdunkel in der Dachkammer gewöhnt, und den Gestank nach verfaultem Fleisch nahm sie gar nicht mehr wahr.

Gerhards verstümmelte Leiche war verschwunden, aber sein Mörder hatte sich nicht die Mühe gemacht, die klebrigen Pfützen, die sich unter seinem aufgehängten Körper angesammelt hatten, zu beseitigen, und Ungeziefer und kleine Aasfresser hatten sich an den Hinterlassenschaften des Kaufmanns gütlich getan.

Ihr Körper kam ihr vor wie ein schmerzerfüllter Klumpen. Die glühende Pein an der Stelle, wo er ihr den Daumen abgeschnitten und dann die Wunde mit heißem Pech versiegelt hatte, mischte sich mit dem nagenden Hunger in ihrem Leib und dem Brennen des Stricks, der sich in ihre Arme und Handgelenke gegraben hatte. Ratten hatten ihr Fleischstücke aus den Beinen gerissen, und die Heilerin in ihr fragte sich, ob die Wunden sich wohl entzünden würden. Jedes Mal, wenn sie in eine gnädige Ohnmacht glitt, holte ein schmerzhafter Biss in die Füße sie abrupt zurück in diesen Wirklichkeit gewordenen Albtraum.

Vor ihr stand ihr Entführer, der wie immer seine Maske über das Gesicht gezogen hatte. Aber seine Haltung ihr gegenüber hatte sich vollständig verändert. Selbst in ihrem Schmerz war ihr aufgefallen, dass er seit ein paar Tagen viel weniger aggressiv war als sonst; so als bahne ein besserer Teil seines Selbst sich langsam einen Weg an die Oberfläche seines wahnsinnigen Geistes.

Der Tonkrug mit Wasser, den er ihr an die Lippen hielt, war nur eines der Anzeichen für den Wandel, der über ihn gekommen war. Und bevor er ihr das Wasser angeboten hatte, da hatte er ihr eigenartigerweise mit einer antiken, mit Perlen eingelegten Silberbürste grob das Haar geordnet. Die Bürste war ein teures Stück und offensichtlich einmal der Besitz einer wohlhabenden Dame gewesen; vielleicht eine Trophäe von einem früheren Opfer.

»Mehr, bitte«, krächzte sie, als er den Krug wegzog.

»Nein, ich finde, für den Moment hast du genug.«

»Nur noch ein bisschen ...«

Er schüttelte den Kopf und stellte den Krug weg.

»Ich verstehe das einfach nicht, *Matka*«, sagte er in einem Tonfall, der dem eines kleinen Jungen nicht unähnlich war. »Warum willst du, dass ich dich töte? Das ist nicht gerecht.«

»Mich töten? Nein, nein, nein, ich möchte nicht, dass du mich tötest«, flehte Sofia.

»Aber ich habe es doch gehört«, jammerte er. »Du hast es gesagt.«

»Nein, das war nicht ich, das war etwas anderes.«

»Etwas anderes? Was denn?«

»Ich ... ich weiß es nicht, aber das war nicht deine *Matka*«, sagte Sofia, die sich langsam in Schwung redete. »Ich bin deine Mutter. Ich. Und ich möchte, dass du mich losbindest.«

»Das begreife ich nicht«, murrte er und rieb sich mit den Handballen über die Stirn. Er stieß einen klagenden Laut aus, zog das Messer aus der Hauttasche auf seinem Bauch und fuhr mit der Klinge über seine Unterarme. Blut tropfte von den Schnittspuren, und er weinte, während er sich ritzte.

»Früher hat *Er* das mit mir gemacht. Weißt du noch?«

Sofia wurde klar, dass ihr Leben an einem seidenen Faden hing, und sie begriff, dass sie mitspielen musste, ganz gleich, welche infernalische Hirngespinste ihn heimsuchten.

»Ich erinnere mich«, sagte sie.

»Er hat mich mit glühenden Kohlen aus dem Feuer verbrannt«, fuhr er fort, und unter der steifen Haut seiner Maske quollen Tränen hervor. »Und dazu hat er noch gelacht und gesagt, ich wäre ein heulendes kleines Balg, und er wäre mit mir verflucht.«

»Es war nicht deine Schuld. Er war ein böser Mann.« Sofia versuchte, ihre Bemerkungen sachlich klingen zu lassen, damit sie die Grenzen der ihr unbekannten Geschichte, die er da noch einmal durchlebte, nicht sprengte.

»Ja, ja, das war er. Aber warum bist du dann bei ihm geblieben? Einmal habe ich gesehen, wie er dich mit der Breitseite eines Schwerts bewusstlos schlug. Immer wieder hat er mich gezwungen, dich zu schänden, und du hast nichts unternommen. Warum? Wieso hast du so lange gebraucht, um mir zu helfen?«

Sofia rang um eine Antwort. »Weil ich Angst davor hatte, was er uns antun würde, wenn ich mich widersetzte«, stieß sie schließlich hervor.

Er ließ sein Messer fallen, kniete vor ihr nieder und legte den Kopf in ihren Schoß. »Ich verstehe«, sagte er leise. »Du musstest warten, bis ich stark genug war, um gegen ihn aufzustehen. Ihn zu töten.«

»Ja, ihn zu töten.«

»Und seitdem töte ich ihn immer wieder. Ich habe alles nur für dich getan«, erklärte er stolz.

»Wen tötest du?«, entfuhr es Sofia, und dann unterdrückte sie ein Keuchen, als ihr klar wurde, in welche Gefahr sie sich damit begeben hatte.

Aber er schien nicht bemerkt zu haben, dass sie aus der Rolle gefallen war. »Na, meinen Vater, den Bojaren.«

Er fuhr sich mit den Fingern über die lederhäutige Maske. Kaum verhohlener Zorn schwang in seinen Worten. »Deswegen trage ich sein Gesicht; damit ich jedes Mal, wenn ich es im Spiegel sehe, den Mann erblicke, den ich töten muss. Ich habe ihn einmal für dich getötet, *Matka*, und ich werde ihn immer wieder töten, bis wir in Sicherheit sind. Wir beide.«

Sofia spürte, wie seine Brust sich unter dem Ansturm der Gefühle, die sein Geständnis in ihm auslöste, hob und senkte. Doch sie bohrte weiter, denn sie wusste, dass sie vielleicht nie wieder eine bessere Chance bekommen würde, seinen Wahn zu lenken.

»Aber wir sind jetzt sicher, mein tapferer Sohn. Ich weiß, dass du schrecklich gelitten hast, aber wir können Sicherheit finden. Du musst mir nur helfen und eines für mich tun.«

Er hob den Kopf und sah ihr flehend in die Augen. »Was? Sag mir, was ich tun soll.«

»Binde mich los und lass mich zu Botschafter von Velten gehen. Er kann uns helfen«, sagte Sofia.

Ein Beben durchlief ihn, und sie fühlte ihn erstarren wie einen Fallsüchtigen im Anfangsstadium eines Anfalls. Er riss den Kopf hoch, sprang auf und schnappte sein Messer vom Boden.

»Mach das nicht!«, kreischte er und stieß mit dem

Messer nach ihrem Leib. »Versuch bloß nicht, mich hereinzulegen!«

Sofia schrie auf, als die Messerspitze unter ihre Haut drang und Blut hervorquoll. »Ich will dich doch nicht hinters Licht führen. Ich möchte nur, dass wir sicher sind, dass wir leben.«

»Ich ... das heißt, ich meine ... ich doch auch ...«, murmelte er und ließ das Messer wieder fallen.

Er knirschte mit den Zähnen, rannte mit großen Schritten in der Kammer auf und ab und schlug gegen die Dachbalken, bis seine Knöchel bluteten.

Schließlich hielt er inne und blieb schwer atmend vor ihr stehen.

»Ich liebe dich«, knurrte er, »aber vielleicht muss ich dich jetzt töten.«

»Nicht, bitte ...«

Er bückte sich nach dem Messer, doch stattdessen schlossen sich seine Finger um den Griff der antiken Haarbürste. Mühsam hob er sie hoch, als leiste etwas in seinem Inneren Widerstand dagegen, und hielt sie dicht vor sein Gesicht. Ein eigenartiges, erleichtertes Lachen entrang sich ihm, als er den Duft ihrer Haare einsog, die sich in den Borsten gefangen hatten.

»Botschafter von Velten kann uns helfen?«, fragte er. Jetzt klang er wieder wie ein kleiner Junge.

»Ja«, nickte Sofia tränenerstickt. »Der Botschafter kann uns helfen.«

III

Kaspar zog die Drahtbürste durch die silbrige Mähne seines Pferdes und glättete sie zu einem schimmernden Schwall, der über die mächtigen Schultern fiel. Das Tier stampfte, sein Atem bildete Wolken in der kalten Luft, und sein Schweif peitschte gegen seinen Rumpf, um Wärme zu erzeugen.

»Ganz ruhig«, flüsterte Kaspar, rieb mit der Hand über die Flanken des Pferdes und spürte das Spiel der kraftvollen Muskeln unter der Haut. Der braune Wallach aus dem Averland besaß einen guten Stammbaum und eine noble Haltung. Kaspar empfand das Striegeln des Pferdes, sein Morgenritual, als befreiend und reinigend, und er genoss die einfache, körperliche Arbeit, die es mit sich brachte, ein so edles Schlachtross zu pflegen, obwohl Kurt Bremen einwandte, dies sei eine Aufgabe für die Stallknechte.

Das Pferd war nicht mehr jung, doch Kaspar wusste, dass es stark war und Feuer besaß. Er hatte mitbekommen, dass seine Neigung zur Starrköpfigkeit und seine Silbermähne dem Tier unter den Wachsoldaten den Spitznamen »Botschafter« eingetragen hatten – Männer übrigens, auf die er dank Kurt Bremens strengem Regiment jetzt stolz sein konnte.

Der Name machte ihm nichts aus; eigentlich fühlte er sich sogar geschmeichelt. Kaspar war mit Leib und Seele Infanterist und spürte nicht die tiefe Verbundenheit zu seinem Reittier, die Kavalleristen angeblich hegten – und die, wie er sich aus seiner Zeit als einfacher Soldat erinnerte, häufig Thema anzüglicher Scherze gewesen war –, und bevor er Nuln verlassen hatte, hatte er sich nie die Mühe gemacht, den Namen eines Pferdes zu behalten.

Aber ein so herrliches Tier verdiente einen Namen, den sein Reiter ausgewählt hatte.

Da er wusste, dass ein Name große Macht beinhalten konnte, hatte er die Angelegenheit hin und her bedacht. Schließlich hatte er sich für einen Namen entschieden, der historisch bedeutsam war und den er für angemessen hielt.

Er würde sein Pferd Magnus nennen.

Als er mit dem Bürsten fertig war, schaufelte Kaspar eine Hand voll Getreide aus einem Futtersack, der vor der Box des Tieres hing, und reichte sie dem Pferd. Dankbar fraß das Tier das Korn, gutes Futter aus dem Imperium, welches das Pferd bei Kräften hielt. Abgesehen von den majestätischen Rossen der stolzen Ritter Bretonias waren die Schlachtrosse des Imperiums denn auch die besten der Welt.

Als Kaspar ein vorsichtiges Klopfen an der Stalltür vernahm, wandte er sich um und sah einen verlegen dreinblickenden Pavel, der im Rahmen stand und sich an das Tor der Pferdebox lehnte. Seit der Begegnung mit Tschekatilo war Pavel ihm aus dem Weg gegangen. Kaspar hatte ihn seitdem nicht ein einziges Mal gesehen.

»Schönes Tier«, sagte Pavel schließlich.

»Ja«, antwortete Kaspar und räumte die Utensilien, die er für die Pferdepflege brauchte, fort. »Das ist es wirklich. Was willst du, Pavel?«

»Ich möchte dir etwas erklären. Wegen kürzlich abends.«

»Was gibt es da zu erklären? Du hast zugelassen, dass Teugenheim in Tschekatilos Klauen fiel, ihn in den Sumpf gezerrt. Das scheint mir alles vollkommen klar zu sein.«

»Nein, das ist nicht... Nun, irgendwie stimmt das schon, ja. Aber Pavel hat nur getan, was Teugenheim wollte. Ich habe ihn nicht selbst dorthin geführt.«

»Komm schon, Pavel. Du bist kein Dummkopf, du musst doch gewusst haben, was geschehen würde.«

»Ja. Pavel dachte, er könnte auf ihn aufpassen, aber Pavel hat sich geirrt. Es tut mir Leid, Kaspar, ich habe nicht geahnt, dass es so schlimm kommen würde.«

Kaspar drängte Pavel beiseite und ging hinaus. Der Schweiß, der ihm ausgebrochen war, als er Magnus gestriegelt hatte, fühlte sich kalt auf seiner Haut an, als er nach draußen kam. Er nahm sein ledernes Pistolenhalfter und schnallte es um. Seit er die Herzen vor der Botschaft entdeckt hatte, legte er Wert darauf, nicht mehr unbewaffnet auszugehen. Pavel drehte sich um und trottete dem Botschafter hinterher. »Kaspar, es tut mir Leid. Ich weiß nicht, was ich sonst noch sagen soll.«

»Dann sag einfach gar nichts!«, zischte Kaspar. »Ich dachte, du hättest dich geändert, dass du jetzt wüsstest, was Ehre ist. Aber ich habe mich wohl geirrt; du bist bloß der selbstsüchtige Mann, den ich vor vielen Jahren kennen gelernt habe.«

Pavel zuckte zusammen. »Vielleicht hast du Recht, Kaspar. Aber dann bist du auch derselbe selbstgefällige

Imperiumsmann und trägst die Nase so hoch, als hätte man dich an einen Ladestock gebunden.«

Kaspar ballte die Fäuste und starrte seinen alten Freund lange Sekunden an. Dann holte er tief Luft und schüttelte den Kopf. »Kann schon sein«, gestand er zu, »aber wenn du noch in etwas anderes verwickelt warst, ehe ich nach Kislev gekommen bin, dann ist jetzt Schluss damit. Hast du mich verstanden? Wir haben so viele Jahre zusammen gekämpft, dass ich nicht zulassen werde, dass unsere Freundschaft zerbricht. Aber uns steht ein Krieg ins Haus, und ich kann es mir nicht leisten, in zwei Richtungen zugleich wachsam zu sein.«

Pavel grinste breit, blähte den Brustkorb auf und nahm eine lederne Feldflasche von seinem Gürtel. Er tat einen kräftigen Schluck und reichte sie an Kaspar weiter. »Pavel wird so heilig werden, dass eine Shallya-Priesterin neben ihm aussieht wie eine Gossenhure.«

»Nun, so weit brauchst du es gerade nicht zu treiben«, entgegnete Kaspar, nahm die Feldflasche, genehmigte sich einen bescheidener bemessenen Schluck Kvas und reichte Pavel die Flasche zurück. »Was meinst du, sollten wir noch einmal Tschekatilo aufsuchen, um festzustellen, ob er etwas herausgefunden hat?«

»Nein«, sagte Pavel und schüttelte den Kopf, »er wird sich mit dir in Verbindung setzen. Ursun vergebe mir, aber ein Teil von mir hofft, er kriegt nichts heraus. Tschekatilo ist kein Mann, dem man gern verpflichtet ist.«

»Ich weiß, was du meinst, aber ich kann Sofia nicht einfach aufgeben. Anastasia versucht, mich darauf vorzubereiten, dass sie tot sein könnte, aber ...«

»Ja.« Pavel nickte verständnisvoll. »Sofia ist eine gute Frau, wirklich. Pavel mag sie.«

Kaspar gab keine Antwort, denn er hatte einen Aufruhr vernommen, der von der Vorderfront der Botschaft zu kommen schien. Er hörte Schreie und Hufgetrappel auf Kopfsteinpflaster.

Pavel hatte es auch gehört, und die beiden sahen sich an und überlegten, was für neues Unheil sich da anbahnte. Kaspar überprüfte, ob seine Pistolen schussbereit waren, und sie rannten um das Gebäude zu dem Gelände vor der Botschaft.

Hinter dem Tor standen zwei Pantherritter mit gezogenen Schwertern, und auf der anderen Seite lagen zwei seiner livrierten Botschaftswachen bewusstlos hingestreckt.

Um den Engelsspringbrunnen, der sich in der Mitte des kleinen Hofs vor der Botschaft erhob, ritt ein einziger, in einfache Kavalleriehosen und ein weites weißes Hemd gekleideter Reiter. An der lässigen Geschicklichkeit, mit der er sein Pferd lenkte, und der flatternden Haarsträhne erkannte Kaspar ihn gleich als Sascha Kajetan. Sofort zog er seine Pistolen und ging zu den beiden Pantherrittern, während aus der Botschaft weitere Bewaffnete heraneilten.

Kajetan lenkte sein Pferd im Schritttempo auf das Tor der Botschaft zu, und Kaspar hob beide Pistolen und zielte auf Kajetans Brust.

»Kommt nicht näher, oder ich schwöre, dass ich Euch mit Blei vollpumpe«, rief er warnend.

Kajetan nickte. Kaspar sah, dass er weinte. Sein Gesicht war zu einer Grimasse des Kummers verzogen.

»Es tut mir Leid«, sagte er und warf einen jammervollen Blick in Richtung Botschaft.

»Was habt Ihr hier zu suchen, Sascha?«, schrie Kaspar. »Anastasia ist nicht Eure Frau und ist es nie gewesen. Das müsst Ihr akzeptieren.«

»Ich brauche Hilfe«, antwortete Kajetan, und Kaspar bemerkte, dass Blut durch die Ärmel seines Leinenhemds sickerte. »Ich muss sprechen, jetzt, ehe ... ehe ich nicht mehr in der Lage dazu bin.«

Kaspar hatte keine Ahnung, wovon der Schwertkämpfer redete. Er tat einen Schritt nach vorn, die Pistolen immer noch auf Kajetans Brust gerichtet.

»Sagt, was Ihr zu sagen habt, und dann verschwindet«, befahl er.

»Sie hat gesagt, Ihr würdet helfen!«

»Wer?«, fragte Kaspar.

»*Matka*«, heulte Kajetan auf, und dann holte er aus, und etwas Glänzendes sauste auf Kaspar zu.

Kaspar duckte sich instinktiv und drückte beide Pistolen ab. Krachend gingen die Waffen los, und kurzzeitig blendeten ihn Rauchwolken und das gleißende Mündungsfeuer. Männer schrien, und er hörte ein Pferd angstvoll wiehern. Die Pantherritter stürzten herbei, um den Botschafter zu schützen, und er wurde in einem Getümmel panzerbewehrter Körper vom Tor weggezerrt.

»Halt!«, schrie er und riss sich von den Rittern los. »Was immer das war, es hat mich verfehlt.«

Er sah zum Brunnen, doch Kajetan war verschwunden. Eine dahintreibende Pulverwolke war der einzige Hinweis darauf, dass er überhaupt da gewesen war.

Nein, nicht der einzige. Der Gegenstand, den Kajetan geworfen hatte, lag im Schnee, wo er hingefallen war, und jetzt sah Kaspar, dass es sich nicht, wie er zuerst geglaubt hatte, um ein Messer handelte.

Es war eine Haarbürste. Silbern und mit eingelegten Perlen, und Kaspar spürte, wie Angst und Hoffnung zugleich auf ihn einstürmten. Die Bürste war alt und kostbar, und um ihre Borsten wand sich rotbraunes Haar.

Sofias Haar.

IV

Er war jetzt fort, aber für wie lange? Sofia hatte sich etwas Zeit erkauft; ein wenig vielleicht nur, aber immerhin Zeit. Das frische Wasser und die neu aufkeimende Hoffnung, dass sie diese Tortur doch überleben könnte, hatten ihr neue Kraft und Entschlossenheit verliehen; und sie hatte nicht vor, etwas davon zu vergeuden.

Ihre Fesseln saßen noch so fest wie eh und je; aber als ihr Entführer, die Haarbürste in der Hand, aus der Dachkammer gestürzt war, hatte er vergessen, sein blutiges Messer einzustecken, das jetzt auf dem Boden neben ihr lag. Sie hatte keine Ahnung, wie sie es aufheben sollte, doch sie brachte es fertig, den Stuhl, an den sie gebunden war, Stück für Stück darauf zuzurücken. Schließlich hatte sie sich so weit vorgearbeitet, dass ihre linke Hand sich weniger als acht Zoll über dem Messer befand. Doch immer noch war es so unerreichbar weit fort, dass es ebenso gut acht Meilen hätten sein können.

Sofia biss die Zähne zusammen. Erfolglos stemmte sie sich gegen ihre Fesseln und stöhnte vor Schmerz, als die Seile in ihr Fleisch schnitten. Blut tropfte von ihren Fingern, und sie weinte vor Verzweiflung, denn sie wusste, dass er bald zurückkehren würde. So sehr sie den Mann hasste, der ihr dies angetan hatte, sie empfand auch Mitleid für ihn. Er war nicht immer ein Ungeheuer gewesen; andere Menschen hatten ihn missbraucht und so dazu gemacht. Körperliche Misshandlungen und als Liebe getarnte Gängelung hatten diesen Mann, von dem sie nicht wusste, wer er einmal gewesen sein mochte, in einen geistig verwirrten Wahnsinnigen verwandelt, in den Menschenschlächter.

Der Gedanke, dass ein so berüchtigter Mörder sie entführt hatte, war entsetzlich; doch Sofia Valentschik war eine starke Frau. Sie war fest entschlossen, ihr Leben nicht in dieser stinkenden Todeskammer zu beschließen, und deswegen würde sie auch nicht aufgeben.

Und dann wusste sie plötzlich, wie sie das Messer erreichen konnte. Der Stuhl war zu schwer, als dass sie ihn in ihrem geschwächten Zustand hätte umwerfen können, aber es gab eine einzige Möglichkeit heranzukommen... Sie biss fest auf ihren Knebel und begann ihren mit Pech versiegelten Daumenstumpf an dem Seil auf und ab zu scheuern. Entsetzliche Schmerzen schossen ihren Arm herauf wie Messerstiche, als sich der schwarze Schorf löste und das Tau sich auf dem rohen, zerfetzten Fleisch des Stumpfes rieb. Blut strömte aus der

Wunde, Tränen rollten ihre Wangen hinab, und ihre Brust hob und senkte sich, als sie vor Qual heftig aufschluchzte.

Bald war ihre ganze Hand schlüpfrig vor Blut, und sie wusste, dass sie bereit war.

Sofia drückte die Finger ihrer linken Hand zusammen, so fest sie konnte, und versuchte sie mit aller Macht aus der Fessel zu zerren. Der Knebel dämpfte ihre Schmerzensschreie.

Die Pein war unbeschreiblich, doch sie zog weiter, um ihre vor Blut glitschige Hand zu befreien. Dadurch, dass ihr Daumen fehlte, hatte die Fessel geringfügig mehr Spiel. Ihre feuchte Hand rutschte ein winziges Stück aufwärts, und sie verdoppelte ihre Bemühungen. Der Schmerz drohte sie zu überwältigen, und sie presste die Augen fest zusammen.

Ein Lappen Haut und Muskeln an dem Stumpf löste sich, und als Sofia fester zog, spürte sie, wie die Wunde noch weiter aufriss. Neues Blut benetzte ihre Hand und rieselte auf den Holzboden wie ein roter Sprühregen. Aber ihre Hand glitt kaum wahrnehmbar ein wenig aufwärts. Sie zerrte fest und spürte, wie die Wunde sich immer mehr öffnete, doch sie machte weiter.

Ein letzter unterdrückter Schmerzensschrei, und dann war es vollbracht.

Ihre Hand loderte vor Schmerz und fühlte sich an, als sei sie in flüssige Lava getaucht. Aber sie war frei, nicht länger an den Stuhl gefesselt, und hing schlaff an ihrer Seite herab.

So gut das durch den Knebel möglich war, rang Sofia

heftig nach Luft und kämpfte darum, bei Bewusstsein zu bleiben. Sie wusste, dass sie viel Blut verlor und jederzeit ohnmächtig werden konnte. Daher beugte sie sich so rasch sie konnte zur Seite und langte mit tauben Fingerspitzen nach dem Griff des Messers. Es war schwer und entglitt ihr mehrmals, doch endlich war sie in der Lage, es aufzuheben und in ihren Schoß zu legen.

Ohne Daumen vermochte sie den Messergriff nicht richtig zu halten, und es erwies sich als schwierig, ihren linken Fußknöchel freizubekommen. Aber die Klinge des Menschenschlächters war rasiermesserscharf und durchschnitt das Seil mit Leichtigkeit. Nun, da ihr Knöchel frei war, konnte sie ihren Körper herumwälzen, obwohl ihre Bewegungen langsam und schmerzhaft waren. Sie spürte, dass die Unterseite ihrer Oberschenkel wund war, und der Nahrungs- und Wassermangel machten sie schwindlig. Sie schnitt ihren anderen Fußknöchel und das rechte Handgelenk los; dann stand sie steif auf, wobei sie sich auf den Stuhl stützen musste.

Sofia riss sich den Knebel heraus und spürte, wie ein hysterisches Lachen in ihr aufstieg.

Sie war frei!

Noch war sie nicht außer Gefahr, doch das erregende Gefühl, dass ihr Entkommen unmittelbar bevorstand, machte sie ganz benommen. Da ihr klar war, dass ihre Beine sie nicht richtig tragen würden, kroch sie zu der Falltür, die aus diesem Ort des Grauens hinausführte.

Sofia schob den Riegel beiseite und stemmte die Türklappe hoch.

V

Kaspar donnerte auf Magnus' Rücken den Goromadny-Prospekt entlang und brüllte die Passanten an, aus dem Weg zu gehen. Als Kaspar erkannte, was Kajetan ihm zugeworfen hatte, waren er und alle Pantherritter, die zum Reiten in der Lage waren, augenblicklich aufgesessen. Er hatte keine Ahnung, wie der Schwertkämpfer zu der Bürste mit Sofias Haar gekommen war, aber der Bastard würde ihm einige ernste Fragen zu beantworten haben.

Pavel hatte ihm den Weg zum Quartier der Greifenlegion beschrieben. Zwar gab es keine Garantie, dass er Kajetan dort finden würde, aber er konnte ebenso gut dort mit der Suche beginnen wie irgendwo anders.

Ihr hektischer Ritt durch Kislev zog wie in einem Nebelschleier an ihm vorüber. Zu viele Emotionen kämpften in Kaspars Innerem um die Vorherrschaft, als dass er hätte klar denken können: Zorn, Rachedurst, Angst und vor allem Hoffnung. Die Aussicht, Sofia zurückzuholen, überlagerte den größten Teil seiner Gedanken, dicht gefolgt von seiner Wut auf Kajetan. War das alles etwa eine aus Eifersucht geborene Verschwörung gewesen? Die Vorstellung, dass ein Mann um seiner verdrehten Idee von Liebe willen so tief sinken konnte, erfüllte Kaspar mit Ekel und Entsetzen zugleich.

Als er sich in Magnus' Sattel geschwungen hatte, war Anastasia zu ihm herausgelaufen gekommen. Auf ihrer Miene hatte die gleiche kalte Wut gestanden wie auf seiner, und sie hatte seine Hand genommen und ihm tief in die Augen gesehen.

»Wenn er Sofia verletzt hat, dann möchte ich, dass du ihn tötest«, hatte sie gesagt.

»Sei unbesorgt«, hatte Kaspar ihr versichert. »Wenn er ihr etwas angetan hat, dann werden die Götter selbst ihn nicht vor mir retten.«

9. KAPITEL

I

Glühender, stechender Schmerz loderte in seiner Seite, und Blut tropfte aus dem Loch, das die Kugel aus von Veltens Pistole gerissen hatte. Sascha Kajetan versuchte die Blutung zu stillen und verstopfte die Eingangswunde mit seinem Hemdschoß. Die Austrittswunde an seinem Rücken verriet ihm, dass die Kugel glatt durchgegangen war, aber er wusste, dass der Schmutz und die Fasern, welche die Kugel ins Fleisch getrieben hatte, die wahre Gefahr darstellten. Er hegte nicht den Wunsch, seine Tage von Fieber geschüttelt im Lubjanko zu beschließen, obwohl ihm klar war, dass er nichts Besseres verdient hatte.

Sein Kopf schmerzte von dem wütenden Geschrei des wahren Ich über das, was er getan hatte. Wie rasend warf es sich gegen die Barrieren, die er errichtet hatte, und schimpfte ihn kreischend einen Schwächling, einen Toren, ein heulendes Balg, das nichts anderes verdiente als die Schlinge des Henkers.

Kajetan wusste, dass es die Wahrheit sprach und er verdammt war. Aber er konnte versuchen, Wiedergutmachung für die schrecklichen Taten zu leisten, die er begangen hatte. Eine unmögliche Aufgabe, gewiss, aber das war kein Grund, es nicht wenigstens zu versuchen. Er war längst jenseits des Punkts angelangt, an dem die Gesetze der Sterblichen irgendeine Bedeutung für ihn hatten, und er vergoss bittere Tränen, als er durch das Tor sprengte, das zur Kaserne der Greifenlegion führte.

Drei Krieger mit kahl rasierten Köpfen sahen verwirrt zu, wie er durch das Tor ritt, aus dem Sattel sprang und seinem Pferd einen Schlag auf die Hinterhand versetzte. Kajetan presste eine Hand in die verletzte Seite und zog mit der anderen eines seiner Krummschwerter. Die Krieger, die sein blutdurchtränktes Hemd bemerkten, schrien ihm etwas zu, aber er ignorierte sie, humpelte über den Hof auf den ungenutzten Geräteschuppen zu und sah zu der schmutzigen Dachluke auf, hinter der *sie* ihn erwartete.

Einer der Greifenlegion-Krieger packte ihn am Arm, aber er schüttelte ihn ab, fuhr herum und streckte den Mann mit einem einzigen Schwertstreich nieder. Ein Schmerzensschrei erscholl, und die anderen zogen sich entsetzt zurück, denn sie waren sich nur zu bewusst, wie verheerend er die Klinge zu führen vermochte.

Jetzt konnte er nur noch alles beenden. Mehr war ihm nicht geblieben.

Er würde zuerst seine Mutter töten und dann sich selbst. Ihr Blut würde sich auf dem Boden vermischen, und dann würden sie in alle Ewigkeit vereint sein.

Eng umschlungen würden sie sterben, und der Gedanke, dass bald alles zu Ende sein würde, machte ihn glücklicher als alles andere, woran er sich erinnerte.

II

Übervorsichtig, mit behutsamen, präzisen Bewegungen stieg Sofia die Leiter hinunter. Ihre mit Rattenbissen übersäten Füße waren empfindlich und schmerzten. Unter der Dachkammer befand sich ein Geschoss, in dem die Luft muffig war wie in einem Lagerraum, in den selten jemand kommt. Es roch stark nach Tieren, und sie sah Pferdedecken, Sättel und Zaumzeug, die überall in dem lang gestreckten, staubigen Raum gestapelt waren – offensichtlich hatte lange niemand mehr einen Fuß hierher gesetzt. Der Lagerraum verlief an der Außenmauer des Gebäudes und bildete ein langgestrecktes Zwischengeschoss. Darunter befand sich ein mit Stroh ausgestreuter Stall, wo in schmalen Boxen mehrere Pferde standen.

Schwaches Licht drang durch eine Anzahl schneebedeckter Fenster, und sie sah, dass eine weitere Leiter hinunter zu den Ställen im Erdgeschoss führte. Sie hatte keine Ahnung, wo sie sich befand, aber der helle Sonnenschein, der an den Rändern der schlecht eingepassten Stalltüren einfiel, erschien ihr wie die Verheißung wunderbarer, göttlicher Hoffnung.

Sofia ließ sich vorsichtig auf den staubigen Boden hinunter und kroch gerade auf die zweite Leiter zu, als sie in der Nähe streitende Stimmen vernahm. Dann hörte sie einen Schmerzensschrei und spürte heiße Angst in sich aufsteigen.

Unter ihr wurden die Stalltüren aufgerissen, und Licht flutete herein.

Sofia, die an so viel Helligkeit nicht mehr gewöhnt war, bedeckte ihre Augen. Sie hörte jemanden durch das Stroh torkeln und wimmerte leise vor Furcht. Zögernd öffnete sie die Augen, als sie vernahm, wie jemand die Leiter zum Zwischengeschoss erstieg.

Empfand sie Hoffnung oder Angst? Erwartete sie die Befreiung oder der Tod?

Sie rutschte zum Rand der Zwischenebene. Immer noch tränten ihre Augen von dem hellen Sonnenlicht. Als sie einen Mann sah, der auf den Zwischenboden zukletterte, krallte Sofia die gesunde Hand um das Messer.

Als er höher kam, erblickte sie die vertraute Gestalt von Sascha Kajetan und stieß einen abgerissenen Seufzer der Erleichterung aus. Es war nicht Kaspar, aber wenigstens jemand, den sie kannte. Dann sah sie das Blut auf seinen Armen.

Er schaute auf, und sie erkannte den Wahnsinn in seinen stechenden und entsetzlich vertrauten violetten Augen.

»Ich habe alles für dich getan ...«, sagte er.

In diesem Moment wurde ihr klar, wer die ganze Zeit über der Menschenschlächter gewesen war, und sie schrie auf.

III

Die Pantherritter sprengten auf das offene Tor der Greifenlegion-Kaserne zu, donnerten hindurch und zogen die Schwerter, als sie die bewaffneten Männer sahen, die auf dem zentralen Exerzierplatz wild durcheinander liefen. Kaspar zügelte sein Pferd und zog ebenfalls das Schwert.

»Wo ist er?«, brüllte der Botschafter und richtete die Waffe auf den ihm am nächsten stehenden der in Pelze gekleideten Krieger. »Wo ist Kajetan?«

Die Pantherritter schwärmten aus und umstellten die Krieger der Greifenlegion. Drohend hielten sie die Schwerter gezückt, und selbst der beschränkteste der kislevitischen Krieger sah, dass sie darauf brannten, sie einzusetzen. Zwar fehlte es den Männern nicht an Mut, doch sie wussten, dass diese panzerbewehrten Ritter ihnen mehr als gewachsen waren.

Kaspar wollte gerade seine Frage noch einmal in die Runde schreien, als er den toten Krieger sah, der auf dem Kopfsteinpflaster lag, und die Blutspur, die zu der durchhängenden Tür eines langen, hohen Stallgebäudes am anderen Ende des Hofs führte.

Er lenkte sein Pferd vorwärts, stieß mit dem Schwert nach der Brust des nächstbesten kislevitischen Kriegers und wies dann auf das Stallgebäude.

»Kajetan?«, schrie er.

Der Krieger nickte hastig und zeigte in Richtung Stall. »*Yha, yha,* Kajetan!«

Kaspar ruckte an Magnus' Zügeln, und das Pferd galoppierte auf das Gebäude zu. Da vernahm er einen gellenden Schrei aus dem Stall. Zu Pferd brach er durch die Tür und ließ den Blick auf der Suche nach einer Spur des Schwertkämpfers durch den Innenraum schweifen.

Dann hörte er eine Frau schreien, und sein Kopf fuhr hoch, und er sah zum oberen Ende einer hohen Leiter.

Kajetan war dabei, die Leiter hochzuklettern. Blut troff von seinem Kavalleriesäbel. Kaspar vernahm einen weiteren Schrei, und dieses Mal stammte er unverkennbar von Sofia.

»Kajetan!«, brüllte Kaspar. Er erkannte, dass er keine Chance hatte, zu Kajetan hochzuklettern, bevor der Schwertkämpfer Sofia ermordete. Es gab nur eine Möglichkeit, ihn aufzuhalten. Er gab seinem Pferd die Sporen, stieß einen wütenden Kriegsschrei aus und trieb sein Reittier auf die Leiter zu.

In letzter Sekunde riss er die Zügel beiseite, und das schwere Tier prallte seitwärts in die Leiter und zerschmetterte das untere Ende zu Kleinholz. Von oben vernahm er ein wütendes Aufheulen, und dann landete ein Körper mit einem harten Knall auf dem Stallboden aus gestampftem Lehm. Der Aufruhr war so laut, dass Pferde ängstlich zu wiehern begannen und mit ihren eisenbeschlagenen Hufen gegen die Türen ihrer Boxen traten.

Kaspar wendete sein Pferd und tastete nach seiner Pistole. Benommen rappelte Kajetan sich auf. Zorn und Schmerz verzerrten sein Gesicht zu einer Grimasse.

»Sie hat gesagt, Ihr würdet mir helfen!«, schrie er.

»Ich helfe dir zu sterben, du Bastard und Mörder!«, brüllte Kaspar, glitt aus dem Sattel und ging auf Kajetan zu, die Pistole auf den Kopf des Schwertkämpfers gerichtet. Drohend fielen die dunklen Schatten der Pantherritter, die den Stalleingang blockierten, über den Boden.

Kajetan warf einen jammervollen Blick zur oberen Ebene des Stalls. Tränen liefen ihm über die Wangen und zogen helle Schlieren auf seinem staubigen Gesicht. Sein Atem ging schnell und ruckartig; er war erschöpft. Kajetan mochte verwundet sein, aber Kaspar hatte gesehen, was für ein tödlich gefährlicher Gegner er sein konnte, und näherte sich vorsichtig.

Immer noch hielt der Schwertkämpfer seine Klinge ausgestreckt und sah Kaspar unverwandt in die Augen. »Tretet weg von ihm, Botschafter, und überlasst ihn uns«, rief Kurt Bremen.

»Nein, Kurt, das muss ich selbst erledigen. Er hat Stefan umgebracht.«

»Ich weiß, aber er ist ein *Drojaska*, ein Schwertmeister. Ihr könnt ihn im Duell nicht schlagen.«

Kaspar lächelte grimmig. »Das habe ich nicht vor, Kurt«, sagte er und drückte den Abzug.

Die Welt schien stillzustehen. Kajetan warf sich zur Seite, und Kaspar sah verblüfft, wie seine Pistolenkugel hinter dem Schwertkämpfer ein Stück aus der Stallmauer herausriss. Kajetans Schwert schoss aufwärts und schlug Kaspar die Pistole aus der Hand.

In Erwartung eines tödlichen Gegenangriffs sprang Kaspar beiseite, doch er war zu langsam.

Kajetans Schwertspitze befand sich einen Zoll von Kaspars Kehle entfernt. »Es tut mir Leid...«, schluchzte er.

Der Schwertkämpfer steckte die Waffe weg, wandte sich rasch von dem Botschafter ab und stürzte in eine Box, in der sich ein Pferd aufbäumte. Er packte es an der

Mähne und schwang sich in einer fließenden Bewegung auf seinen Rücken. Die Hufe des heftig austretenden Tieres zerschmetterten die Tür der Box. Kajetan stieß den wilden Schrei eines Steppenkriegers aus und galoppierte heraus.

Die Pantherritter stürmten heran, aber Kajetan war zu Pferde ebenso ein Meister wie mit der Klinge. Mühelos lenkte er sein Reittier mit den Schenkeln und kämpfte zugleich mit zwei Schwertern. Sogar in seinem Zorn staunte Kaspar über das Geschick des Mannes: Keine einzige Klinge brachte ihm auch nur einen Kratzer bei, als er sich die Ritter vom Leib hielt. Mit den eigenen Waffen hieb und stach er um sich. Stahl klirrte auf Stahl, und schmerzerfülltes Stöhnen erscholl.

Kajetan kämpfte sich zwischen seinen Gegnern einen Weg frei, und sein Pferd polterte auf den Hof hinaus. Seine Hufe schlugen Funken auf den Pflastersteinen. Kaspar rannte ihm nach. »Um Sigmars willen, schließt das Tor!«, rief er.

Doch es war bereits zu spät.

Kajetan kauerte sich tief über den Hals seines Reittieres. »*Matka!*«, schrie er, sprengte durch das Tor und war fort.

IV

Kaspar legte Sofia eine Kompresse auf die Stirn, obwohl das Blut und der Schmutz, die ihren Körper nach den vielen Tagen der Gefangenschaft überzogen hatten, längst abgewaschen waren. Als der Arzt erklärt hatte, sie sei außer Gefahr, da hatte Kaspar zu Sigmar, Ulric, Shallya und jedem anderen Gott, der ihn hören wollte, gebetet und ihnen für ihre Befreiung aus den Klauen Kajetans, des Menschenschlächters, gedankt.

In den Stunden, die seit ihrer sicheren Heimkehr vergangen waren, hatten Paschenko und seine Tschekisten die Stallungen abgeriegelt und waren nun dabei, die Stadt nach einer Spur von Kajetan zu durchkämmen. Kaspar jedoch hatte zunächst ein morbider Drang, zumindest teilweise zu verstehen, was Sofia durchgemacht hatte, dazu bewogen, auf den Dachboden zu steigen, wo sie festgehalten worden war. Er hatte nicht gewusst, was ihn erwarten würde; aber die Scheußlichkeiten, die er dort gesehen hatte, würden ihn für den Rest seines Lebens verfolgen.

Nahezu jede Oberfläche war blutverkrustet, und an Wandhaken waren Körperteile wie Trophäen aufgehängt, neben billigem Schmuck und Kleidungsstücken, die von Männern, Frauen und Kindern stammten. Anscheinend war Kajetan in seinem Mordrausch völlig wahllos vorgegangen. Man hatte eine ganze Sammlung von Folterwerkzeugen, Messern und Zangen entdeckt, die alle mit getrocknetem Blut überzogen und mit Haaren verklebt waren. Wie viele Menschen waren wohl an diesem düsteren, entsetzlichen Ort gestorben? Diese Frage konnte vielleicht nicht einmal Kajetan beantworten, aber Kaspar schwor, dass er für seine Taten bezahlen würde.

Irgendwie hatte Sofia ihre Gefangenschaft in dieser dunklen Kammer überlebt, und Kaspar war voller Bewunderung für ihre Kraft und ihren Mut.

Jetzt schlief sie in seinem Bett in der Botschaft. Der beste Arzt, den Kaspar sich leisten konnte, hatte ihre Wunden versorgt. Mehr konnten sie im Moment nicht tun, und Kaspar wusste, dass alles andere bei ihr lag.

Er hatte oft erlebt, wie Männer, von denen die Wundärzte behauptet hatten, sie würden überleben, einfach davonglitten, wenn ihr Wille zu leben erlosch. Aber glücklicherweise glaubte er nicht, dass es Sofia Valentschik an Lebenswillen mangelte. Er beugte sich hinunter und küsste sie auf die Stirn.

»Ich werde ihn finden, um Euretwillen, das schwöre ich«, flüsterte er. Dann hörte er, wie jemand in den Raum trat.

Anastasia stand in der Tür, die Arme über der Brust verschränkt.

»Wie geht es ihr?«, fragte sie.

Kaspar lächelte. »Ich glaube, sie wird wieder gesund. Aber Sigmar allein weiß, welche Nachwirkungen diese Tortur noch auf sie haben wird.«

»Hat sie etwas gesagt, seit ihr sie gefunden habt?«

»Nicht viel, nein«, antwortete Kaspar, stand auf und legte das feuchte Tuch über den Rand eines Wasserbeckens.

»Aber sie hat etwas gesagt, oder?«, drängte Anastasia.

»Irgendwie schon«, antwortete Kaspar. Anastasias Beharrlichkeit verblüffte ihn. »Sie hat etwas darüber gesagt, dass Kajetan nicht als Ungeheuer geboren, sondern dazu gemacht worden sei. Und dass da jemand wäre, der wolle, dass er nicht besser als ein Tier sei.«

»Das ist lachhaft«, mokierte sich Anastasia. »Sascha war einfach eifersüchtig auf dich, wenngleich stärker, als ich das für möglich gehalten hätte.«

Kaspar schüttelte den Kopf. »Ich glaube, dahinter steckt mehr, Anna. Wenn er wirklich der Menschenschlächter ist, dann hat er schließlich schon getötet, bevor ich überhaupt nach Kislev gekommen bin.«

»Genau das meine ich ja. Wir wissen noch nicht einmal mit Gewissheit, ob Sascha wirklich der Menschenschlächter ist. Du hast selbst erzählt, Paschenko glaube, dass es Wahnsinnige gebe, die Morde auf die gleiche Art begehen wie der Menschenschlächter, um ihre eigenen Verbrechen zu tarnen. Ich glaube, Sascha wollte nur, dass wir denken, er sei der Menschenschlächter.«

»Aber was ist dann mit der Folterkammer auf dem Dachboden? Warum sollte Kajetan das tun?«

»Ich behaupte ja nicht, alles erklären zu können«, sagte Anastasia und reckte sich, um ihn auf die Wange zu küssen, »aber das ist doch wahrscheinlicher als Sofias Geschichte, findest du nicht?«

Kaspar gab keine Antwort. Anastasias Einwand überzeugte ihn nicht.

»Aber was jetzt noch wichtiger ist«, fuhr Anastasia fort, »was wird denn unternommen, um Sascha zu fangen? Ich gebe gern zu, dass es mir beim Gedanken daran, dass er noch dort draußen ist, kalt den Rücken herunterläuft. Ich fühle mich nicht sicher. Sag mir, dass du mich beschützen wirst, Kaspar.«

»Keine Sorge, Anna«, sagte Kaspar und zog sie in die Arme. »Ich habe gesagt, ich würde nicht zulassen, dass dir noch einmal jemand wehtut, und das war mein Ernst. In diesem Moment wird in der ganzen Stadt nach Kajetan gesucht.«

»Ja?«

»Ja, ganz bestimmt«, sagte Kaspar. Eine ferne Erinnerung versuchte hartnäckig, sich in seine Gedanken zu schieben. Etwas über Familiengüter ... Doch dann sprach Anastasia weiter, und der Moment war vorüber. »Du weißt doch, dass du Sascha töten musst, oder? Er wird sich nicht lebendig gefangen nehmen lassen.«

»Wenn es unbedingt nötig ist ...«, gab Kaspar zurück.

»Wenn es unbedingt nötig ist ...«, wiederholte Anastasia. Sie stieß ihn zurück, und plötzlich schwang Zorn in ihrer Stimme. »Er hat deinen ältesten Kameraden ermordet, und so, wie es aussieht, deine Freundin gefoltert. Welcher Mann könnte eine solche Beleidigung seiner Ehre ungeahndet durchgehen lassen?«

Diese Seite an Anastasia kannte Kaspar noch nicht, und er fühlte sich zutiefst beunruhigt. Aber schließlich hatte sie gerade eben erfahren, dass ein Mann, den sie als Freund und Bewunderer betrachtet hatte, in Wahrheit ein brutaler Mörder war. Wahrscheinlich war das der Grund.

»Sei unbesorgt, Anna«, sagte Kaspar. »Kajetan wird für seine Verbrechen bezahlen. Möglicherweise ist er ohnehin schon tot. Als ich ihn in diesem Stall gesehen habe, war er verwundet. Ich glaube, ich habe ihn angeschossen, als er vor der Botschaft auftauchte.«

»Sei dir nicht so sicher«, warnte Anastasia. »Sascha Kajetan ist ein Mann, der nicht leicht umzubringen ist.«

»Kann schon sein, aber ich bin auch kein Mann, der leicht aufgibt«, meinte Kaspar. In diesem Moment stand die schwache Erinnerung von eben mit blendender Klarheit vor ihm.

»Natürlich!«, rief er aus und schnippte mit den Fingern.

»Kaspar, was hast du?«, fragte Anastasia.

»Ich muss fort!«, sagte Kaspar und küsste sie eilig auf die Wange. Dann rannte er aus dem Zimmer und schrie nach Pavel.

»Kümmere dich um Sofia!«, rief er über die Schulter. »Ich weiß vielleicht, wo wir Kajetan finden.«

V

Raspotitsa. Straßenlosigkeit.

Ein passender Ausdruck, dachte Sascha Kajetan, der auf dem Rücken seines Pferdes schwankte, träumerisch, geprägt mit dem praktischen, prosaischen Sinn der kislevitischen Bauern und niemals zutreffender als jetzt. Allein schon die Weite der weißen, gesichtslosen Steppe, die sich scheinbar unendlich vor ihm ausbreitete, war ein Anblick, der einen geringeren Mann niedergedrückt und ihn getrieben hätte, Zuflucht hinter den Wällen einer der vielen *Stanistas* zu suchen, die sich hier und dort in der Steppe fanden.

Doch Kajetan war solcher Beistand versagt. Nun, da sein wahres Ich enthüllt worden war, konnte er sein Gesicht nicht mehr zeigen. Er fühlte, wie es in seinem Schädel tobte, aber er unterdrückte es, und je weiter er sich von Kislev entfernte, umso leichter war es zu zügeln.

Endlos erstreckte sich der graue Himmel über ihm, weit und unversöhnlich. Ein Mann konnte sich unter solchen Bedingungen innerhalb von Minuten verirren, doch nicht er. Er näherte sich seinem Ziel so sicher, als werde er von einem magnetischen Eisen angezogen. Jeder andere allerdings hätte sich in dieser eisigen Wüste ohne erkennbare Landmarken schon hoffnungslos verirrt.

Jeder, bis auf ihn.

Seine Seite schmerzte von dem Sturz von der Leiter, und er vermutete, dass er sich mindestens eine Rippe gebrochen hatte. Die Schusswunde darunter hatte er mit Schnee verstopft und den Schwertgürtel fest darüber geschlungen. Unstet schwankte er auf dem Rücken seines Pferdes, das sich nordwärts durch den Schnee kämpfte, und klammerte sich an seiner Mähne fest. Er war überzeugt, dass er selbst die Reise überleben könnte; aber was war mit seinem Reittier? Er führte kein Getreide mit sich, und alles, was das Tier in der Steppe hätte fressen können, lag gefroren unter der Schneedecke.

Doch nichts davon war wichtig; er hatte seinen Bogen, um Nahrung zu jagen, und wenn sein Pferd starb, würde er frisches Fleisch bekommen. Schnee, den man zu Trinkwasser schmelzen konnte, war reichlich vorhanden, und er wusste, dass seine Verletzungen, wenngleich schmerzhaft, nicht tödlich waren.

Nein, jetzt ging es nur noch darum, dass er an den Ort zurückkehrte, an dem alles begonnen hatte.

Dann konnten sie beide endlich zusammen sein.

VI

»Mir ist völlig gleich, wie beschäftigt er ist«, polterte Kaspar. »Ich muss Minister Losov sofort sehen.«

»Ich bedaure, Botschafter von Velten, aber der Minister hat die strikte Anordnung erteilt, dass er nicht gestört werden will«, sagte der Ritter in der Bronzerüstung und vertrat ihnen den Weg zu Losovs Räumen im Winterpalast.

Nachdem Kaspar Anastasia und Sofia verlassen hatte, waren er und Pavel zu dem düsteren, aus dunklem Stein errichteten Quartier der Tschekisten geritten, als wären ihnen die Bestien des Chaos selbst auf den Fersen. Kaspar hatte Paschenko seine Theorie erklärt, wo sie den flüchtigen Kajetan vielleicht finden könnten. Kaspar hatte sich an eine beiläufige Bemerkung Losovs bei dem Empfang erinnert, auf dem er der Tzarin vorgestellt worden war, und an das letzte Wort, das Kajetan bei seiner Flucht geschrien hatte, und plötzlich hatte er instinktiv gewusst, wo sie Kajetan finden würden.

Der Anführer der Tschekisten war skeptisch gewesen und hatte angeführt, wenn Kajetan von Kislev aus den

Weg eingeschlagen hatte, den Kaspar vermutete, dann sei er ohnehin so gut wie tot. Aber Kaspar hatte stur auf seiner Ansicht beharrt und Paschenko überredet, ihn zum Palast zu begleiten, denn ihm war klar, dass dessen furchteinflößender Ruf ihm vielleicht Türen öffnen konnte, die ihm selbst verschlossen bleiben würden.

Eine dieser fest verschlossenen Türen war jene, die zu den Räumen von Pjotr Losov führte, dem obersten Ratgeber der Tzarin, und sie wurde von einem gepanzerten Ritter gehütet, der mit einer Hellebarde mit silberner Klinge bewaffnet war.

»Ihr versteht nicht«, erklärte Kaspar, dessen Geduldsfaden immer dünner wurde, »es ist von höchster Dringlichkeit, dass ich mit ihm spreche.«

»Das kann ich nicht erlauben«, entgegnete der Ritter.

»Bei Sigmars Blut«, brüllte Kaspar und wandte sich entnervt an Pavel und Paschenko. Er nickte dem Tschekisten zu, und Paschenko trat energisch einen Schritt vor, die Hände auf dem Rücken verschränkt.

»Wisst Ihr, wer ich bin, Ritter?«, fragte Paschenko.

»Ja, Herr.«

»Dann wisst Ihr wohl auch, dass ich ein Mann bin, den man nicht verärgern sollte. Botschafter von Velten verlangt den Ratgeber der Tzarin zu sprechen; denn er bringt Informationen über eine Angelegenheit, die von größter Tragweite für unsere Stadt sein könnte. Ich bin sicher, dass Ihr als Mitglied der Stadtwache verstehen werdet, dass ich als Euer Kollege dafür sorgen muss, dass diese Information an ihren Empfänger gelangt, oder?«

»Das verstehe ich, aber ...«

»Die Bronzerüstung zu tragen ist eine Stellung von nicht geringem Prestige, oder?«, schwenkte Paschenko abrupt um und klopfte mit den Fingerknöcheln auf den Brustpanzer des Ritters.

»Es ist eine höchst ehrenvolle Stellung, Herr«, antwortete der Ritter stolz.

»Hmm ... und ich kann mir vorstellen, dass die Schande, in Unehren aus der Palastgarde entlassen zu werden, ebenso groß wäre, nicht wahr?«

Kaspar fand Paschenkos Methoden widerwärtig, doch er sagte sich, dass ihre Zeit knapp bemessen war und sie nicht den Luxus hatten, ihr Ziel mit ehrenhaften Mitteln zu erreichen. Wenn sie dazu diesen zweifellos mutigen Ritter mit Schande bedrohen mussten, dann sollte es eben so sein. Jede Sekunde, die sie in Kislev vergeudeten, vergrößerte die Wahrscheinlichkeit, dass Kajetan sich seiner gerechten Strafe entzog.

»Herr«, begann der Ritter, dem langsam klar wurde, in welcher Klemme er steckte.

»Und ich könnte mir denken, dass es fast unmöglich wäre, in einen anderen Ritterorden aufgenommen zu werden, wenn Eure Ehre erst einmal auf diese Weise befleckt wäre, habe ich Recht?«

Paschenko schnippte sich ein unsichtbares Stäubchen vom Revers seines langen Gehrocks und ließ dem Ritter Zeit, unter seiner Rüstung in Schweiß auszubrechen und seine Möglichkeiten abzuwägen.

Endlich trat der Ritter beiseite. »Die schwarze Tür am Ende des Flurs führt zu Minister Losovs Privatgemach, Herr«, sagte er.

Paschenko lächelte. »Kislev und ich danken Euch. Kommt Ihr, Botschafter?«

Kaspar stürmte an dem niedergeschlagen dreinblickenden Ritter vorbei, stieß die Tür auf und marschierte einen breiten Korridor entlang. Der Boden war mit smaragdgrünen Teppichen ausgelegt. An den Wänden hingen goldgerahmte Porträts von Losovs Amtsvorgängern; Männern mit verbissenen Mienen, die Arroganz und Selbstgefälligkeit ausstrahlen.

Kaspar schenkte ihnen keine Beachtung. Er legte die Hand auf den goldenen Knauf der schwarzen Tür am Ende des Flurs und wandte sich zu seinen Begleitern um. »Was immer einer von euch gegen Losov in der Hand hat, ob schmutzige Geheimnisse oder ein anderes Druckmittel, ich muss es einsetzen. Mir ist egal, was es ist; wir müssen unbedingt wissen, was er weiß.«

Pavel nickte, sagte aber nichts. Schweißtropfen glitzerten auf seiner Stirn.

»Wenn Ihr glaubt, dass uns das hilft, Kajetan zu fangen, dann werde ich tun, was ich kann«, sagte Paschenko.

Kaspar dankte ihm mit einem Kopfnicken und stieß die Tür zu Pjotr Losovs Räumen auf, ohne sich mit Anklopfen aufzuhalten.

Der Ratgeber der Tzarin saß hinter seinem Schreibtisch und ließ einen grauen Gänsefederkiel kratzend über ein langes Pergament gleiten. Verblüfft fuhr er zusammen, als Kaspar, Pavel und Paschenko eintraten. Er trug das Zeremoniengewand des obersten Ratgebers der Tzarin und gab in seiner scharlachroten Robe, die mit goldenen Applikationen durchwirkt und mit schwarzem Bärenfell und mit silbern eingelegten Troddeln geschmückt war, eine distinguierte Erscheinung ab. Doch weder Kaspar noch Paschenko ließen sich im Mindesten durch seinen Rang oder seinen kostbaren Staat einschüchtern.

»Was in Ursuns Namen habt Ihr in meinen Privaträumen zu suchen?«, zischte Losov, zog rasch eine Schublade auf und legte das Pergament hinein.

»Ich will etwas von Euch wissen«, sagte Kaspar. Pavel und Paschenko bezogen rechts und links von Losov Stellung.

»Wie bitte? Das ist inakzeptabel, Botschafter von Velten«, schimpfte Losov, »und ein absolut unerträglicher Bruch des diplomatischen Protokolls. Ihr wisst ebenso gut wie alle anderen, dass Anfragen nach einer Audienz bei der Tzarin mir schriftlich vorgelegt werden müssen.«

»Wir wollen nicht die Tzarin sehen«, warf Pavel mit heiserer Stimme ein.

»Nein«, setzte Paschenko auf Losovs anderer Seite hinzu, »Ihr seid es, mit dem wir reden müssen.«

Aber Losov war ein alter Hase auf dem diplomatischen Parkett und hatte nicht vor, sich von einer so plumpen Verwirrungstaktik aus dem Konzept bringen zu lassen. Stattdessen lehnte er sich in seinen gepolsterten Stuhl zurück. »Nun gut«, meinte er, »dann werde ich Euch Euren Willen lassen, bevor ich Euch aus dem Palast eskortieren lasse und offiziell Beschwerde wegen des Protokollbruchs einlege. Was wollt Ihr also?«

»Kajetan«, antwortete Kaspar einfach.

»Was ist mit ihm?«, fragte Losov zurück.

»Er ist der Menschenschlächter«, erklärte Kaspar. »Und ich muss wissen, wo sich seine Familiengüter befinden. Ich bin mir sicher, dass Kajetan dorthin fliehen will, und bei dem Empfang, bei dem ich die Tzarin getroffen habe, habt Ihr gesagt, seine Familie besäße Güter am Tobol. Ihr wisst, wo der Besitz liegt, und Ihr werdet es mir augenblicklich sagen.«

Eine Weile sagte Losov nichts, während er diese Neuigkeit verdaute. Schließlich sprach er weiter. »Ihr wollt mir weismachen, Sascha Fjodorowitsch Kajetan, einer der größten und beliebtesten Helden unserer Stadt, sei der Menschenschlächter?«

»Ja«, schaltete sich Pavel ein. »Er ist der Menschenschlächter, ganz sicher.«

Losov lachte. »Das ist wahrscheinlich das Lächerlichste, das ich je gehört habe. Und erst recht aus Eurem Munde, Korowitsch.«

»Ihr seid eine Schlange, Losov«, sagte Pavel. »Wir wissen beide ...«

»Was wissen wir?«, gab Losov höhnisch zurück. »Nichts, was Ihr mir sagen könnt, hat noch eine Bedeutung, Korowitsch. Meine Vergangenheit ist das, was ich heute aus ihr zu machen beschließe. Und die Eure?«

Pavel biss sich auf die Lippen. »Ursun soll Euch verdammen, Losov ...«

»Wie Ihr meint«, sagte Losov und verlor augenblicklich das Interesse an Pavel. Er beugte sich vor, stützte die Ellbogen auf den gewaltigen Schreibtisch und legte die Fingerspitzen aneinander. »Botschafter, dass Ihr einen von Kislevs edelsten Kriegern so brutaler Verbrechen beschuldigt, ist ein Affront gegen meine große Nation, und ich wäre Euch dankbar, wenn Ihr Eure Behauptungen nicht wiederholen würdet.«

Kaspar beugte sich über den Schreibtisch und stützte die Handflächen auf die Tischplatte. »Ratgeber Losov, es ist über jeden Zweifel hinaus erwiesen, dass Sascha Kajetan der Menschenschlächter ist. Wir haben sein Schlupfloch entdeckt und verfügen über eine Augenzeugin für seine brutalen Taten. Was wollt Ihr noch?«

»Und Ihr habt das alles mit eigenen Augen gesehen, Paschenko?«, fragte Losov.

»In der Tat, Minister«, nickte der Tschekist. »Die Dachkammer, in der Madame Valentschik gefangen gehalten wurde, war ein höchst ... unangenehmer Ort. Ich bin mir vollständig bewusst, welch hohen Ruf Sascha beim einfachen Volk genießt, aber ich muss gestehen, dass alle Spuren auf seine Schuld hinzudeuten scheinen. Ihr solltet Botschafter von Velten sagen, was er wissen will, und dann seid Ihr uns los.«

»Lächerlich«, wiederholte Losov verächtlich. »Ich werde mir diese verleumderischen Anschuldigungen nicht länger anhören.«

»Verleumderisch?«, fauchte Kaspar. »Kajetan hat einen meiner ältesten Kameraden getötet und eine Freundin gefoltert. Er hat sie misshandelt, hungern lassen und fast zu Tode geprügelt. Um Sigmars willen, er hat ihr den Daumen abgeschnitten! Ich werde nicht müßig zusehen, wie solche bürokratischen Bastarde, wie Ihr es seid, ihn entkommen lassen. Und nun sagt mir, wo seine verdammten Güter liegen!«

Losov atmete tief durch. Kaspars Ausbruch hatte ihn völlig kalt gelassen.

»Ich werde nichts dergleichen tun, Botschafter von Velten. Und jetzt seid so gut und geht. Ich bin ein vielbeschäftigter Mann und habe zu tun.«

Kaspar holte Luft und wäre beinahe wieder aus der Haut gefahren, doch Paschenko fasste seinen Arm und schüttelte den Kopf. Als Kaspar sich umsah, erblickte er sieben Ritter der Palastgarde in ihren bronzenen Rüstungen, die hinter ihnen Stellung bezogen hatten. Ihre Visiere waren geschlossen, und sie hatten die Schwerter gezückt. Er war so außer sich gewesen, dass er sie nicht einmal kommen gehört hatte.

Losov lächelte, eine unangenehme, reptilienhafte Grimasse. »Diese Ritter werden Euch aus dem Palast geleiten, Botschafter von Velten. Einen schönen Tag noch.«

VII

Pavel nahm noch einen großen Schluck Kvas und sah zu der mondbeschienenen Silhouette von Tschekatilos Bordell auf. Sein Elend war so allumfassend wie die Kälte, die ihm mit jeder Sekunde tiefer in die Knochen kroch. Die Schuld, die er mit sich herumtrug, die Schuld, die während der letzten sechs Jahre mit jedem Tag drückender geworden war, war endlich so schwer geworden, dass er sie nicht länger tragen konnte; und hier stand er, an dem Ort, an dem sein Absturz in die Erniedrigung und die Kriminalität begonnen hatte.

Als sie vor wenigen Stunden Losov gegenübergestanden hatten, da waren seine Handflächen feucht vor Schweiß gewesen, und sein Herz hatte heftig geschlagen. Er hatte genau gewusst, was er zu Losov sagen würde, wie er diesem korrupten Mistkerl die Information entreißen konnte, die Kaspar so dringend benötigte. Doch im entscheidenden Moment, an dem sein Mut und seine Überzeugung auf die Probe gestellt wurden, hatte er klein beigegeben und nichts gesagt. Heiße Scham brannte in seiner Brust, aber er hätte es einfach nicht ertragen, Kaspar noch einmal zu enttäuschen. Nicht nach allem, was sein Freund für ihn getan hatte, in der Gegenwart und in der Vergangenheit.

Er hob den Weinschlauch mit Kvas an die Lippen, doch als er den säuerlichen, milchigen Alkohol roch, schleuderte er ihn angeekelt von sich. Der Suff hatte ihn in die Schande geführt, und er spürte, wie eine gewaltige Woge von Selbstverachtung in ihm aufstieg.

Pavel wusste, dass es sinnlos war, dies noch länger aufzuschieben, und stieß die Tür zum Bordell auf. Er holte tief Luft und sog das moschusartige Aroma von Räucherwerk und Schweiß ein.

Er nickte ein paar vertrauten Gesichtern zu, drängte sich durch die wollüstige Menge und setzte sich an den einfachen Tresen, der aus einem über zwei Böcke gelegten Holzbrett bestand. Dann warf er eine Hand voll Kopeken auf das fleckige Holz der Theke und erhielt dafür einen hölzernen Humpen mit Bier. Die Flüssigkeit war abgestanden und schal, aber er trank trotzdem, wartete und schüttelte jedes Mal den Kopf, wenn eine der Huren, die auf sein Geld aus waren, mit plumpen, schwerfälligen Annäherungsversuchen zu ihm kam. Er erblickte das Mädchen, das sie bei Tschekatilo hatten tanzen sehen. Völlig abgestumpft ging sie ihrem Gewerbe nach und befriedigte einen fetten Mann, von dem Pavel hätte schwören können, dass er sinnlos betrunken war. Der Dummkopf würde auf der Straße aufwachen, ohne jede Erinnerung an das Geschehene und ohne seine Börse, so viel war Pavel klar. Er hatte nicht umsonst viele Jahre als Rauswerfer in diesem Lokal gearbeitet.

Er brauchte nicht lange zu warten, da tippte ihm die schwielige Hand eines Schwertkämpfers auf die Schulter.

»Hallo, Rejak«, sagte Pavel, ohne sich umzudrehen.

»Pavel«, antwortete Tschekatilos kaltäugiger Killer. »Er will dich sehen.«

Rejak brauchte nicht zu sagen, wer »er« war. Pavel nickte und kletterte von seinem Schemel, so dass er dem Auftragsmörder gegenüberstand. »Gut, denn ich will ihn auch sehen.«

»Warum bist du hier, Pavel?«, knurrte Rejak.

»Das geht nur mich und Tschekatilo an.«

»Nein, nicht, wenn du ihn sprechen willst.«

»Ich möchte ihn um einen Gefallen bitten«, erklärte Pavel.

Rejak lachte; ein dünnes, nasales Wiehern. »Du hattest schon immer einen ausgezeichneten Sinn für Humor, Pavel. Wahrscheinlich der einzige Grund, aus dem er dich am Leben gelassen hat.«

»Bringst du mich nun zu ihm oder nicht? Oder willst du den ganzen Abend hier stehen und mir Honig ums Maul schmieren?«

Rejaks Narbengesicht zuckte, und Pavel sah kurz mörderische Feindseligkeit darin aufblitzen. Dann verzog Rejak die Lippen zu einem schmalen Lächeln.

»Wie ich schon sagte, ein guter Sinn für Humor«, kicherte er und ging zu derselben Tür, durch die Pavel vor ein paar Tagen zusammen mit Kaspar und Bremen gegangen war.

Pavel folgte ihm. Er war sich der schweren Konsequenzen seines Vorhabens nur zu bewusst. Heute hatte er schon einmal verloren, als sein Mut auf die Probe gestellt wurde; ein weiteres Mal würde er nicht versagen.

Er traf Tschekatilo über einem dampfenden Teller mit Eintopf aus Fleisch und Kartoffeln an. Kislev hungerte, aber Tschekatilo ließ es sich nach Herzenslust schmecken. Er trank Wein aus einem Holzbecher und blickte nicht einmal auf, als Rejak Pavel in den Raum führte.

Rejak bezog hinter seinem Herrn Stellung, verschränkte die Hände und genoss Pavels offensichtliches Unbehagen. Ohne aufzusehen, bedeutete Tschekatilo Pavel mit einer Handbewegung, ihm gegenüber Platz zu nehmen. »Wein?«, fragte er.

»Nein, danke«, sagte Pavel, dem bei dem Geruch des gekochten Fleisches das Wasser im Mund zusammenlief.

»Pavel Korowitsch lehnt Alkohol ab? Was ist geschehen, ist die Große Chaoswüste eingefroren?«

»Nein«, sagte Pavel. »Ich will einfach nichts. Ich habe schon zu viel getrunken.«

»Wie wahr.« Tschekatilo wischte den Rest seines Essens mit einem Stück schwarzen Brotes auf und leerte seinen Weinbecher. Er goss sich nach und lehnte sich zurück. Hinter Pavel trat ein Mädchen heran und nahm den Teller weg.

»So, was führt nun Pavel Korowitsch zu dieser späten Stunde zu mir?«, fragte Tschekatilo.

»Er behauptet, er will Euch um einen Gefallen bitten«, sagte Rejak.

»Ach, tatsächlich?«, gab Tschekatilo lachend zurück. »Und warum hat er wohl den irrigen Eindruck, dass ich Wohltaten austeile, Rejak?«

Rejak zuckte die Achseln. »Keine Ahnung. Vielleicht ist er ja nicht mehr ganz richtig im Kopf.«

»Ist es das, Pavel?«, fragte Tschekatilo. »Bist du nicht mehr ganz richtig im Kopf?«

»Nein«, sagte Pavel, der Tschekatilos Geplänkel leid war.

»Nun gut, Pavel, dann sag mir, was du willst, damit ich nein sagen kann.«

»Wir haben Sofia Valentschik zurück; wir haben sie heute gefunden. Sie wurde von Sascha Kajetan gefangen gehalten. Er ist der Menschenschlächter.«

»Das weiß ich bereits. Die Tschekisten stellen seitdem die Stadt auf den Kopf, um ihn zu finden. Sag mir, was hat das mit mir zu tun?«

»Wir haben Sofia gefunden, und der Botschafter schuldet Euch nichts mehr«, sagte Pavel. Er hasste sich selbst für seine Worte, doch er konnte nicht aufhören. »Ich kann aber dafür sorgen, dass er Euch erneut verpflichtet ist.«

Obwohl Tschekatilo es zu verbergen versuchte, sah Pavel das interessierte Aufblitzen in seinen Augen.

»Weiter.«

»Der Botschafter will Kajetan unbedingt finden und ihn für seine Taten büßen lassen, aber er hat keine Ahnung, wo er nach ihm suchen soll. Er vermutet jedoch, dass Kajetan auf seine Familiengüter zurückkehrt. Kaspar weiß, dass Pjotr Losov den Ort kennt, aber Losov sagt uns nichts. Aber Ihr wisst viele Dinge. Ihr könnt Losov auf eine Weise unter Druck setzen, wie wir das nicht vermögen.«

»Ah, Losov, wahrlich ein verächtliches Stück Dreck in Menschengestalt. Aber ich bin erstaunt. Warum hast du nicht dein Wissen über ihn eingesetzt und ihn gezwungen, dem Botschafter zu sagen, was er wissen wollte?«

»Ich ... das wollte ich, aber ...«

Tschekatilo lachte. »Aber du konntest nichts sagen, weil du wusstest, dass Losov noch viel belastendere Kenntnisse über dich besitzt.«

Pavel nickte stumm, und Tschekatilo fuhr fort. »Sag mir, Pavel, meinst du nicht, dein Freund, der Botschafter, würde gern hören, dass Minister Losov der Mann war, der mich dafür bezahlt hat, Anastasia Vilkovas Mann ermorden zu lassen, oder dass Minister Losov sich angeblich gern Kinder zur Gesellschaft holt?«

»Wenn ihm das hilft, Kajetan zu finden, ja, ganz bestimmt«, antwortete Pavel ausdruckslos.

»Ja, da bin ich mir ganz sicher«, meinte Tschekatilo grinsend, »aber würde der Botschafter sich wohl auch freuen zu hören, dass sein alter Freund Pavel Korowitsch genau der Mann ist, der Madame Vilkovas Gatten den Schädel eingeschlagen hat, auf dem Kopfsteinpflaster, nicht einmal hundert Ellen von diesem Gebäude entfernt?«

Pavel sagte nichts. Die Schuldgefühle wegen der Taten, die er in Tschekatilos Diensten begangen hatte, kehrten mit aller Macht zurück und quälten ihn von neuem. Tschekatilo quittierte sein Schweigen mit Gelächter und beugte sich vor.

»Dir ist wohl klar, dass ich dich nur am Leben gelassen habe, weil ich deinem Onkel Drostja etwas schuldete? Du bist ein Trunkenbold, ein Dieb, ein Mörder und ein Lügner, Pavel Korowitsch; und dass du jetzt mit einem Botschafter des Imperiums herumscharwenzelst, ändert nicht das Geringste daran.«

Pavel nickte. Tränen der Beschämung rannen ihm die Wangen herunter. »Ich weiß.«

Tschekatilo lehnte sich zurück und zog eine lange Zigarre unter seinem pelzbesetzten Umhang hervor. Rejak zündete sie mit einem Span aus dem Kamin an, und der korpulente Kislevit stieß eine übel riechende blaue Rauchwolke aus.

»Wenn ich das für dich tue, steht der Botschafter in meiner Schuld?«

»Ja.«

»Warum?«

»Wie Ihr selbst sagtet, ist er ein Mann von Ehre, und

wenn Ihr herausbringt, was er wissen muss, wird er nicht zulassen, dass diese Schuld unbeglichen bleibt«, erklärte Pavel und knetete nervös seine Finger.

Tschekatilo dachte kurz darüber nach und zog noch einmal an seiner Zigarre.

»Nun gut. Ich werde sehen, was sich machen lässt«, erklärte Tschekatilo schließlich. »Aber du weißt, dass jetzt nicht allein der Botschafter in meiner Schuld steht.«

»Ja«, sagte Pavel niedergeschlagen. »Auch das weiß ich.«

10. KAPITEL

I

Die Nacht über dem Lubjanko war eine Zeit der Angst. Das Heulen der Wahnsinnigen und Sterbenden im Inneren seiner Festungsmauern vereinte sich zu einer misstönenden, grausamen Symphonie, so dass man fürchten musste, sich schon mit ihrem Irrsinn und ihren Krankheiten anzustecken, wenn man sich bloß in der Nähe aufhielt. Die Menschen mieden diesen Ort, und die verfallenen Gebäude und leeren Straßen um die mit Eisenspitzen bewehrten Mauern waren verlassen, selbst zu einer Zeit, da so viele Menschen verzweifelt nach Obdach und Wärme suchten.

Sogar Verbrecher, denen die prüfenden Blicke anderer nicht willkommen waren, suchten die vor Leere hallenden Prospekte rund um dieses Totenhaus nicht oft auf. Nur diejenigen, die besonders dunklen Geschäften nachgingen, wagten sich in die unheimlichen Schatten, die das Lubjanko umwaberten; und selbst dann erledigten sie ihr Vorhaben eilig und hielten sich lieber nicht zu lange dort auf.

Doch ein solches Individuum hatte sich hergewagt und war in einer schmalen Gasse, die entlang der Rückseite des Lubjanko verlief, schweigend am Werk. Neben einem offenen Tor, das nach drinnen führte, hob der in einen Kapuzenumhang gehüllte Mann in Tücher gewickelte Bündel auf die Ladefläche eines Wagens mit hohen Seitenwänden. Trotz der Kälte schwitzte er bei der Arbeit. Er hievte sechs Bündel auf den Wagen, trat dann auf dessen Vorderseite und legte die Hand auf den Kutschbock, um aufzusteigen.

»Immer noch hinter den Jungen, Hübschen her, Pjotr?«, sagte eine gewaltige Gestalt und trat aus dem Dunkel. Wassili Tschekatilo schlenderte auf den Wagen zu und sah um alles in der Welt aus wie ein Mann, der einen gemütlichen Spaziergang in seinem Lieblingspark unternimmt statt im Schatten eines der entsetzlichsten Gebäude von Kislev. Sein Meuchelmörder und Leibwächter Rejak folgte ihm, die Hand um das Heft seines Schwerts gelegt.

Der Angesprochene drehte sich um und warf seine Kapuze zurück.

»Was willst du, Tschekatilo?«, fragte Pjotr Losov.

Tschekatilo trat um den Wagen und hob ein Stück Stoff von einem der Bündel. Ein kleines Mädchen von vielleicht fünf Jahren lag da, mit Schnur gefesselt, mit leerem Blick und offensichtlich unter Drogen gesetzt.

»Sie ist hübsch«, bemerkte Tschekatilo, und Rejak kicherte.

Losov runzelte die Stirn und schob sich an Tschekatilo vorbei, um ein Öltuch über die Ladung des Wagens zu ziehen. Losov zeigte keine Angst, obwohl er neben dem massigen Verbrecherkönig wie ein Zwerg wirkte, und wiederholte seine Frage. »Ich sagte, was willst du?«

»Tja, anscheinend bist du nicht in der Stimmung für eine freundschaftliche Plauderei ...«

»Wir sind keine Freunde, Tschekatilo. Ich dachte, das hättest du begriffen.«

»Also, das tut jetzt weh, Pjotr, nach allem, was ich für dich getan habe.«

»Wofür du angemessen entlohnt worden bist«, merkte Losov an.

»Das stimmt«, gab Tschekatilo zurück, »aber da ist noch die Sache mit dem Mann, der für mich gearbeitet hat und den du in den Kopf geschossen hast. Wie war noch sein Name, Rejak?«

»Sorka«, sagte Rejak.

»Richtig, Sorka. Kein besonders wichtiges Rädchen in meiner Organisation, aber immerhin ein Teil von ihr.«

»Nie von ihm gehört«, zischte Losov.

»Nun ja, er war kein Mensch, der einen tiefen Eindruck hinterlässt. Aber er hatte dir gerade eine ziemlich teure und gefährliche Ware geliefert, einen Brocken Warpstein.«

Losov zuckte zusammen, als hätte er eine Ohrfeige erhalten. »Verflucht, Tschekatilo, du bist dafür bezahlt worden, nicht in die Schachtel zu sehen.«

»Schon, aber ich konnte der Versuchung nicht widerstehen, sie von jemandem überprüfen zu lassen. Es wäre doch sehr nachlässig von mir, wenn ich nicht wüsste, was ich für dich in die Stadt schmuggle, oder?«

»Na schön, und was willst du jetzt?«

»Ich nehme an, du weißt, dass Kajetan aus der Stadt geflohen ist und dass er der Menschenschlächter ist?«

»Natürlich«, antwortete Losov. »Ich bin kein Idiot.«

»Du weißt, wo seine Familiengüter liegen, und ich möchte es ebenfalls wissen.«

»Wie bitte?«, lachte Losov. »Bist du jetzt von Veltens Schoßhund? Hat er dich hergeschickt? Er muss ja wirklich verzweifelt sein, wenn er seine schmutzige Arbeit von dir erledigen lässt.«

»Nein, von Velten hat mich nicht geschickt, aber darauf kommt es auch nicht an. Du wirst mir sagen, was ich wissen will, sonst sorge ich dafür, dass unter deinen adligen Freunden bekannt wird, dass du mit verbotener Magie handelst, Kinder missbrauchst und dazu noch ein Mörder bist.«

»Du kannst mir keine Angst einjagen, Tschekatilo«, höhnte Losov, obwohl ein besorgter Unterton in seiner Stimme lag. »Wer, der noch seine fünf Sinne beisammen hat, würde schon einem fetten, in der Gosse geborenen Bastard wie dir glauben?«

»Du weißt genauso gut wie ich, dass es darauf nicht ankommt, Losov. Dreck bleibt kleben, sagt man nicht so? Kann ein Mann in deiner Stellung sich erlauben, dass auch nur die Andeutung solcher Missetaten in Verbindung mit seinem Namen gebracht wird?«

Losov kaute auf seiner Unterlippe, bevor er weitersprach. »Nun gut, es ist sowieso nicht so wichtig, und je eher er tot ist, desto besser. Rechne damit, in der Morgendämmerung von mir zu hören; ich schicke dir die Information, die du haben willst.«

»Eine kluge Wahl, Minister Losov«, sagte Tschekatilo und klopfte auf die Seite des Wagens. »Und einen schönen Abend noch.«

II

Der Morgen brachte Neuschnee, aber Kaspar nahm das schlechter werdende Wetter nicht wahr. Er saß auf Sofias Bettrand und schenkte ihr einen heißen Kräutertee ein. Schmerzlich verzog sie beim Aufsetzen das Gesicht und nahm die hauchzarte Tasse entgegen. Sie blies auf die dampfende Flüssigkeit, nahm einen Schluck und zuckte zusammen, als der Tee ihr die aufgesprungenen Lippen verbrannte.

»Vielleicht solltet Ihr ihn noch eine Zeit lang stehen lassen«, schlug Kaspar vor.

»Nein, ein Kräutertee wirkt am besten, wenn er heiß ist«, erklärte Sofia lächelnd. »Das Erste, das ich von meinem Vater gelernt habe.«

»War er ebenfalls Arzt?«

»Nein, er war Schulmeister in Erengrad, und zwar ein guter. Meine Mutter war die Ärztin in der Familie. Nach der Schule bin ich bei ihr in die Lehre gegangen, und dann hat man mich nach Altdorf an die Imperiale Ärzteschule geschickt, um meine Ausbildung zu beenden.«

Kaspar nickte. Er war froh, Sofia in einem Stück zurückzuhaben – mehr oder weniger jedenfalls. Noch während ihm dieser Gedanke durch den Kopf ging, fiel sein Blick auf Sofias Hand. Sofia bemerkte es. »Ich weiß, was Ihr denkt, Kaspar. Aber Ihr müsst mir versprechen, dass Ihr Sascha nicht einfach so tötet.«

»Ich weiß nicht, ob ich das kann, Sofia. Nicht nach dem, was er Euch angetan hat«, erklärte Kaspar ehrlich.

»Genau das ist es. Er hat es *mir* angetan, nicht Euch. Ihn zu töten würde seine Tat nicht ungeschehen machen. Nichts kann das bewirken.«

»Warum sollten wir ihn dann ungeschoren davonkommen lassen?«, fragte Kaspar ungläubig.

»Nein, das sollt Ihr natürlich nicht«, sagte Sofia, »aber ich möchte nicht, dass in meinem Namen ein Mord verübt wird, Kaspar. Ich bin eine gute Heilerin, und ich rette Leben. Ich möchte nicht daran beteiligt sein, ein Leben auf diese Weise zu beenden. Wenn Sascha nicht bereits tot ist und Ihr in der Lage seid, ihn zu fangen, dann muss er von den zuständigen Behörden gerichtet werden. Und wenn das bedeutet, dass er am Galgen hängt, dann soll es so sein. Das wäre wenigstens Gerechtigkeit und kein Mord.«

Kaspar spürte, wie seine Bewunderung für Sofia wuchs, weil sie in der Lage war, sich über den Hass auf einen Mann hinwegzusetzen, der sie so furchtbar misshandelt hatte. Er wusste, dass er selbst nicht in der Lage gewesen wäre, sich derartige Zurückhaltung aufzuerlegen, wenn jemand ihm so großes Unrecht angetan hätte.

»Wisst Ihr, dass Ihr eine bemerkenswerte Frau seid, Sofia?« Kaspar streckte die Hand aus und streichelte ihre Schläfe. Doch als seine Finger ihr Haar berührten, zuckte sie zusammen, und ein Schauer überlief ihren ganzen Körper. Die Tasse mit dem Kräutertee flog ihr aus der Hand und zerschellte auf dem Boden, und Tränen stiegen ihr in die Augen.

»Es tut mir Leid«, sagte Kaspar hastig. Sie zog die Knie an; ihre Augen waren weit aufgerissen und verängstigt.

Sofia schüttelte den Kopf. »Nein, es ist nur...«, schluchzte sie.

Kaspar beugte sich vor, und Sofia stürzte sich in seine Arme. Das Entsetzen ihrer Gefangenschaft, das sie so lange hinter ihrem eisernen Überlebenswillen eingedämmt hatte, brach sich endlich Bahn, und sie begann heftig zu schluchzen.

»Ist ja gut«, flüsterte Kaspar, obwohl er wusste, dass diese Bekundung vollkommen unangemessen war. Er wünschte, er hätte gewusst, was er sagen sollte, um sie aus diesem Albtraum herauszuholen. Aber er war nur ein einfacher Mann und wusste sich keinen besseren Rat, als sie in den Armen zu halten.

»Es wird wieder gut, alles wird gut, das verspreche ich«, konnte er nur sagen.

So saßen sie über eine Stunde da. Kaspar wiegte Sofia sanft und hielt sie fest, bis ihr Schluchzen langsam nachließ. Sie klammerte sich an ihn; doch schließlich machte sie sich los und legte sich wieder auf das Bett, den Kopf von ihm abgewandt.

»Ich habe Euch nicht einmal gedankt«, sagte sie endlich.

»Das braucht Ihr nicht, Sofia. Ich konnte Euch einfach nicht aufgeben, denn ich wusste, Ihr wart dort draußen.«

Sie wandte ihm ihr tränenüberströmtes Gesicht zu, lächelte schwach und nahm seine Hand.

»Ich weiß«, sagte sie. »Irgendwie wusste ich, dass Ihr nicht aufgeben würdet. Keine Ahnung, warum, aber ich wusste es einfach.«

»Ich bin froh, dass Ihr wieder bei uns seid.«

»Es ist auch gut, zurück zu sein. Ich habe nicht geglaubt, dass ich dort noch einmal herauskommen würde.«

Kaspar fühlte an Sofias Hand, wie ihr Puls rascher schlug, doch obwohl es ihm zuwider war, wegen dem, was in der Dachkammer geschehen war, in sie zu dringen, wusste er, dass jede noch so kleine Information, die sie ihm geben konnte, bei der Jagd nach Kajetan entscheidend sein konnte.

»Ihr braucht es mir nicht zu sagen«, begann er, »aber warum ... warum glaubt Ihr, hat Kajetan Euch dort gefangen gehalten, Euch aber nicht ... Ihr wisst schon ...«

»Warum er mich nicht getötet hat?«, fragte Sofia. »Ich weiß es nicht, aber aus irgendeinem Grund, den ich nicht verstehe, sah er in mir seine Mutter. Ich glaube, das ist die Kraft, die ihn antreibt. Und dann habe ich noch ... etwas anderes dort gesehen, besser gesagt gespürt.«

»Was denn? Eine andere Person?«

»Nein, es fühlte sich nach ... Magie an, glaube ich«, mutmaßte Sofia. Ihre Gedanken klärten sich, und sie klang jetzt lebhafter. »Es fühlte sich an, als setze jemand oder etwas Magie ein, um mit ihm zu reden und ihn zu beeinflussen. Ich wusste doch, dass es einen weiteren

Grund gab, ihn nicht so einfach zu töten, Kaspar! Jemand hat Sascha zu dem gemacht, was er ist, und wenn Ihr ihn mit einem Schwert aufspießt, findet Ihr nicht heraus, wer das war.«

»Nun gut«, sagte Kaspar und legte die Hand aufs Herz. »Ich schwöre, ich werde mein Möglichstes tun, um zu verhindern, dass Kajetan getötet wird, aber es könnte sein, dass er sich nicht lebendig gefangen nehmen lässt.«

»Ich weiß, Kaspar, aber versucht es. Bitte versucht es.«

»Das werde ich«, gelobte er. Dann sah er einen Ritter in der Tür auftauchen, der winkte, um seine Aufmerksamkeit auf sich zu ziehen. Er beugte sich hinab und küsste Sofia auf die Wange. »Ruht Euch jetzt aus. Ich schaue bald wieder nach Euch.«

Lächelnd nickte Sofia. Ihr fielen bereits die Augen zu. »Das wäre schön«, sagte sie.

Kaspar strich sein Obergewand glatt und folgte dem Ritter, der ihn ins Vestibül der Botschaft führte.

»Draußen steht ein Mann, der behauptet, Informationen für Euch zu haben, Botschafter«, sagte der Ritter, während sie die Treppe hinunterschritten.

»Wer ist er?«

»Ich weiß es nicht, Herr. Er hat uns seinen Namen nicht genannt, daher haben wir ihm nicht erlaubt, das Tor zu durchschreiten. Sieht aber ziemlich zwielichtig aus.«

»Tun sie das nicht alle?«, brummte Kaspar und stieß die Eingangstür auf. Schnee wirbelte herein, und beißende Kälte schlug ihm entgegen. Rasch zog er einen Umhang an, den der Ritter ihm reichte. Er watete durch den Schneematsch auf dem Weg, der früh am Morgen freigeschippt und mit Salz gestreut worden war.

Ein in dicke Pelze gekleideter Mann schritt um den mit Eiszapfen behangenen Brunnen vor der Botschaft. Sein Gesicht, um das er einen dicken Wollschal geschlungen hatte, wurde von der Kapuze seines Umhangs beschattet.

Noch bevor der andere seine Kapuze zurückschlug, erkannte Kaspar ihn an seiner feindseligen Haltung als Tschekatilos Meuchelmörder Rejak. Der Mann grinste und näherte sich dem Tor. Die Ritter und Wachleute, die dort Stellung bezogen hatten, hoben die Waffen.

»Ist schon gut«, sagte Kaspar. »Ich kenne diesen Mann.«

»Botschafter«, grüßte Rejak mit einem Kopfnicken und einer spöttischen Verneigung.

»Was wollt Ihr? Wir haben Sofia wiedergefunden, und zwar gänzlich ohne die Hilfe Eures Herrn«, knurrte Kaspar. »Wenn Ihr hier seid, um irgendeine Gunst von mir einzufordern, dann habt Ihr den Weg umsonst gemacht.«

»Wir wissen, dass Ihr die Frau wiederhabt, aber Tschekatilo kann Euch trotzdem helfen.« Rejak zog eine runde, lederne Hülle unter seinem Umhang hervor und streckte sie durch die Eisenstangen des Tors. Kaspar nahm sie und löste das Band des Deckels.

»Was ist das?«, fragte er.

»Genau das, was Ihr braucht«, antwortete Rejak und

marschierte durch den Schnee davon. »Vergesst nur nicht, wer es Euch beschafft hat.«

Kaspar öffnete die Hülle und zog ein zusammengerolltes Stück Leinenpergament hervor. Er reichte einem Wachmann die Hülle und rollte das Pergament auf.

Es handelte sich um eine Karte von Kislev, und Kaspar fragte sich, wieso Tschekatilo sich bemüßigt gesehen hatte, sie ihm zu schicken. Da war die Stadt Kislev selbst, mit kupfergestochenen Buchstaben markiert, und dort im Norden lag Praag, die Stadt der Verlorenen Seelen, und im Westen der große Binnenhafen Erengrad.

Doch die wahre Bedeutung der Karte entging Kaspar, bis er bemerkte, dass viele Gegenden als Besitz diverser kislevitischer Bojaren gekennzeichnet waren; und dann sah er eine spezielle Markierung, etliche hundert Meilen nördlich von Kislev, wo die beiden Zuflüsse des Tobol-Flusses sich vereinten. In kleiner, präziser Schrift standen dort drei Worte, die seinen Puls zum Rasen brachten.

Bojar Fjordor Kajetan.

Kaspar fuhr auf dem Absatz herum. »Sattelt die Pferde!«, schrie er.

III

»Tschekatilo weiß zu viel«, sagte Pjotr Losov und ging nervös in dem dunklen Inneren des leer stehenden Gebäudes auf und ab. »Wir hätten dafür sorgen sollen, dass Kajetan ihn umbrachte, solange es noch ging.«

»Ach, was weiß er schon wirklich?«, wandte eine Gestalt ein, die in lange, irisierende dunkle Roben gekleidet war, die das wenige Licht, welches die über die Fenster genagelten Bretter durchdrang, aufzusaugen schienen. Ihre Stimme war rauchig und verführerisch. »Dass Ihr mit seiner Beteiligung einen Warpstein nach Kislev geschmuggelt habt? Irgendwie glaube ich nicht, dass er allzu begierig darauf ist, dass dies ans Licht gelangt. Und sobald der Vertreter der Klans in Kislev eintrifft, wird der Stein ohnehin verschwunden sein. Wir brauchen uns keine Sorgen zu machen.«

»Nein«, meinte Losov zustimmend. »Aber dieses Wissen macht Tschekatilo gefährlich. Er könnte dem Botschafter davon erzählen.«

»Der Botschafter ist kein Grund zur Sorge, mein lieber Pjotr; er ist bereits im Begriff, zu einer Marionette Tchars zu werden. Und Tschekatilo überlasst getrost mir. Wenn die Armee des Hochzaren die Steine von Urszebya eingenommen hat und Kislev schleift, werde ich dafür sorgen, dass er Tschekatilo einen höchst schmerzhaften Tod bereitet.«

»Ich musste Tschekatilo verraten, wo Saschas Familiengüter liegen«, gestand Losov, »und das wird er dem Botschafter bestimmt mitteilen.«

»Ich weiß. Der Botschafter und seine Krieger sind heute früh aufgebrochen, um Sascha zu verfolgen«, sagte die Gestalt.

»Verdammt«, fluchte Losov. »Sie dürfen ihn nicht gefangen nehmen.«

»Seid unbesorgt, Pjotr«, beruhigte ihn die Gestalt und

zog ein langes Messer mit schmaler Klinge. »Sascha hat seinen Zweck erfüllt und war mir ohnehin nicht mehr von Nutzen. Er war zu tief in seinen Wahnsinn verstrickt, um ihn richtig zu beherrschen; und diese Schlampe Valentschik hatte mehr Grips, als ich ihr zugetraut hätte.«

»Wenn Sascha nicht schon tot ist, dann müssen wir also hoffen, dass von Velten ihn umbringt.«

»Keine Angst, Pjotr; der Botschafter ist ein Mann von heftigen Leidenschaften, und obwohl Sascha fern von mir ist, kann ich doch immer noch ein gewisses Maß an Kontrolle über meinen wunderschönen Prinzen ausüben. Entweder wird Kaspar Sascha töten oder umgekehrt. Es kommt nicht darauf an.«

Losov sah zu, wie die Gestalt sich niederbeugte und die Bündel, die er mitgebracht hatte, aufschlug.

Das rosige Fleisch der Kinder spiegelte sich im polierten Stahl der Messerklinge.

»Sie sind perfekt, Pjotr«, sagte die Gestalt. »Rein und unschuldig. Sie werden ihren Zweck erfüllen.«

IV

Das Pferd geriet ins Taumeln; seine Bewegungen wurden schwerfällig und unkoordiniert. Sascha Kajetan wusste, dass es nicht mehr viel länger leben würde. Kälte und Hunger würden es töten, bevor es ihn an sein Ziel gebracht hatte. Doch es hatte ihn weiter getragen, als er erwartet hatte, und er bewunderte den Mut des Tieres.

Schnee wirbelte um ihn herum und blendete ihn, doch er krallte die vor Kälte tauben Finger in die Mähne des Pferdes und lenkte das todgeweihte Tier unbeirrt durch den Schneesturm. Kajetan war jetzt vielleicht drei oder vier Tage unterwegs. Er hatte im Windschatten von Felsen Schutz für sich und das Pferd gesucht und sie beide in die Pelze gewickelt, die er noch hatte stehlen können, bevor er Kislev verlassen hatte. Nahrung jagte er mit dem Bogen, und er aß Schnee, um sich mit Wasser zu versorgen.

Je weiter er sich von Kislev entfernte, umso mehr klärten sich seine Gedanken. Das schmerzhafte Hämmern des wahren Ich in seinem Schädel wurde immer leiser, bis er feststellte, dass er sein Schreien ganz und gar ignorieren konnte. Die Bewegungen des Pferdes und der Blick auf die unendliche weiße Ebene, die sich vor ihm erstreckte, versetzten ihn in einen tranceartigen Zustand, in dem sein Kopf leer wurde und er keinen bewussten Gedanken mehr hegte.

Wie hynotisiert von der betäubenden Kälte und der trostlosen Landschaft, die ihn umgab, verlor er das Gefühl für Zeit und Raum und spürte, wie die Erinnerung ihn ohne sein Zutun über die Jahre zurücktrug, die vergangen waren, seit er seinen Vater getötet hatte.

Das, was er in dem dunklen Wald mit seinem Vater getan hatte, war bald im Gerangel der örtlichen Bojaren untergegangen, die darum gekämpft hatten, seine Ländereien zu übernehmen. Männer, die mit seinem Vater

Kvas getrunken, ihre Becher zu Boden geschmettert, sein Gutshaus mit ihren Kriegsgesängen erfüllt und ihm ewige Bruderschaft geschworen hatten, bekämpften sich bald bis aufs Messer, als erst einer und dann ein anderer mit seinen Männern geritten kam und Bojar Kajetans Besitz für sich beanspruchte.

Er und seine Mutter wurden zwischen den Bojaren, die um ihren Anspruch auf das Land kämpften, hin- und hergeschoben. Niemand mochte sich Frau und Kind eines anderen aufhalsen, doch jeder wusste auch, dass alle anderen gemeinsam Vergeltung an ihm üben würden, wenn ihnen etwas zustieß. So war das drei Jahre lang gegangen, bis seine Mutter an Fieber erkrankte und eines strahlenden Frühlingsmorgens starb, trotz der stärksten Arzneien, welche die Hebammen des Orts ihr gegeben hatten.

Saschas ganze Welt war zusammengebrochen. Seine geliebte *Matka*, der Dreh- und Angelpunkt seines Daseins, war nicht mehr, und das Haus seines Vaters verfiel. So zog er in den Norden, nach Praag, und überquerte über den Höhenpass das Weltrandgebirge. Er reiste auf einer Straße, von der er später erfahren sollte, dass sie als Straße der Schädel bekannt war, und dann immer weiter in die sagenumwobenen Länder des Ostens, getrieben von dem Bedürfnis, Dinge zu sehen, die noch niemand aus Kislev je zu Gesicht bekommen hatte.

Dort hatte er bei den verborgenen Herren der Inseln die Kriegskunst erlernt und mit jeder Faser seines Wesens danach gestrebt, ein Meister der Klingen zu werden. In Kislev lautete das Wort dafür *Drojaska*, Schwertmeister, doch auf den Inseln war Sascha weit über diese Stufe hinausgewachsen und hatte ein Maß an Können erreicht, das jenseits solcher unangemessenen Beschreibungen lag.

Doch der Ruf der Heimat war stärker gewesen, als er für möglich gehalten hatte, und er war nach Kislev zurückgekehrt. Seine Reise hatte er sich als Söldner bei einer Handelskarawane verdient, die auf der Silberstraße ins Land seiner Jugend unterwegs war.

Wieder taumelte sein Pferd; er wurde aus seinen Gedanken gerissen und spürte, wie er vom Rücken des Tieres glitt. Seine Finger lösten sich aus der Mähne, und er stürzte mit einem dumpfen Knall rücklings in den Schnee. Vor Schmerz schrie er auf, als die gesplitterten Enden seiner gebrochenen Rippen aufeinander rieben. Er spürte, wie Feuchtigkeit in seine Pelze drang, und rollte sich unter Schmerzen auf die Seite. Sein Pferd war in die Knie gebrochen. Sein Kopf war im Schnee vergraben, und seine Hinterbeine zappelten schwach.

Sascha wusste, dass das Tier am Ende war, und zog sein Schwert. Rasch schnitt er ihm die Kehle durch, um ihm den Tod durch Erfrieren zu ersparen. Er badete die Hände im Blut des Pferdes und spürte, wie der Schmerz seine Finger hinaufraste, als die warme Flüssigkeit darüber rann. Dampf stieg aus der aufgeschnittenen Kehle auf, und Sascha wünschte der Seele des Tieres lautlos eine gute Reise.

Das warme Blut und sein heißer, metallischer Geruch ließen unwillkommene Erinnerungen in ihm aufsteigen, und er schüttelte den Kopf, denn er wollte sich ihnen nicht stellen. Dann sah er, wie sich in der Luft vor ihm ein blasser, schimmernder Lichtschein bildete. Ängstlich stöhnte er auf, als der helle Fleck die Form eines weichen, weiblichen Gesichts annahm. Es lächelte und war von rostbraunen Locken umgeben.

In seinem Kopf erklang Gelächter, und mit einem Mal nahm er den Geruch des Pferdebluts immer stärker wahr, bis er nichts anderes mehr riechen konnte als die lebensspendende Flüssigkeit und den lockenden Duft des warmen Fleisches. Sascha fiel auf die Knie, legte den Mund über die Wunde im Hals des Tieres und riss mit den Zähnen ein Stück Fleisch los. Es war zäh und sehnig, denn das Pferd hatte in den letzten paar Tagen den Großteil seines Fetts verloren, doch als er jetzt kaute und fühlte, wie das Blut über sein Kinn rann, fühlte er sich kräftiger als seit Tagen, so als nähme er die Essenz der Kraft des Tieres in sich auf.

Von neuem wachte seine Mutter über ihn, und er stieß einen Schrei aus, als er spürte, wie ihn neue Kraft erfüllte und mit unnatürlicher Macht durch seinen Körper strömte. Wieder einmal hatte sie ihn beschützt, und er wusste, dass er seinem Ziel nahe sein musste.

Er wandte sich von dem toten Tier ab, hielt kurz inne, um seine Schwerter und den Bogen aufzuheben, und brach dann wieder auf. Seine Schritte waren lang und sicher, und er kam in dem dicken Schnee rasch voran. Nicht einmal im schwindenden Tageslicht hielt er an, sondern eilte die ganze Nacht hindurch weiter. Die unglaubliche Vitalität, die ihn erfasst hatte, als er das

Fleisch seines Pferdes gegessen hatte, erfüllte seine Glieder immer noch mit Kraft.

Herrlich hell und klar brach der Morgen an, und er keuchte auf, als er die vertraute Felsnadel erblickte, die er als Kind den Drachenzahn genannt hatte. Die Spitze des aufrecht stehenden Felsens war gebogen wie der Zahn eines riesigen Tiers aus einer Legende, und er wusste noch, wie seine Mutter ihm einmal erzählt hatte, er habe einem Feuer speienden Drachen gehört, der versucht hatte, die Welt zu fressen. Doch ein anderer Drache, der ihn um die ganze Erde jagte, hatte ihn daran gehindert.

Sascha erinnerte sich, dass der Drachenzahn vom höchsten Zimmer im Haus seines Vaters aus zu sehen gewesen war, und fiel erneut in Laufschritt. Das Gelände stieg an und führte zu einem mit Nadelbäumen bewachsenen Hügelkamm, und bei jedem Schritt brannten seine Lungen wie Feuer. Eine Stunde lang kämpfte er sich durch den Schnee, voll angespannter Erwartung, die seine Bewegungen ungeschickt machte, bis er die Hügelkuppe erreichte und in das Tal hinabschaute, wo die Ländereien seines Vaters lagen. Einen Moment lang lösten seine Sorgen sich auf wie Morgennebel, und er empfand ein überwältigendes Gefühl der Heimkehr – so als hieße das Land selbst ihn willkommen.

Aus dem höher gelegenen Gelände schlängelten sich zwei dampfende Wasserläufe herab und flossen schließlich auf der Sascha zugewandten Seite eines sanft ansteigenden Hügels zum Tobol-Fluss zusammen. Auf dem

Hügel lagen die Ruinen einer Bergfeste aus schwarzem Stein. Die Mauern waren zerfallen und mit einer dicken Schneeschicht überzogen – das Haus seines Vaters, verlassen und von niemandem begehrt. Gezackte Dachbalken standen aus den Trümmern hervor, und dort, wo einmal eine Holzpalisade gestanden hatte, befanden sich jetzt nur noch ein mit Schnee gefüllter Graben und zwei gesplitterte Pfosten.

Zu Hause.

Weiter draußen, wo das Land sanft anstieg, lag ein dichter Wald aus dunklen, dicht stehenden Nadelbäumen, und in noch weiterer Ferne zeichneten sich die schneebedeckten Gipfel des Weltrandgebirges ab. Der Himmel war herrlich klar, und über ihm kreisten Vögel. Laut krächzten sie in ihrem Luftkönigreich und hießen ihn zu Hause willkommen.

Durch den hohen Schnee stapfte Sascha ins Tal hinunter. Mit einem Mal beschlich ihn ein unbehagliches Gefühl, als er sich dem Ort näherte, wo alles begonnen hatte: seine Schande, seine entsetzlichen Erlebnisse und schließlich seine Befreiung – oder seine Verdammung, das wusste er nicht genau.

Die Hochstimmung und die Kraft, die ihn zuvor auf seiner wahnsinnigen, nächtlichen Hetzjagd durch die Wildnis angetrieben hatten, waren verflogen, und er sank auf die Knie. Tränen rannen ihm über die Wangen, und er starrte zu dem trostlosen Hügel und dem verfallenen Haus auf seinem Gipfel auf.

»Warum hast du mich so gehasst?«, schrie er die dunkle Silhouette an. »Wieso nur?«

Vögel flogen von ihren Bäumen auf, erschreckt durch sein Geschrei und die Echos, welche die Talwände zurückwarfen. Er erhielt keine Antwort und hätte auch keine erwartet; sein Vater lag seit Jahren in seinem Grab, und seine Mutter hatte alle Maßnahmen ergriffen, um dafür zu sorgen, dass kein Nekromant oder Dämon ihn auferstehen lassen konnte: Sie hatte ihn mit dem Gesicht nach unten begraben und seine Totengewänder mit Silbernägeln im Sarg festgenagelt.

Er spürte, wie die Tränen auf seinen Wangen gefroren, und rappelte sich auf. An der niedrigsten Stelle überquerte er den Wasserlauf und begann den Aufstieg zum Gipfel. Er ging zögernd, im Zickzack, und mit jedem Schritt, den er tat, verließen ihn seine Kraft und sein Mut weiter.

In Schweiß gebadet, der seinen Körper wie ein eisiger Film überzog, erreichte er die geschwärzten Mauern der Ruine und lehnte sich gegen die beruhigend feste Masse. Die Steine waren schwarz und glasig, in Jahrhunderten glatt geschliffen durch peitschende Winde. An den Außenmauern entlang ging er zur Rückseite des Gebäudes und stützte sich dabei die ganze Zeit ab.

Der Boden hier war uneben; zwei Schneehügel hoben sich leicht von der einheitlich flachen Kuppe des Hügels ab. Am Kopfende jedes der Hügel erhob sich ein einfacher Grabstein, dessen Inschrift verschwommen und von den Elementen verwischt war.

Doch er brauchte die Schrift nicht zu lesen, um zu wissen, was sie verkündete; er hatte die Worte vor langer Zeit auswendig gelernt und stellte fest, dass er sich immer noch an jedes einzelne erinnerte.

Er löste sich von der Mauer und stolperte auf das rechte der beiden Gräber zu. Dort fiel er zu Boden und umarmte den kalten Granit. Seine Tränen tropften auf den Stein, und langsam glitt er hinab, bis er zusammengekrümmt wie ein Fötus vor dem Grab seiner Mutter lag.

»Ich bin hier«, sagte er leise. »Dein wunderschöner Prinz ist nach Hause gekommen, *Matka*.«

Sascha spürte, wie ihm die Kälte bis ins Mark drang, und er wusste, dass er hier sterben würde.

Der Gedanke beunruhigte ihn nicht über Gebühr; doch die Vorstellung, dabei allein zu sein, riss ihn aus seiner tödlichen Melancholie. Langsam und unter Schmerzen stand er auf und begann den Schnee von ihrem Grab wegzuschieben. Als er die kalte, harte Erde freigelegt hatte, lächelte er.

Saschas Hände fühlten sich wie Eisblöcke an, und als er nun die Finger in die gefrorene Erde grub, spürte er den Schmerz nicht einmal. Innerhalb von Sekunden rissen seine Nägel ab, und seine Finger wurden blutig, doch er hörte nicht auf.

Nichts würde ihre Wiedervereinigung verhindern. Wenn es sein musste, würde er weitergraben, bis seine Finger nur noch blutige Knochenstummel waren.

V

Kaspar stand auf einem Felsvorsprung über dem sich langsam dahinwälzenden Tobol-Fluss, trank den letzten Schluck Tee und sah nordwärts in die sternenübersäte Finsternis der Steppe. In der kalten Nachtluft zitterte er. Hinter ihm zündeten die Pantherritter die Feuer an, die ihre Reittiere während der Nacht wärmen würden, und bereiteten ihre eigenen Schlafplätze. Kurt Bremen schärfte sein Schwert mit einem abgenutzten Wetzstein, obwohl Kaspar sich sicher war, dass es schon so scharf wie irgend möglich war.

Es war gefährlich, sich so weit nördlich in der Steppe aufzuhalten, aber Kaspar wusste, dass, so lange sie darauf achteten, ihre Feuer nur bei Nacht und nur in Bodensenken anzuzünden, die größte Gefahr nicht von marodierenden Räuberbanden oder nach Süden reitenden Stammeskriegern ausging, sondern von der Kälte und Leere der Steppe selbst. Anders als Kajetan waren sie nicht einfach nordwärts in die Tiefen der Schneewüste geritten. Stattdessen waren sie gezwungen gewesen, auf dem Nordufer des Urskoy gen Westen zu reiten. In jedem Dorf, durch das sie geritten waren, hatten sie ihre Pferde ausruhen lassen, bis sie die Stelle erreichten, wo der Tobol in den Urskoy floss. Wenn sie dem Tobol folgten, dann würde der Fluss sie direkt an den Ort führen, wo sie – jedenfalls war Kaspar sich da ziemlich sicher – den mordenden Schwertkämpfer finden würden.

Diese Reiseroute hatte sie kostbare Tage gekostet, aber sie hatten keine andere Wahl gehabt. Einfach in die

Steppe hineinzureiten hätte den Tod bedeutet; in diesem Punkt waren Pavel und Paschenko sich einig gewesen, als sie von dem Plan des Botschafters, Kajetan nachzustellen, erfuhren. Doch sie waren rasch vorangekommen, und nach Bremens Rechnung müssten sie am Vormittag des nächsten Tages die Gabelung des Tobol erreichen. Kaspar hatte ganz vergessen, wie sehr er es genoss, in die Wildnis zu reiten, wie aufregend es war, unbekannte Landschaften zu erkunden und die Natur zu erleben, wo sie am ungezähmtesten und schönsten war.

Kaspar betrachtete sich selbst als Pragmatiker, doch er wusste, dass er tief in seinem Inneren auch eine wilde, romantische Seite besaß, die für solche Erfahrungen lebte, sogar für mühsame und gefährliche wie diese – warum hätte er sonst Soldat werden sollen? Die vergangene Woche allerdings war hart für ihn gewesen und hatte ihn schmerzhaft daran erinnert, dass er kein junger Mann mehr war. Sein Knie schmerzte höllisch, und trotz der dicken Handschuhe, die Pavel ihm gegeben hatte, spürte er seine Finger kaum noch.

Als Kaspar und die Ritter aufgebrochen waren, um Kajetan nachzusetzen, war Pavel betrunken gewesen, was den Botschafter mit nicht geringer Sorge erfüllt hatte. Im Gegensatz zu der finsteren Hochstimmung, die Kaspar und die Pantherritter ergriffen hatte, hatte sich Pavel, seit Rejak ihnen die Karte gebracht hatte, verdrossen und abweisend verhalten, und Kaspar war enttäuscht darüber gewesen, dass sein alter Kamerad sich nicht einmal die Mühe gemacht hatte, Lebewohl zu sagen oder ihnen Glück für ihre Expedition zu wünschen.

Kaspar war es ein Rätsel, woher Tschekatilo gewusst hatte, dass er diese Information benötigte, aber er war kein Mann, der einem geschenkten Gaul ins Maul schaute. Sofia hatte ihm Erfolg gewünscht, und Anastasia hatte ihn heftig geküsst und ihm das Versprechen abgenommen, dass er heil zurückkehren würde. Kaspar und die Pantherritter hatten die Vorräte zusammengesucht, die sie für ihre Reise benötigen würden, und waren in die gefrorene Steppe aufgebrochen. Mehr und mehr hatte er das Gefühl von etwas Endgültigem; so als stünde ihnen ein gewaltiges Ereignis bevor, dessen Auswirkungen er auch nicht annähernd ermessen konnte.

Er ließ den Felsvorsprung hinter sich und stapfte in den Windschatten der großen Felsbrocken hinab, die den Platz umgaben, den Kurt Bremen für ihr heutiges Nachtlager ausgesucht hatte. Dort rieb er seinen Zinnbecher mit Schnee aus und steckte ihn in Magnus' Satteltaschen; dann setzte er sich zu Bremen ans Feuer. Valdhaas war mit dem Pferd auf und ab gegangen, um es abzukühlen, und hatte seine Flanken gebürstet, bevor er Decken und Pelze über das Tier geworfen hatte. So sehr Kaspar die Herrlichkeit der Wildnis genoss, so dankbar war er doch, dass der Ritter ihm die zeitraubende und ermüdende Arbeit abnahm, deren es bedurfte, um sein Pferd auf Reisen in Form zu halten. Es war eine Sache, ein Pferd in einem gut ausgestatteten Stall zu striegeln, aber eine ganz andere, es in der öden Steppe zu versorgen.

Das Feuer knisterte anheimelnd, und Kaspar öffnete seinen Umhang, um seinen Körper der Wärme auszusetzen. Auf der anderen Seite des Feuers war Bremen immer noch damit beschäftigt, sein Schwert zu schleifen, wobei er sorgfältig darauf achtete, den Blick vom Feuer abzuwenden, damit seine Augen sich nicht zu sehr an das helle Licht gewöhnten.

»Scharf genug?«, fragte Kaspar und wies mit einer Kopfbewegung auf das Schwert.

»Eine gute Klinge kann niemals zu scharf sein«, gab Bremen zurück.

»Wahrscheinlich nicht. Dann rechnet Ihr damit, dass Ihr sie gebrauchen müsst?«

»Ja«, erwiderte der Ritter. »Selbst wenn wir Kajetan nicht finden und keine kyazakischen Reiter treffen, dann sind in diesem Land immer noch Dinge unterwegs, die älter und schrecklicher als der Mensch sind.«

»Allerdings«, pflichtete Kaspar ihm bei. »Da habt Ihr wohl Recht.«

»Euch ist schon klar, dass Kajetan wahrscheinlich tot ist, oder?«, sagte Bremen schließlich und schnitt damit ein Thema an, über das seit ihrem Aufbruch aus Kislev keiner von ihnen gesprochen hatte. Die gewaltige Weite der Steppe erschlug einen buchstäblich und ließ praktisch jedes Gesprächsthema bedeutungslos und abgedroschen erscheinen, und so hatte jeder der Männer auf dem Ritt allein seinen Gedanken nachgegangen. Erst wenn es dunkel wurde und einem die Umgebung überschaubarer erschien, hatte man das Gefühl, die Worte erlangten ihre Bedeutung zurück, und dann sprachen die Ritter so offen miteinander, als wäre es vielleicht das letzte Mal.

»Botschafter?«, fragte Bremen, als Kaspar keine Antwort gab.

»Schon möglich«, räumte Kaspar schließlich ein. Er verspürte nicht den Wunsch, sich allzu tief auf das Thema einzulassen.

»Schon möglich? Wenn ich ganz unverblümt sprechen darf, Botschafter, Ihr seid kein Dummkopf und müsst Euch doch darüber klar sein, dass Kajetan wahrscheinlich in diesem Moment tot in einer Schneewehe liegt. Ein Tod, der viel zu leicht für jemand so Bösen ist, wenn Ihr mich fragt.«

»Böse, Kurt? Ihr glaubt, dass Kajetan böse ist?«

Bremen hörte auf, sein Schwert zu wetzen, und sah Kaspar zweifelnd an. »Natürlich. Ihr etwa nicht, nach allem, was er Madame Valentschik und meinen Männern angetan hat?«

»Doch, ich habe auch so gedacht. Aber nachdem ich gehört habe, was Sofia über Kajetan erzählt hat, bin ich mir nicht mehr sicher. Sie sagte, wenn man seine Taten einfach damit abtue, dass er böse sei, dann sei das nur die halbe Wahrheit.«

»Was sie wohl damit gemeint hat?«

»Ich glaube, sie wollte sagen, dass es leicht fällt, Kajetan als böse zu bezeichnen«, erklärte Kaspar, »weil das so verführerisch einfach ist und keinerlei Selbstbetrachtung oder Bewertung der Umstände seiner Taten erfordert. Sofia sagte, Sascha Kajetan sei nicht als Ungeheuer geboren, sondern zu einem gemacht worden, und ich glaube, sie hat Recht. Sie meinte, wenn wir ihn einfach als böse abstempeln und das als wohlfeile Erklärung für seine Verbrechen benutzen, dann drücken wir uns vor der Frage, warum er so gehandelt hat, was ihn zu so niederträchtigen, unvorstellbaren Taten getrieben hat.«

»Nun gut. Und was denkt *Ihr*, warum er diese Verbrechen begangen hat, wenn nicht aus Bosheit?«

»Das werden wir wahrscheinlich nie mit Gewissheit erfahren, Kurt. Vielleicht können wir es herausfinden, wenn wir ihn lebend gefangen nehmen.«

»Seid Ihr Euch sicher, dass Ihr das wirklich wissen wollt, Kaspar? Es wird nicht leicht werden, einen Mann wie Kajetan gefangen zu nehmen. Ich werde nicht zulassen, dass weitere meiner Männer ohne Not sterben, und wenn ich der Meinung bin, dass wir ihn nicht ohne Gefahr für uns selbst festnehmen können...«

»Ich verstehe, Kurt; und wenn es so weit kommen sollte, dann werde ich ihn selbst töten. Seid da unbesorgt.«

»Gut. Dann haben wir einander verstanden«, antwortete der Ritter.

Kaspar nickte. »Wir sollten versuchen, etwas Schlaf zu bekommen. Ich habe so ein Gefühl, dass wir morgen unsere ganze Kraft brauchen werden.«

Kaspar ahnte nicht, wie Recht er hatte.

11. KAPITEL

I

Die Sonne ging früh auf, und Kaspar hatte das Gefühl, sich gerade erst zum Schlafen niedergelegt zu haben, als das helle Licht ihn aus seinen Träumen riss. Er setzte sich auf und spürte, wie ihm die Kälte bis in die Knochen drang, als er seine pelzbesetzten Decken beiseite schlug. Die Pantherritter waren bereits auf den Beinen, striegelten ihre Pferde und sorgten dafür, dass ihre Tiere Futter und Wasser bekamen.

Die Feuer waren zu schwelender Glut niedergebrannt, und ein Ritter ging um jede der Feuerstellen herum und warf händeweise Schnee hinein, um sie ohne Rauchentwicklung zu löschen. Kaspar stand auf, rieb sich das Knie und zuckte zusammen, als sein alternder Körper protestierte, weil er eine weitere Nacht auf dem Boden statt in einem weichen Bett verbracht hatte.

»Guten Morgen, Kurt«, sagte er zu Bremen, der von dem zerklüfteten Hügelkamm heruntergeklettert kam.

»Botschafter«, grüßte der Ritter und zog seinen Umhang aus Pantherfell über seinen Schulterpanzer. Bremen verzehrte einen Brocken Schwarzbrot mit Käse und riss ein Stück davon für Kaspar ab.

Der Botschafter nahm das karge Frühstück dankbar entgegen und schlang es hinunter. In der kalten Luft zitterte er und legte rasch seine vielen Lagen Kleidung an. Schließlich zog er den dicken Umhang aus Bärenfell darüber, der das Schlimmste des kislevitischen Wetters abhielt.

»Heute müssten wir eigentlich unser Ziel erreichen«, bemerkte er.

»Ja«, meinte Bremen zustimmend, »wenn die Karte einigermaßen zuverlässig ist, sollten wir noch vor der Mittagsstunde dort eintreffen.«

Kaspar nickte und erklomm die Felsen, von denen er am vergangenen Abend über die Steppe hinausgesehen hatte. Steifbeinig ging er auf der Suche nach einer etwas abgelegenen Stelle vom Lager weg und entleerte seine volle Blase. Als er zurückkehrte, stellte er fest, dass Valdhaas sein Pferd schon gesattelt hatte und dem Tier jetzt die Vorderläufe rieb, um es zu wärmen. Mit einem Lächeln dankte er dem Ritter und nahm sein Pistolenhalfter, das am Sattelknauf hing. Beide Pistolen waren schussbereit geladen, obwohl die Steinschlösser nach vorn geschoben und damit gesichert waren. Sein Schwert war hinter dem Sattel festgemacht, und er zog es und genoss das Gefühl, sein exakt ausbalanciertes Gewicht in der Handfläche zu spüren.

Die Klinge aus blauem Stahl war eine wunderbare Arbeit des Holberecht von Nuln. Glatt und zweischneidig lief sie in einer feinen Spitze zu, welche die härtesten Kettenhemden durchdringen konnte. Das Heft bestand aus schwarzem Eisen, war mit weichem Leder umwickelt und endete in einem runden Bronzeknauf. Mit seiner einfachen, aber eleganten Gestaltung war das Schwert eine funktionelle Waffe, geschmiedet von einem Handwerksmeister, der genau begriff, wozu ein Schwert diente, nämlich zum Töten.

»Darf ich?«, fragte Kurt Bremen, der sein eigenes Pferd gesattelt hatte und herangetreten war, um die Klinge zu bewundern.

»Gewiss.« Kaspar drehte das Schwert um und reichte es dem Pantherritter.

Kaspar war ein ziemlich fähiger Schwertkämpfer, doch er sah ehrfürchtig zu, wie Kurt Bremen das Schwert in einer Reihe komplizierter Manöver um seinen Körper schwang. Die Klinge glitzerte im Morgenlicht; jeder Hieb, jeder Stich und jede Parade wurden makellos ausgeführt und waren dazu bestimmt, einen Gegner rasch und ohne unnötige Kraftvergeudung zu töten.

Bremen wirbelte die Klinge herum und gab sie Kaspar zurück.

»Eine feine, zuverlässige Klinge«, meinte Bremen, »fein ausbalanciert und mit einem guten Gewicht, obwohl der Schwerpunkt für meinen Geschmack vielleicht ein wenig zu weit von der Spitze entfernt liegt.«

»Sie ist eigens für mich angefertigt worden«, erklärte Kaspar.

»Aha, dann entspricht die Gewichtsverteilung Eurer Vorliebe.«

»Ja, bevor Holberecht auch nur den Hammer an das Eisen gelegt hat, haben wir beide viele Wochen mit unterschiedlichen Waffen miteinander trainiert, damit er sich eine genaue Vorstellung von meiner Kraft und meiner Reichweite machen konnte.«

»Dann ist er ein Handwerksmeister, der seines Namens würdig ist«, sagte Bremen.

»Ja, er ist ein Mann von seltener Kunstfertigkeit«, pflichtete Kaspar ihm bei und steckte das Schwert wieder weg.

Kaspar setzte den Fuß in den ledernen Steigbügel des Pferdes und hievte sich in den Sattel, und die Ritter folgten rasch seinem Beispiel. Bremen schwang sich ebenfalls aufs Pferd, nahm seine Lanze, die im Schnee steckte, und legte den Schaft in die Halterung aus gehärtetem Leder, die an seinen Sattel geschnallt war.

Die anderen Ritter taten es ihm nach, und als die Standarte der Pantherritter über den berittenen Kriegern gehisst wurde, beugten sie im Gebet an Sigmar das Haupt. Sie sprachen einen Vers, der ihrem Orden eigen war, und Kaspar flüsterte sein eigenes Gebet an den Kriegsgott des Imperiums und bat ihn um die Kraft und den Mut, alle Prüfungen zu bestehen, die dieser neue Tag bringen mochte.

»Ho, Pantherritter«, rief Kurt Bremen, als die Gebete beendet waren, gab seinem Pferd die Sporen und führte sie gen Norden.

II

Einmal mehr überwältigte sie die unendliche Leere der Steppe, und sie ritten mehrere Stunden lang schweigend dahin. Immer weiter kletterte die Sonne am wolkenlosen Himmel empor. Von kalten Winden gepeitscht, flossen neben ihnen die dunklen Wasser des Tobol dahin, und das leise Plätschern übte eine beruhigende, fast einschläfernde Wirkung aus.

Die Mittagsstunde kam und ging, und von der Flussgabelung war nichts zu sehen. Kaspar hoffte nur, dass der Maßstab der Karte nicht grob ungenau war. Sie führten nur so viel Nahrung für Mensch und Tier bei sich, dass sie bestenfalls noch einige Tage weiterreiten konnten. Dann würden sie umkehren müssen, und der Gedanke, so kurz vor ihrem Ziel zu scheitern, war bitter.

Bald nachdem Bremen eine Rast befohlen hatte, kehrte Valdhaas, der vor dem Haupttrupp hergeritten war, mit aufgeregter Miene zurück. Im Galopp reckte er seine Lanze in die Höhe, so dass die purpurfarbenen Wimpel laut im Wind knatterten.

Schnee stob hoch, als er sein Pferd zügelte. »Eine Meile oder vielleicht etwas weiter vor uns liegt ein kleines Tal, wo sich der Fluss am Fuße eines Hügels gabelt. Auf dem Gipfel befindet sich ein verfallenes Herrenhaus, und über das Tal verstreut stehen einige kleinere Außengebäude. Ich glaube, wir sind am Ziel.«

Kaspar sprang auf. »Habt Ihr Kajetan gesehen?«

»Nein, aber ich habe mich auch vom Haus fern gehalten. Ich habe nur das Gelände gesehen und bin gleich zurückgeritten.«

»Wie nähern wir uns am besten?«, fragte Kurt Bremen.

»Einfach geradeaus«, meinte Valdhaas. »Dieser Weg führt uns durch ein Tannenwäldchen zum Südhang des Tals. Von dem Hügel, auf dem das Haus steht, kann man das gesamte Tal überblicken. Wenn dort jemand ist, dann wird er sehen, wie wir zum Talgrund hinabsteigen, ganz gleich, aus welcher Richtung wir kommen. Nahe dem Fuß des Hügels befindet sich eine Furt und im Norden dichter Wald, aber ich habe niemanden gesehen.«

»Dann gehen wir wie geplant vor«, befahl Bremen. »Pantherritter, paarweise formieren.«

Die Ritter stiegen auf, richteten sich zur schnellen Marschformation aus und brachen im leichten Galopp auf. Kaspar ritt neben Bremen. Er dachte an die beiden Versprechen, die er in Kislev gegeben hatte – eines, Sascha zu töten, und das andere, ihn lebend gefangen zu nehmen –, und fragte sich, welches davon er wohl würde halten können. Sein Kriegerherz und sein Ehrgefühl trieben ihn, Sascha Kajetan niederzustrecken wie ein Tier; doch sein Intellekt und seine zivilisierte Seele wussten, dass dann das Böse fortbestehen würde, das Sascha seit einer Zeit, die allein Sigmar kannte, umgeben hatte.

Wie er Bremen gestern Abend erklärt hatte, war »das Böse« ein Begriff, den er selbst bis vor kurzem gedankenlos gebraucht hatte, um die Feinde seiner Nation zu bezeichnen. Stets hatte man ihm gesagt, die Stämme der

Grünhäute, gegen die er als Pikenier gekämpft hatte, seien böse, und ebenso die Tiere der Wälder, welche die abgelegenen Ansiedlungen des Imperiums angriffen. Aber waren diese bedrohlichen Wesen tatsächlich böse? Oder handelten sie einfach so, wie ihr Schöpfer, wer immer das gewesen sein mochte, es ihnen bestimmt hatte?

Er erinnerte sich an ein ähnliches Gespräch, das er vor vielen Jahren mit Stefan geführt hatte. Damals hatte das Heer der Großfürstin Ludmilla in der Nacht vor dem berüchtigten Massaker an Owsens Furt in den Hügeln kampiert.

»Diese Schlacht stinkt nach Ehrgeiz, und nichts Gutes kann dabei herauskommen«, hatte Stefan bemerkt und an einem Becher Tee genippt.

»Was meint Ihr damit?«, hatte Kaspar gefragt. Er war damals ein junger Infanterist und sah zu den Sergeanten und Offizieren des Regiments auf, die für ihn die Quelle allen Wissens darstellten.

»Ich meine, dass die Fürstin vielleicht glaubt, hier das Richtige zu tun«, antwortete Stefan, »aber andererseits erwächst auch häufig Übel daraus, wenn man Gutes tut.«

»Das verstehe ich nicht, wie kann denn Böses aus Gutem erwachsen?«

Stefan lächelte grimmig. »Sagen wir einmal, ein Mann steht über einem Kind, hat den Speer gezückt und will es töten. Was tust du?«

Kaspars Antwort kam wie aus der Pistole geschossen. »Ich würde ihn aufhalten.«

»Wie?«

»Ich würde ihn töten.«

»Na schön, nehmen wir an, du tötest diesen Mann und rettest das Kind. Das Kind wächst heran und wird zu einem Tyrannen, der den Tod Tausender von Menschen zu verantworten hat. Hast du dann nicht großes Übel hervorgerufen, indem du Gutes getan hast?«

»Nein, ich glaube nicht. Ihr wollt sagen, ich hätte das Kind sterben lassen sollen? Das hätte ich nicht fertig gebracht.«

»Natürlich nicht, weil die meisten Menschen einen Ehrenkodex besitzen, der ihnen nicht erlaubt, Böses ohne Widerstand zuzulassen. Hättest du das Kind sterben lassen, wäre auch ein Teil von dir gestorben. Deine Ehre hätte dich nie vergessen lassen, dass du eine böse Tat begünstigt hast.«

»Aber heißt das dann nicht, dass der Mord an dem Kind eine böse Handlung gewesen wäre, aus der Gutes erwachsen wäre?«, fragte Kaspar.

Stefan hatte ihm zugezwinkert. »Ja, das ist ein ziemliches Dilemma, was?«

Es hatte ihn damals verwirrt und verwirrte ihn noch heute. Woher sollte ein Mensch die Folgen seiner Taten kennen? Was einem als die einzige wahre und edle Handlungsweise erschien, mochte sich im Rückblick als Auslöser eines großen Übels erweisen. Die Zukunft war unbekannt, und falls man nicht an schicksalhafte Vorherbestimmung glaubte, hatte man keine Möglichkeit, das Ergebnis seiner Handlungen zu beurteilen.

Ein Mann konnte sich nur an seinen eigenen Ehrenkodex halten und sich dem Bösen entgegenstellen, wo immer es ihm begegnete. Seit dem schändlichen Sieg bei Owsens Furt war das der Fels gewesen, auf dem Kaspars Überzeugung gründete.

Kaspar wurde aus seinen Gedanken gerissen, als sie in die Dunkelheit des Waldes ritten, von dem Valdhaas gesprochen hatte. Hier waren die Ritter gezwungen, ihr Tempo zu drosseln und ihre Pferde in der ungewohnten Düsternis des Waldes im Schritt gehen zu lassen, um zu vermeiden, dass ihre Reittiere in verborgene Löcher im Waldboden traten und sich womöglich ein Bein brachen.

Etwa eine Stunde ritten sie durch den Wald, und dann verkündete ein Lichtschimmer vor ihnen, dass sie bald den erdrückenden Schatten der Bäume hinter sich lassen würden. Nach dem Wald erschien ihnen das Tageslicht unangenehm hell, doch Kaspar bemerkte, dass jedermann in der Gruppe froh war, die dunklen Nadelbäume hinter sich zu haben.

Als Kaspar sein Pferd im Trab einen schneebedeckten Hügelkamm hinauflenkte, lagen im Tal die Überreste von Bojar Fjodor Kajetans Besitztümern vor ihm. Valdhaas hatte zwar berichtet, das Herrenhaus liege in Trümmern, doch er hatte nicht damit gerechnet, auf eine solche Atmosphäre von Verlassenheit zu treffen.

Die geschwärzten Mauern des verfallenen Hauses erfüllten ihn mit einem Gefühl von Melancholie. Aus dem Wenigen, das Sofia ihm hatte erzählen können, wusste er, dass der junge Kajetan an diesem Ort furchtbar gelitten hatte; dass durch wiederholte und grausame

Misshandlungen hier ein großes Übel in die Welt gesetzt worden war.

Die Zuflüsse des Tobol plätscherten dampfend durch eine Senke in den schneebedeckten Geländewellen des Tals und stürzten sprühend über Stufen aus Schiefer und Granit, bevor sie sich über den Talboden schlängelten und sich dann in dem gemächlich dahinfließenden Hauptarm des Flusses vereinigten. Wie Valdhaas gesagt hatte, befand sich am Fuß des Hügels eine Furt. Rasch ritten sie ins Tal hinab; in der sanft gewellten Landschaft kamen sie schnell voran.

Die Pferde tauchten in die eiskalten Fluten der Furt ein und wieherten unbehaglich, als das Wasser ihnen die Beine hinauf und bis an die Knie stieg.

Kaspar sah zu den Ruinen des Herrenhauses auf, und einen Moment lang glaubte er, eine verstohlene Bewegung wahrzunehmen. Kajetan? Er wusste es nicht.

Doch ob zum Guten oder zum Schlechten, ihre Reise war beinahe vorüber.

III

Aus vom Schlafmangel getrübten Augen beobachtete Kajetan, wie die Ritter den Fluss an der Furt durchquerten. An der Spitze des Trupps ritt der Botschafter, und Sascha unterdrückte ein Schluchzen. Sein ganzer Körper brannte vor Schmerz, und er kämpfte dagegen, im Dunkel der Bewusstlosigkeit zu versinken. Er war an die

Grenzen seines einst geradezu wundersamen Durchhaltevermögens gelangt, und geblieben war ihm ... nichts.

Nichts bis auf den glühenden Wunsch, das, von dem er wusste, dass er es getan hatte, wieder gutzumachen. Seine Erinnerung an das, was geschehen war, während das wahre Ich in seiner Seele die Oberhand gehabt hatte, war immer noch verschwommen, wie die Fetzen eines schon halb verblassten Albtraums, doch er erinnerte sich an genug, um zu wissen, dass er bestraft werden musste.

Er stolperte zurück zu dem offenen Grab und fiel vor den Knochen, die er ausgegraben hatte, auf die Knie. Dann nahm er den Schädel seiner Mutter hoch, an dem immer noch verblasste rostbraune Haarbüschel klebten, und küsste ihn zum Abschied, bevor er den Bogen über die Schulter schlang und seine Zwillingsschwerter aufhob.

Sascha Kajetan flüsterte das Mantra der Inneren Macht und mobilisierte gewaltsam seine letzten Kraftreserven.

Der Tod mochte über seiner Schulter schweben, bereit, ihn zu rufen; doch er würde ihm ein letztes Mal ins Auge spucken, bevor er in die Dunkelheit einging.

Sascha hatte die kalte Entschlossenheit auf der Miene des Botschafters gesehen, als dieser sein Pferd durch den Fluss lenkte. Er zog seine Schwerter und wusste, dass seine *Matka* Recht gehabt hatte.

Der Botschafter konnte ihm tatsächlich helfen.

IV

Während die Pantherritter sich den Ruinen des Hauses näherten, schwärmten sie zu einer langen Reihe aus. Der Wind heulte klagend um die zerfallenen Mauern und leeren Fensterhöhlen. Kaspar zog sein Schwert und musterte auf der Suche nach einer Spur von Kajetan die hohen Mauern und die Schuttberge.

Er und Bremen ritten um die hintere Ecke der Ruine, und da war er.

Der Schwertkämpfer stand vor einem dunklen, frisch ausgehobenen Loch im Boden. Daneben lagen vom Alter gebräunte Knochen, die zum Umriss eines menschlichen Körpers arrangiert waren. Jemand hatte ein zerfetztes blaues Kleid über den Knochen ausgelegt, und ein grinsender Schädel krönte das makabre Bild.

Kajetan sah schrecklich aus. Von seinen Händen troff Blut und lief an seinen Schwertern entlang bis in den Schnee. Die untere Hälfte seines weiten, weißen Hemds war steif von getrocknetem Blut. Sein Gesicht war ausgemergelt und abgespannt, sein Haar zerrauft und verdreckt. Der arrogante, selbstbewusste Krieger, den Kaspar kennen gelernt hatte, war verschwunden, und an seiner Stelle stand ein gehetzter, elender Mann, in dessen Augen der Wahnsinn glitzerte.

Doch er hatte seine Schwerter gezogen, und Kaspar war oft genug Zeuge seines unglaublichen Könnens geworden, um zu wissen, dass Kajetan sogar in seinem verzweifelten Zustand ein Mann war, den man nicht unterschätzen durfte.

»Zu mir, Pantherritter!«, schrie Bremen, und der Schwertkämpfer blickte auf.

Gelassen sah Kajetan zu, wie die Ritter sich auf den Ruf ihres Anführers hin zusammenzogen und ihn mit einem undurchdringlichen Ring aus Stahl umgaben.

»Es ist vorbei, Sascha«, sagte Kaspar und lenkte sein Pferd im Schritttempo voran. »Ihr wisst, dass Ihr nicht hier zu sterben braucht, oder?«

»Doch«, gab Kajetan traurig zurück. »Das muss ich.«

»Ich weiß, was Ihr an diesem Ort durchgemacht habt, Sascha«, sprach Kaspar in ruhigem, gemessenem Ton weiter. Hinter sich hörte er, wie Bremens Reittier sich näherte, und winkte ihn verstohlen zurück.

»Seid Euch da nicht so sicher, Botschafter. Ihr könnt es nicht verstehen. Ich habe ... Dinge getan, furchtbare Dinge, und nun muss ich den Preis bezahlen. Ich bin befleckt. Befleckt mit dem Makel des Bösen, des Chaos.«

Kaspar sah Kajetans gequälten Blick und stieg langsam vom Pferd. Eingedenk seines Versprechens an Sofia, dass er versuchen würde, Kajetan lebend zu fangen, schnallte er sein Pistolenhalfter ab und hängte es an Magnus' Sattelknauf.

»Botschafter von Velten«, beschwor ihn Bremen. »Was tut Ihr da? Tretet zurück.«

»Nein, Kurt«, widersprach Kaspar. »Wisst Ihr noch, worüber wir gestern Abend gesprochen haben? So und nicht anders muss es sein.«

»*Matka* sagte, Ihr könntet mir helfen«, sagte Kajetan.

»Ich möchte helfen«, antwortete Kaspar und senkte das Schwert.

»Ich weiß.« Kajetan warf dem Skelett neben dem Grab einen letzten Blick zu. Dann wandte er sich wieder Kaspar zu. »Und es tut mir Leid ...«

Bevor Kaspar antworten konnte, tat Kajetan einen Satz nach vorn, und seine Schwerter sirrten durch die kalte Luft auf ihn zu. Kaspar vermochte gerade eben seine eigene Klinge zu heben, um den Hieb abzuwehren, und parierte dann einen Stich gegen seinen Unterleib, den Kajetan mit seinem anderen Schwert führte. Sein Instinkt schaltete sich ein, und er ging seinerseits zum Angriff über. Doch seine Schläge prallten von Kajetans Klingen ab. Er wich einen Schritt zurück, und die Pantherritter rückten heran.

Einige Sekunden wogte der Kampf zwischen den beiden Männern hin und her, bis Kaspar erkannte, dass Kajetan mitnichten versuchte, ihn zu töten. Ein Krieger von Kajetans Geschick hätte ihn mit dem ersten Streich eines solchen Duells fällen können, und als Kaspar mit dem Schwert auf das Herz des Schwertkämpfers zustieß, wurde ihm klar, dass Kajetan in Wahrheit genau das wollte.

Kaspars Blickfeld verengte sich, bis seine Welt nur noch aus seiner Schwertspitze bestand, die sich auf dem kurzen Weg zu Kajetans ungedeckter Brust befand. Die Zeit schien langsamer zu verlaufen, und er sah, wie der verlorene Ausdruck in den Augen des Schwertkämpfers sich zu Dankbarkeit wandelte.

Er konnte seinem Hieb keinen Einhalt mehr gebieten, doch Kaspar drehte das Handgelenk und brachte es fertig, den Winkel seines Stoßes zu verändern. Seine Klinge fuhr herab, bohrte sich in Kajetans Schenkel und durchdrang Muskeln, Fett und Knochen, bis sie mühelos auf der Rückseite austrat.

Kajetan stöhnte vor Schmerz auf und brach zusammen, als sein Bein unter ihm nachgab. Kaspars Schwert wurde ihm aus der Hand gerissen. Er taumelte zurück, und dann waren die Pantherritter bei ihnen und traten Kajetans Schwerter beiseite. Kurt Bremen setzte den Fuß auf Kajetans Brust und holte mit seinem Schwert zum Todesstoß aus.

»Kurt, nein!«, rief Kaspar.

Das Schwert des Ritters verharrte über dem Hals des Schwertkämpfers. »Tut es! Ich habe den Tod verdient! Tötet mich!«, kreischte Kajetan.

Kaspar ergriff Bremens Arm. »Nein, Kurt. Wenn wir ihn einfach so töten, verewigen wir nur das Böse, das hierfür verantwortlich ist, und haben nichts gelernt.«

Widerstrebend nickte der Ritter und senkte seine Klinge. Andere Ritter kamen herbei, zerrten Kajetan auf die Knie und fesselten ihm die Handgelenke mit Stricken. Valdhaas stellte seinen gepanzerten Fuß gegen Kajetans Rippen und zog das Schwert des Botschafters heraus, das sich mit einem Blutschwall aus seinem Bein löste.

»Nein, nein, nein...«, schluchzte Kajetan. »Bitte... Warum tötet Ihr mich nicht?«

Kaspar kniete neben dem weinenden Schwertkämpfer nieder. »Ich will Euch nicht belügen, Kajetan. Sterben werdet Ihr, wenngleich nicht durch mich, sondern durch den Strick des Henkers. Doch ich schwöre Euch, ich werde dafür sorgen, dass diejenigen, die Euch zu dem gemacht haben, was Ihr seid, ebenfalls bestraft werden.«

Kajetan war zu tief in sein Elend versunken, um zu antworten, und Kaspar stand auf. Mit einem Mal fühlte er sich wie ausgehöhlt. Während die Ritter Kajetans Beinverletzung versorgten, nahm er von Valdhaas sein Schwert entgegen, hob die Waffen des Schwertkämpfers auf und schlang sie über seinen Sattel.

Kurt Bremen gesellte sich zu ihm, und schweigend ließen die beiden Männer das Geschehene Revue passieren.

»Ich glaube, jetzt verstehe ich«, sagte Bremen schließlich. »Was Ihr gestern am Feuer gesagt habt.«

»Ja?«

Bremen nickte. »Ich zweifle nicht daran, dass Kajetan für seine Verbrechen sterben wird. Aber so werden die Menschen zumindest erfahren, was ihn zu einem solchen Ungeheuer gemacht hat, und daraus lernen.«

»Vielleicht«, meinte Kaspar. »Wir können nur hoffen, was?«

Bevor Bremen antworten konnte, erscholl ein Schrei vom Hügelrand her.

»Achtung! Feindliche Kavallerie!«, brüllte einer der Ritter und wies zur anderen Seite des Tals. Bremen fluchte und rannte los, um seine Krieger zu sammeln, und Kaspar lief zur Hügelkuppe.

Aus dem dunklen Waldsaum auf der Nordseite des Tales brachen Dutzende dunkler Reiter auf schnaubenden Rossen hervor.

Kurgan! Die Stammeskämpfer aus dem Norden. Krieger der Dunklen Götter.

Gerüstet mit schwarzen Kettenhemden und Panzerplatten aus lackiertem Leder, wirkten sie mit ihren bemalten Körpern und wirren Haarmähnen bestialisch und wild. Sie führten eine furchteinflößende Menge an Kriegsäxten mit breiten Klingen und gewaltigen zweihändigen Breitschwertern mit sich.

Ganze Rudel zähnebleckender Kriegshunde mit steifem, blutverkrustetem Fell wimmelten schnappend und jaulend um die Beine der stampfenden Rosse.

Noch während Kaspar zu seinem Pferd rannte und eilig in den Sattel kletterte, blies ein kurganischer Reiter auf einem gebogenen Horn einen langen, schmetternden Ton, und die Kampfhunde wurden losgelassen.

»Pantherritter!«, brüllte Bremen. »Wir reiten!«

V

Kaspar gab seinem Pferd die Sporen, und Magnus galoppierte hügelabwärts auf den Fluss zu. Die Pantherritter lösten ihre Lanzen aus ihren ledernen Halterungen, und sogar inmitten ihrer überstürzten Flucht aus den Ruinen des Herrenhauses war Kaspar beeindruckt von ihrer Herrlichkeit. Mit ihren in der Sonne silbern glänzenden Rüstungen, der hoch erhobenen Standarte und den schimmernden Eisenspitzen ihrer Lanzen waren sie geradezu ein Bild von Mut und edler Gesinnung.

Die kläffenden Kriegshunde rannten den Hügel hinab, um ihnen den Fluchtweg abzuschneiden. Mit gewaltigen

Sätzen sprangen sie durch den Schnee und schlossen rasch die Lücke zwischen den Rittern und den kurganischen Reitern, die ihnen folgten. Kaspar sah, dass die Krieger in den dunklen Rüstungen sich in zwei Gruppen teilten. Die eine folgte den Kriegshunden, und die andere beschrieb einen weiteren Bogen, um den Rittern den Weg zu versperren, sollten sie an der ersten Gruppe vorbeikommen.

Während sie auf den Fluss zurasten, zog Kaspar sein Schwert und schlang sich die Zügel um das linke Handgelenk. Der Wind pfiff an ihm vorüber, und er beugte sich im Sattel nach vorn, verlagerte sein Gewicht auf die Steigbügel und reckte sein Schwert, wie Bremen es ihn gelehrt hatte. Valdhaas, der Ritter, über dessen Sattel Kajetan gebunden war, ritt auf der von den kurganischen Reitern abgewandten Flanke, und Kaspar sah, wie sehr es ihn wurmte, dass er nicht mit gezückter Lanze reiten konnte.

Die Pferde donnerten in die Furt und wirbelten glitzernden Schaum auf, der unter ihren galoppierenden Hufen zu Nebel zerstob. Doch es war bereits zu spät, um noch zu entkommen. Die blutrünstigen Kriegshunde hatten sie erreicht, sprangen ins Wasser und schnappten mit ihren Raubtiergebissen nach ihrer Beute.

Die Ritter brüllten, senkten ihre Lanzen und spießten mit den eisernen Spitzen die ersten Tiere auf. Holz splitterte, Lanzen brachen, und wo die sterbenden Tiere in ihren Todeszuckungen um sich schlugen, schäumte das Wasser rot auf vom Blut der Kriegshunde. Schwerter blitzten auf, wieder erklang schmerzerfülltes Gejaul, und weitere Kampfhunde starben. Pferde wieherten und bäumten sich auf, als immer neue Hunde sie umringten und heranschossen, um nach ihren Flanken zu schnappen.

Einem Pferd bissen sie buchstäblich die Beine weg, und sein Reiter wurde abgeworfen. Er klatschte in den Fluss, wo sich sogleich drei knurrende Bestien auf ihn stürzten. Unter Lärm, Geschrei, Jaulen und spritzendem Wasser ritten die Ritter in der Mitte des Flusses im Kreis und bemühten sich, die blutrünstigen Kampfhunde zurückzudrängen.

Kaspar riss sein Pferd herum, um dem gestürzten Ritter zu Hilfe zu kommen, und stach mit dem Schwert zu, dass die Kriegshunde vor Schmerz aufheulten. Er trieb einem der Tiere die Klinge durch den Rücken und lehnte sich im Sattel zurück, als ein weiterer Hund ihn ansprang.

Seine Fänge schnappten nur wenige Zoll vor seinem Schenkel zu, und die Klauen des Hundes rissen blutige Furchen in Magnus' Seite. Das Pferd bäumte sich auf, trat mit den eisenbeschlagenen Hufen aus und schlug dem Kriegshund damit den Schädel ein, während Kaspar darum kämpfen musste, im Sattel zu bleiben. Der abgeworfene Ritter erhob sich aus dem Wasser. Sein linker Arm hing ihm nutzlos an der Seite herab, und Blut quoll aus einer tiefen Wunde in seiner Schulter.

Der Ritter nickte ihm dankend zu, doch dann stürzte er zurück in den Fluss. Ein schwarzgefiederter Pfeil, dessen Schaft so dick war wie Kaspars Daumen, hatte seinen Brustpanzer durchschlagen. Kaspar wendete sein Pferd.

Immer mehr Pfeile prasselten auf die Kämpfenden ein. Die Reiter, die den Kriegshunden zur Furt gefolgt waren, galoppierten auf sie zu und schossen aus dem Sattel mit mächtigen, doppelt geschwungenen Bogen. Er sah, wie ein Hund mitten im Sprung von einem Pfeil getroffen wurde, der für einen Ritter bestimmt gewesen war, und kauerte sich tief über den Hals seines Pferdes. Ein Pfeilschauer zischte durch die Luft. Die meisten prallten von den exzellenten, von Zwergenschmieden gefertigten Rüstungen und den Schilden der Ritter ab; doch unterdrückte Schmerzensschreie verrieten Kaspar auch, dass nicht jedes Geschoss auf diese Weise abgelenkt wurde, sondern einige Pfeile auch ihr Ziel im Fleisch der Ritter gefunden hatten.

Kurt Bremen hackte mit dem Schwert dem letzten Kampfhund das Genick durch und riss sein Pferd herum, um sich den herankommenden Reitern zu stellen. In perfekter Kampfdisziplin versammelten sich die übrig gebliebenen Ritter, die Standarte der Tempelritter des Sigmar hoch erhoben, um ihren Anführer.

Kaspar ritt neben Bremen, der schwer atmete und mit Blut besprizt war.

»Angriff!«, brüllte der Anführer der Pantherritter. »Für Sigmar und den Imperator!«

Der Schlachtruf ihres Anführers hallte in ihren Kriegerseelen wider, und die Ritter brachen auf, um sich den kurganischen Reitern zu stellen. Kaspar wurde mitgerissen und spürte, wie der verzweifelte Heldenmut von Bremens Rittern auch ihn ergriff. Unablässig prallten Pfeile klirrend von Rüstungen und Schilden ab, doch

Kaspar bemerkte, dass ihre Zahl geringer war als zuvor und die Reiter ihre Bogen gegen Morgensterne mit langen Griffen austauschten, an deren Enden mit Stacheln besetzte Eisenkugeln schwangen. Doch als er sein Pferd aus dem Fluss lenkte, stellte er fest, dass diese Reiter einen gefährlichen Fehler begangen hatten.

In der Gewissheit, dass die Hunde und die Pfeile ihre Gegner schlagen würden, hatten die Kurgan-Reiter sich ihrem Feind zu weit genähert und waren nun nicht darauf vorbereitet, wie schnell die Ritter zum Gegenangriff übergingen.

Verzweifelt machten sie sich bereit für den Angriff, aber eine Auseinandersetzung zwischen gepanzerten Rittern und leicht bewaffneten berittenen Bogenschützen konnte nur ein Ergebnis zeitigen. Die Attacke der Pantherritter traf die Kurgan wie ein Hammerschlag. In einem nur sekundenlangen, brutalen Nahkampf mähten Lanzen und Schwerter die wilden Nordmänner regelrecht aus dem Sattel.

Stahl klirrte auf Eisen, und Männer brüllten vor Schmerz. Kaspar sah, wie ein Kurgan, aufgespießt auf der Lanze eines Ritters, schreiend aus dem Sattel gehoben wurde. Dunkelrotes Blut spritzte am Schaft der Waffe entlang. Pferde fielen, und Männer, die von ihren Reittieren stürzten, wurden in dem wilden Gemenge von stampfenden Hufen zermalmt.

Kaspar feuerte einem brüllenden Nordmann seine Pistole ins Gesicht. Die Kugel fuhr als Querschläger im Schädel des Mannes herum und riss dann ein klaffendes Loch in die Schläfe seines Helms. Er steckte die rauchende Waffe unter seinen Gürtel und zog die zweite Pistole, als ein weiterer tätowierter Krieger, der seinen Morgenstern über dem Kopf kreisen ließ, ihn angriff. Kaspars Schuss fetzte ihm die Schulter weg, doch der Mann kam weiter auf ihn zu und schrie in seiner wilden nördlichen Sprache.

Er ritt auf ihn zu, stieß dem Kurgan sein Schwert mit aller Macht durch den Brustkorb und zog die Waffe rasch wieder heraus, bevor sie sich im Panzer des Toten festhaken konnte. Trotz der verzweifelten Energie, die durch seine Adern rauschte, fühlte er sich erschöpft und rang nach Atem.

Doch bevor die Ritter ihren Vorteil ausbauen konnten, rissen die Kurgan ihre Pferde herum, zogen sich geschickt aus dem Kampf zurück und galoppierten davon. Als Kaspar sie davonreiten sah, wallte eine Woge der Begeisterung in ihm auf, und er stieß einen Triumphschrei aus.

Er wollte schon seinem Pferd die Sporen geben und ihnen nachsetzen, doch da vernahm er einen hellen Trompetenstoß – das Signal der Imperialen Kavallerie, die Verfolgung einzustellen. Sein Herz hämmerte, als er sein Reittier zügelte und den fliehenden Kurgan den Rücken wandte.

Dann sah er, dass ihr kleiner Sieg von Anfang an zum Plan der Kurgan gehört hatte.

Weiter südlich, wo sie ihnen den Fluchtweg am Fluss entlang versperrten, warteten über dreißig Reiter, die zweite Gruppe der Kurgan. Während die Kampfhunde und der erste Reitertrupp die imperialen Ritter beschäftigten, hatten ihnen diese Reiter die Flucht abgeschnitten und rückten jetzt auf sie zu. Und dies war keine leichte Kavallerie. Diese bulligen Krieger waren durch Rüstungen aus dunklen Eisenplatten geschützt und trugen gehörnte Helme und hölzerne, mit Bronze beschlagene Schilde. Bewaffnet waren sie mit langen Breitschwertern und Doppeläxten, und Kaspar war klar, dass diese Männer einen tödlichen Feind darstellten.

Langsam lenkten die gepanzerten Kurgan-Krieger ihre Pferde auf die Ritter zu. Ihre Haltung wirkte arrogant und verächtlich; doch andererseits wusste Kaspar, dass dreißig Krieger des Chaos sich dieses Selbstbewusstsein durchaus leisten konnten.

Angespannt, aber ohne Furcht sammelten sich die Pantherritter um Kurt Bremen. Die Pferde ihrer gefallenen Kameraden trabten neben ihnen her; doch trotz ihrer Verluste waren die Ritter immer noch zwölf Mann stark. Und zwölf der besten und tapfersten Pantherritter waren immer noch eine Macht, mit der man rechnen musste. Ihre Zuversicht und Tapferkeit waren beinahe mit Händen zu greifen, und Kaspar fühlte grimmigen Stolz: Wenn es ihm bestimmt war, in diesem trostlosen Tal zu sterben, dann würde er das zumindest in der nobelsten Gesellschaft tun, die man sich denken konnte.

»Da können wir wohl nur eines tun, Kurt«, meinte Kaspar und lud eilig seine Pistolen nach.

»Ja.« Bremen klappte sein Visier hoch und bot Kaspar die Hand. »Augen zu und durch, mit Mut und Stahl.«

»Mut und Stahl«, pflichtete Kaspar ihm bei und schüttelte die Hand des Ritters.

»Botschafter!«, vernahm er hinter sich eine Stimme. Er wandte sich um und sah, dass Kajetan ihm die gefesselten Hände entgegenstreckte.

»Löst meine Fesseln«, sagte Kajetan. »Ich kann Euch helfen.«

»Wie bitte?«, fauchte Bremen spöttisch. »Wenn Ihr glaubt, dass wir Euch losbinden, dann seid Ihr wirklich verrückt, Kajetan.«

»Was habt Ihr schon zu verlieren?«, bettelte Kajetan. »Die Kurgan bringen mich ebenso gern um wie Euch. Wir wissen beide, dass wir hier nicht gewinnen können. Ihr werdet viele Männer töten, doch Ihr werdet verlieren. Ob ich sterbe, ist mir einerlei; doch ich kann Euch helfen zu leben. Erlaubt mir, Euch diese letzte Gunst zu erweisen.«

Kaspar wurde klar, dass Kajetan Recht hatte. Er ritt zu Valdhaas. »Lasst ihn herunter«, befahl er.

Der Ritter stieß Kajetan von seinem Pferd, und der Schwertkämpfer taumelte, als er auf seinem verletzten Bein landete. Er erhob die Hände zu Kaspar, der ihm sein Schwert entgegenstreckte und Kajetan erlaubte, an der Klinge seine Fesseln zu durchschneiden.

»Kaspar!«, rief Bremen.

»Er hat Recht, Kurt. Die Kurgan werden uns alle töten, und ich glaube, dass er wirklich helfen will.«

»Rasch, meine Waffen«, sagte Kajetan. »Der Feind hat uns fast erreicht.«

Kaspar hakte Kajetans Waffen los und warf sie dem Schwertkämpfer zu, der die Schwerter an seinen Sattelknauf hängte und einen Pfeil auf seine Bogensehne legte.

»Verdammt sollt Ihr sein, Kaspar!«, fluchte Bremen. »Ich hoffe nur, Ihr wisst, was Ihr tut!« Kajetan hechtete in den Sattel des Pferdes, das durch den Tod seines Herrn frei geworden war. Bremen hob sein Schwert. Jetzt war keine Zeit mehr, sich wegen Kajetan zu sorgen, und er wendete sein Pferd, um sich den herannahenden Kurgan zu stellen.

Kaspar hoffte das ebenfalls von ganzem Herzen, als er sein Reittier herumriss und dem Feind entgegensah. Weniger als hundert Ellen trennten nun die beiden Trupps noch voneinander, und die Kurgan stießen ein tierhaftes Wutgebrüll aus und trieben ihre Pferde zum Galopp an.

Die Pantherritter, Kaspar und Kajetan antworteten mit einem herausfordernden Kriegsschrei und attackierten die schwer gepanzerten Kurgan. Schnee wirbelte hoch, als die beiden Reitertrupps aufeinander zustürmten.

Ein Pfeil zuckte durch die Luft, und der Anführer der Kurgan-Reiter stürzte aus dem Sattel. Aus seinem Helm ragte ein graugefiederter Pfeil. Ein weiterer folgte dichtauf, und dann noch einer und noch einer. Verblüfft beobachtete Kaspar, wie Kajetan aus dem Galopp heraus mit rascher, methodischer Präzision einen Krieger nach dem anderen vom Pferd schoss.

Der Schwertkämpfer erledigte acht Krieger, dann schleuderte er seinen Bogen beiseite und stieß einen kislevitischen Kriegsschrei aus. Da sein Pferd nicht das Gewicht eines Ritters in schwerer Rüstung auf dem Rücken trug, konnte er zusätzliches Tempo aus dem Tier herausholen und setzte sich vor die Ritter.

Er zog beide Schwerter und drang mit wirbelnden Klingen auf die kurganische Linie ein. Seine Waffen wirkten wie zwei silberne Mühlräder aus Stahl, die mit jedem Schlag durch Fleisch und Panzer schnitten. Drei Krieger fällte er mit ebenso vielen Hieben vom Pferd, und die Wucht ihres Angriffs wurde gebremst, als die Kurgan-Krieger sich dieses wahnsinnigen Schwertkämpfers zu erwehren suchten, der in ihrer Mitte wütete.

Rund um Kajetan fuhren Äxte und Breitschwerter herab, doch keine Waffe vermochte ihn zu treffen. Er lenkte sein Pferd meisterhaft mit den Knien, wich jedem Hieb aus und parierte jeden Angriff. Mit jeder Riposte riss er eine Kehle auf oder stach durch eine Lücke in einer Rüstung und öffnete eine Arterie.

Die Pantherritter fuhren unter die in wilder Auflösung begriffenen Kurgan, und nun war die offene Feldschlacht richtig im Gange. Dennoch war Kaspar klar, dass sie nur mit viel Glück überleben würden.

Er sah einen kurganischen Krieger hinter Kajetan heranreiten und schoss den Nordmann in den Hinterkopf. Das Klirren von im Imperium geschmiedetem Stahl auf schweren eisernen Brustpanzern und die Schreie der Verwundeten hallten durch das Tal. Schwere Äxte durchschlugen Plattenpanzer, und ein weiterer Pantherritter fiel. Sein Körper war vom Schlüsselbein bis zum Becken in zwei Hälften gespalten.

Der Kampf artete zu einem wilden Gemenge aus brüllenden Männern und Pferden, Klingen, Blut und Schreien aus. Der Ansturm der Kurgan war zum Erliegen gekommen, und sie hatten die Oberhand verloren.

Die Schreie und das Gebrüll kämpfender Männer erfüllte das Tal, und Kaspar erkannte, dass der Ausgang des Kampfes auf Messers Schneide stand. Die alten Instinkte eines Generals erwachten von neuem, und er sah, dass der entscheidende Moment der Schlacht erreicht war.

Kajetans wilder Angriff hatte die Kurgan schockiert, und sie hatten nicht damit gerechnet, wie heftig die Ritter attackieren würden. Doch sie würden bald ihre Fassung wiedergewinnen und ihre zahlenmäßige Überlegenheit einsetzen, um sie zu vernichten. Jetzt würde der kleinste Funke an Mut oder Panik über Sieg oder Niederlage entscheiden.

Er hackte mit dem Schwert den Arm eines brüllenden Kurgan-Kriegers ab und lehnte sich zurück, um ihn aus dem Sattel zu treten. Da sah er, wie ein bärtiger Riese mit einem narbendurchzogenen Gesicht einen Ritter mit einem einzigen Schlag seiner gewaltigen Streitaxt vom Rücken seines Pferdes hieb. Der Kurgan-Krieger trug einen rot gefleckten Panzer, in dessen Brustplatte verschlungene Spiralen eingraviert waren, und seine bloßen Arme waren von oben bis unten mit Trophäenringen aus gehämmertem Eisen bedeckt. Kaspar wusste, dass er einen der mächtigen Champions des Chaos vor sich hatte, einen dieser wilden Schlächter, die angeblich in der Gunst der Dunklen Götter standen.

Auch die Krieger, die ihn umgaben, trugen das Zeichen ihres Champions auf den Brustpanzern. Kaspar feuerte seine letzte Pistolenkugel auf den Riesen, doch der Schuss ging daneben und öffnete einem Reiter neben dem gepanzerten Giganten die Kehle. Der Riese riss sein

Pferd herum, hob seine gewaltige Kriegsaxt und preschte direkt auf Kaspar zu.

Kaspar warf sich im Sattel beiseite, und die Axt flog an seinem Kopf vorbei, traf seine Schulter und trennte seinen Schulterpanzer ab. Vor Schmerz schrie er laut auf, als die Klinge in sein Fleisch drang, und die Wucht des Treffers warf ihn fast aus dem Sattel. Er gewann sein Gleichgewicht wieder und führte im Vorbeireiten einen Streich gegen den Krieger. Doch sein Schwert prallte klirrend von der dicken Rüstung seines Gegners ab.

Die beiden Männer umkreisten einander, um noch einmal gegeneinander anzutreten, und Kaspar sah, dass dies ein Kampf war, den er nicht gewinnen konnte. Der Kurgan erkannte das ebenfalls, schrie etwas in seiner grobschlächtigen Sprache und griff Kaspar an.

Plötzlich sah Kaspar einen silbernen Blitz und dann einen roten Sprühregen. Der bärtige Riese fiel vom Pferd, und sein abgeschlagener Kopf sauste durch die Luft. Kajetan ritt weiter. Er blutete aus einem Dutzend Schnittwunden, doch seine Schwerter blitzten, und er tötete, tötete und tötete.

Vollkommen ungläubig beobachtete Kaspar, wie Kajetan mit so viel Eleganz und Geschick focht, dass es jeder Vernunft spottete. Er hatte einmal sagen hören, das wahre Genie eines Kriegers bestünde darin, Raum zum Manövrieren zu finden und die Gelegenheit für den tödlichen Schlag zu erkennen, während man dem Gegner zugleich beides verweigerte. Nun sah er zu, wie Kajetan durch das Kampfgetümmel flitzte wie ein Fisch im Wasser. Er drehte und wand sich mit so übernatürlichem

Geschick, dass Schwerter und Äxte an ihm vorüberzufließen schienen. Seine Klingen sirrten, und jedes Mal, wenn sie trafen, starb ein Gegner.

Bereit, sich wieder in den Kampf zu stürzen, wendete Kaspar sein Pferd, obwohl sein Schwertarm vor Müdigkeit brannte und jeder Atemzug ihm die Lungen versengte.

Doch die kurganischen Reiter zerstreuten sich bereits. Der plötzliche Tod ihres Anführers hatte ihren Kampfgeist gebrochen, und sie galoppierten nordwärts, zurück zu dem Waldsaum, von dem sie gekommen waren.

Kaspar senkte sein Schwert und ließ sich von der Erschöpfung des Kampfes übermannen. Er tätschelte Magnus' Flanken, die sich heftig hoben und senkten, und stöhnte, als er den glühenden Schmerz in seiner Schulter spürte, wo ihn die Axt des kurganischen Anführers getroffen hatte. Sein Arm fühlte sich taub an, und er bewegte versuchsweise die Finger.

Mühsam hielt er sich im Sattel. Als jemand seinen Namen rief, wandte er sich um. Sascha Kajetan tauchte neben ihm auf. Er hielt seine blutigen Schwerter immer noch fest umklammert.

Kaspar sah die Waffen an und überlegte, ob er den Kampf nur überlebt hatte, um durch die Hand des Schwertkämpfers zu sterben.

Doch Kajetan hegte keine Mordgedanken. Er wirbelte seine Schwerter herum und hielt sie Kaspar mit dem Heft voran entgegen. Dieser nahm die Klingen; und erst da bemerkte er Kajetans zahlreiche Wunden, die alle stetig und stark bluteten.

Kurt Bremen ritt heran. Seine silberne Rüstung war verbeult und aufgerissen und mit Blut überzogen. Er sah, wie der verwundete Kajetan über dem Hals seines Pferdes zusammensank, und schüttelte den Kopf.

»So etwas habe ich noch nie gesehen«, meinte der Ritter.

»Ich ebenfalls nicht«, keuchte Kaspar, verblüfft darüber, dass sie alle noch atmeten. Es war unfassbar, dass sie gegen eine solche Übermacht gekämpft und standgehalten hatten. »Er war unglaublich.«

Bremen wendete sein Pferd und beobachtete, wie die überlebenden Kurgan-Krieger sich an der Furt neu formierten.

»Wir sollten jetzt aufbrechen«, sagte der Ritter. »Höchstwahrscheinlich war das ein Voraustrupp, der für die Armee des Hochzaren eine Route nach Süden auskundschaftet. Hinter ihnen werden noch mehr kommen.«

Bremen rief seine Krieger zusammen. Neben Kaspar stöhnte Kajetan vor Schmerz. Kaspar wusste nicht, was er zu dem Schwertkämpfer sagen sollte. Dieser Mann hatte seinen ältesten Freund getötet, Sofia gefoltert ... und nun hatte er ihnen das Leben gerettet.

Er erinnerte sich an den Ausdruck in Kajetans Augen, als sie auf der Hügelkuppe gekämpft hatten, und dann lächelte Kaspar. Endlich verstand er das Rätsel, das Stefan ihm vor der Schlacht an Owsens Furt aufgegeben hatte.

»Botschafter«, rief Bremen ihn an. »Wir müssen aufbrechen.«

»Ja«, sagte Kaspar und half Kajetan, sich im Sattel aufzurichten. »Lasst uns von hier verschwinden.«

EPILOG

I

Noch nie war Kaspar ein Anblick willkommener gewesen als die Türme und Dächer von Kislev, umgeben von der hohen Stadtmauer und den rundherum verteilten Lagern der Flüchtlinge und Soldaten. Er erinnerte sich daran, wie er vor fast vier Monaten diese Mauern zum ersten Mal gesehen hatte, und an das Gefühl gespannter Erwartung, das ihn damals beschlichen hatte.

Der Ritt nach Kislev war anstrengend gewesen, denn Kurt Bremen hatte sich nicht länger als unbedingt nötig im Norden aufhalten wollen. Es war durchaus denkbar, dass weitere Kurgan-Reiter ihnen nachsetzen würden; doch sie hatten keine Anzeichen dafür gesehen, dass sie verfolgt wurden, und ihre Reise war ohne weitere Zwischenfälle verlaufen. Trotz der unglaublichen Leistung, so viele Gegner geschlagen zu haben, war die Stimmung unter den Rittern gedrückt gewesen, was zum Teil an der Leere der Steppe lag und teilweise daran, dass sie im Kampf gegen die Kurgan drei ihrer Brüder verloren hatten. Sie hatten die Standarte der Pantherritter gesenkt getragen, und Kaspar wusste, dass es Kurt Bremen schmerzte, ihre Leichen zurückgelassen zu haben. Doch sie hatten einfach keine Zeit gehabt, sie zu bergen.

Die reiterlosen Pferde waren an die Sättel der überlebenden Ritter gebunden und folgten der Gruppe traurig, als wüssten sie, dass ihre Herren nie wieder auf ihnen in den Kampf ziehen würden. Kajetan hatte noch dem Ritter gedankt, der seine Wunden genäht hatte, und dann auf der ganzen Reise kein Wort gesprochen. Seit dem Kampf an der Furt hatte er sich in einen Zustand der Erstarrung zurückgezogen, ignorierte jede Frage und hielt den Kopf gesenkt, wenn er angesprochen wurde. Obwohl er keinen Fluchtversuch unternommen hatte, ging Bremen kein Risiko ein und hatte befohlen, dass ihm die Handgelenke gefesselt wurden und Valdhaas sein Pferd führte.

Kaspar, der zumindest teilweise verstand, was hinter Kajetans Wahnsinn steckte, hielt solche Vorsichtsmaßnahmen nicht für notwendig, hatte aber nicht vor, mit dem Ritter zu streiten.

»Ich hätte nie gedacht, dass ich einmal froh sein würde, diese Stadt wiederzusehen«, meinte Bremen und ritt neben dem Botschafter.

Kaspar nickte, denn er war zu müde, um zu antworten. Seine verletzte Schulter schmerzte immer noch höllisch, aber er lächelte vor sich hin, denn er freute sich darauf, Sofia, Anastasia und Pavel wiederzusehen. Er drehte sich im Sattel um und sah, wie Kajetan in einer Mischung aus Furcht und Abscheu zur Stadt aufschaute. Verständlich, dachte er, angesichts des Umstands, dass die Tschekisten ihn höchstwahrscheinlich würden hängen wollen, sobald er sich innerhalb der Stadtmauern befand.

Doch Kaspar war entschlossen, das zu verhindern. Hinter Kajetan waren unbekannte Mächte am Werk, und Kaspar wollte wenigstens den Versuch unternehmen, deren Identität herauszufinden, bevor er den Schwertkämpfer seinem Henker übergab. Er konnte sich schon vorstellen, wie er mit Paschenko aneinander geraten würde.

Kaspar seufzte. Er hatte gehofft, nach der Gefangennahme des Menschenschlächters würde sich die unmittelbare Zukunft etwas weniger chaotisch gestalten als bisher.

Aber ein unbestimmtes Gefühl sagte ihm, dass es anders kommen würde.

II

Schnee wirbelte über dem nächtlichen Tal, als die neun Reiter zu den felsigen Wänden aufstiegen. Sie waren in dicke Felle gehüllt, die sie mehr wie wilde Tiere denn wie Menschen aussehen ließen.

Hier lebte nichts, konnte nichts existieren. Der felsige Boden und die heulenden Winde sorgten dafür, dass nichts Lebendiges überdauerte und dieser Teil von Kislev unbewohnt blieb.

Die Reiter trieben ihre müden Tiere auf das obere Ende des Tals zu, ein tiefes Loch im Boden, das um alles in der Welt so aussah, als hätte sich das Land gespalten und sich dabei eine lange, gewundene Wunde gerissen. Die Reiter stemmten sich gegen das immer schlechter werdende Wetter und mühten sich hangaufwärts voran, obwohl es schien, als hätten sich die Elemente selbst verschworen, um sie am Weiterkommen zu hindern.

Aus dem Schneesturm und der Dunkelheit tauchte vor ihnen ein gewaltiger, aufrecht stehender Fels auf. Der gewaltige, aus hartem, glattem Stein bestehende Menhir war etwa vierzig oder fünfzig Fuß hoch, und seine Spitze verschwand im Schneetreiben und der Düsternis. Der riesige Stein war tief in die Erde hineingetrieben und ragte wie ein Speer in den Himmel. Eckige Zeichen waren hineingehauen, die vielleicht einmal grobe Piktogramme gewesen waren, bevor die Witterung sie unleserlich gemacht hatte.

Die Reiter hielten am Fuß des riesigen Steins an, stiegen ab und umschritten die gewaltige Masse, als inspizierten sie diese. Einer der Reiter, ein breitschultriger Riese mit einem gehörnten Helm, dessen Visier einen knurrenden Wolf nachbildete, trat vor und legte den Panzerhandschuh gegen den Stein.

»Gebt Obacht, Herr«, sagte ein über und über mit Knochen und Amuletten behängter Reiter. »Diese Steine vibrieren vor Macht.«

»Gut«, gab der behelmte Krieger zurück und wandte sich zu seinem Schamanen um. »Bringt die Opfergabe für Tchar herbei.«

Hochzar Aelfric Cyenwulf legte auch die andere Handfläche auf den Stein und lächelte. Die Dolgan nannten diesen Ort Urszebya – Ursuns Zähne – und hielten sie für Fragmente der Fänge des Bärengotts, die zurückgeblieben waren, als dieser ein Stück von der Welt abgebissen hatte. Er lächelte über diese alberne Idee.

Er wusste, dass es leichtsinnig von ihm gewesen war, sich ohne seine Armee so weit in den Süden zu wagen, aber er hatte die Steine selbst sehen müssen. Und als er seinen Panzerhandschuh auszog und seine schwielige Hand auf den kalten Stein legte, wusste er, dass er die gefährliche Reise nicht vergebens unternommen hatte. Er war kein Zauberer, doch er spürte die Kraft, die diesen Stein erfüllte, und dankte Tchar dafür, dass er an diesen Ort geführt worden war.

»Herr«, sagte der Schamane und stieß einen gefesselten Gefangenen vor dem Hochzar auf die Knie.

Aelfric Cyenwulf trat ein Stück von dem Stein weg, öffnete seine Pelze und ließ den Umhang auf den Boden fallen. Darunter trug er irisierende Panzerplatten aus schwerem Stahl, die Wellen zu werfen schienen, wenn er sich bewegte, und das Mondlicht reflektierten, als wäre ihre Oberfläche mit einem feinen Ölfilm überzogen. Der Brustpanzer war mit erhaben gearbeiteten Gold- und Silberspiralen eingelegt und so geformt, dass er mächtige Brust- und Bauchmuskeln wiedergab. Seine Arme verschwanden nahezu unter der Vielzahl der Trophäenringe aus gehämmertem Eisen und der Tätowierungen, die zuckten, wenn sich seine Muskelpakete wölbten. Ein gewaltiger Pallasch, dessen Klinge volle sechs Fuß lang war und dessen Knauf einen knurrenden

Dämon darstellte, hing in seiner Scheide über seiner Schulter.

Er nahm den Helm ab und reichte ihn einem seiner Krieger. Eine wilde, silbrige Haarmähne, an beiden Schläfen mit Schwarz durchzogen, fiel auf seine Schultern und umrahmte ein mit Ritualnarben geschmücktes Gesicht – sechs Kerben auf der linken und vier auf der rechten Wange –, das Erbarmungslosigkeit und Klugheit ausstrahlte.

Der Hochzar ragte über seinen Kriegern auf, ein kraftvoller Kriegsfürst im Dienste der mächtigen Götter des Nordens, der wahren Götter der Menschen, der Herren der Endzeit und baldigen Erben dieser Welt.

Vor ihm zitterte und weinte der Gefangene, der jetzt bis auf ein schmutziges Lendentuch nackt war.

Der Hochzar lächelte und entblößte dabei Zähne, die nadelspitz zugefeilt waren. Dann beugte er sich vor und hob den Gefangenen mit einer einzigen fleischigen Hand am Nacken hoch.

Der Mann zappelte im Griff des Hochzaren, doch es gab kein Entkommen. Der riesige Krieger des Chaos zog den Gefangenen an sich und biss ihm mit einer gebrüllten Lobpreisung an Tchar die Kehle heraus. Den zuckenden Körper hielt er an den Stein und ließ das herausschießende Blut auf den gewaltigen Menhir spritzen.

Sein Schamane beugte sich vor, untersuchte die Muster, die das Blut beim Herunterfließen bildete, und zog seine eigenen Linien in die klebrige Flüssigkeit, die jetzt die verwitterten Piktogramme erreichte. Der Hochzar schleuderte die Leiche beiseite und spuckte ein Stück

Fleisch vor den Fuß des Steins. »Nun?«, fragte er. »Was sagen die Omen?«

Der Schamane wandte sich um. »Ich kann den Pulsschlag der Welt unter uns spüren.«

»Und?«

»Sie fürchtet sich.«

Der Hochzar lachte. »Sie hat allen Grund dazu.«

William King
Gigantenkrieger
Die Abenteuer von Gotrek und Felix 7. Aus dem Englischen von Christian Jentzsch. 399 Seiten.
Serie Piper

Der kampfeslustige Zwerg Gotrek und sein menschlicher Gefährte Felix geraten in das Wegesystem der Alten, eine magische Verbindung zwischen den Kontinenten. Doch finstere Zauberer entziehen dem Netzwerk die Kraft, und Gotrek und Felix müssen es mit einer übermächtigen Horde Riesen, Orks und Tiermenschen aufnehmen, um das Elfenland zu retten – ein Konflikt, der schlagkräftige Argumente erfordert …

Endlich das neue furiose Abenteuer der erfolgreichsten »Warhammer«-Helden!

»Großartige Romane zum beliebtesten Fantasy-Spiel, das es je gab.«
The Daily Star

Daniela Knor
Klingenschwestern
Rhiana die Amazone 5. 352 Seiten.
Serie Piper

Rhiana die Amazone befindet sich noch immer auf der Flucht vor den Häschern des Flammenbunds. Gemeinsam mit ihren Gefährten verschlägt es sie zu einer abseits gelegenen Burg, in der sie als Gäste eines geheimnisvollen Ordens logieren dürfen. Doch in ihrem neuen Unterschlupf ist nichts so friedlich wie es scheint. Denn der Flammenbund hat Rhiana aufgespürt und treibt einen Keil in die Bande von Rondras Klingenschwestern. Und als Rhiana und ihre Freunde sich gegen die strengen Gesetze des Ordens auflehnen, zeigen die Gastgeber ihr wahres Gesicht: Der Aufenthalt auf der Burg wird zur tödlichen Gefahr …

Ein neues Abenteuer um »Rhiana die Amazone«, die tapferste Kriegerin von Aventurien.

SERIE PIPER

SERIE PIPER

Markus Heitz
Schatten über Ulldart
Ulldart – Die Dunkle Zeit 1.
399 Seiten. Serie Piper

Kurz vor seinem Tod prophezeit ein Mönch, dass die Dunkle Zeit den Kontinent Ulldart erneut mit Leid und Zerstörung überrollen werde. Der verwöhnte Prinz Lodrik wird unterdessen in die Provinz gesandt, um die Stelle des neuen Statthalters einzunehmen. Noch ahnt Lodrik nicht, dass er das Schicksal seiner Welt entscheiden wird – denn die Dunkle Zeit droht zurückzukehren, und er wird der Retter oder Zerstörer Ulldarts sein …

Der Auftakt zum sensationellen Epos »Ulldart – Die Dunkle Zeit« – ausgezeichnet mit dem Deutschen Phantastik Preis

Markus Heitz
Der Orden der Schwerter
Ulldart – Die Dunkle Zeit 2.
495 Seiten. Serie Piper

Lodrik wird neuer Herrscher des Reiches Tarpol. Doch seine Reformen rufen Neider, Intriganten und falsche Freunde auf den Plan. Bald weiß Lodrik nicht mehr, wem er trauen kann, und ist auf die Hilfe finsterer Gestalten angewiesen, um seine Macht zu verteidigen. Und über allem schwebt die verhängnisvolle Prophezeiung, dass die Dunkle Zeit wiederkehren und die Welt in Leid und Zerstörung versinken wird …

Die spektakuläre Fortsetzung der großen Fantasy-Saga »Ulldart – Die Dunkle Zeit«

Markus Heitz
Das Zeichen des dunklen Gottes
Ulldart – Die Dunkle Zeit 3.
525 Seiten. Serie Piper

Das Böse droht, die Überhand auf dem Kontinent Ulldart zu gewinnen. Die eigene Machtstellung wird dem jungen Herrscher Lodrik zum Verhängnis: Unter dem Einfluss verräterischer Freunde und intriganter Berater hat er sich in einen unberechenbaren Kriegstreiber verwandelt. Seine wahren Gefährten werden verfolgt und geraten in Lebensgefahr. Doch sie geben nicht auf: In der Ebene von Telmaran stellen sie sich Lodriks Herr, und eine vernichtende Schlacht beginnt …

»Markus Heitz hat eine große Zukunft vor sich.«
Saarländischer Rundfunk

Markus Heitz
Trügerischer Friede
Ulldart – Zeit des Neuen 1.
448 Seiten. Serie Piper

Nach der großen, verheerenden Schlacht ist auf dem Kontinent Ulldart wieder Frieden eingekehrt. Doch die Ruhe trügt: Während Lodrik sich immer weiter zurückzieht, plant seine erste Frau Aljascha, die Herrschaft über Tarpol zu erlangen. Und im fernen Norden ist jemand erschienen, den alle für tot gehalten haben. Die ehemaligen Kampfgefährten müssen erneut zusammentreffen, um die Katastrophe zu verhindern …

Mit dem Zyklus »Zeit des Neuen« kehrt der Bestsellerautor auf den Kontinent Ulldart zurück – ein idealer Einstieg für Neuleser und zugleich ein Wiedersehen mit den beliebtesten Helden und größten Schurken.

John Moore
Handbuch für Helden
Roman. Aus dem Englischen von Birgit Reß-Bohusch. 368 Seiten. Serie Piper

Aufruhr im Königreich Deserae: Der finstere Lord Voltmeter hat das fabrikneue magische Artefakt »Modell Sieben« gestohlen. Der König schickt General Logan aus, es zurückzuholen, und verspricht ihm dafür die Hand seiner Tochter Becky. Doch Becky liebt den jungen Prinzen Kevin. Und so müssen die beiden den königlichen Truppen auf der Jagd nach dem Artefakt zuvorkommen. Der »Praktische Ratgeber für Helden« verspricht dabei Erste Hilfe. Doch als sich Kevin als Schornsteinfeger in Voltmeters Festung schleicht und Becky gefangengenommen wird, nimmt das Chaos seinen Lauf...

»John Moore ist *die* herausragende Stimme der humorvollen Fantasy!«
BookCrossing.com

Simon R. Green
Das dunkle Fort
Ein Dämonen-Roman. Aus dem Amerikanischen von Michael Windgassen. 304 Seiten. Serie Piper

Ein mächtiges Fort bewacht den finsteren Teil des Grenzwaldes. Doch nun ist der Kontakt zu den Wachtruppen abgerissen. Eine Gruppe Ranger um Duncan MacNeil wird ausgeschickt, um die Geschehnisse aufzuklären. Sie finden das Gebäude verlassen vor, und alles deutet auf ein schreckliches Verbrechen hin. Tief unter dem Fort lauert etwas Unvorstellbares. Und als auch noch eine Gruppe Gesetzloser in die Festung eindringt, schlagen die Mächte der Finsternis zu. Einer nach dem anderen fällt ihren Angriffen zum Opfer, bis Duncan dem mächtigsten aller Dämonen gegenübertreten muss...

»Green schafft eine sehr unheimliche, unwirkliche Atmosphäre, die den Leser sofort in ihren Bann zieht.«
Franz Rottensteiner

Robert Jordan
Der neue Frühling
Das Rad der Zeit 29.
Aus dem Amerikanischen von
Andreas Decker. 429 Seiten.
Serie Piper

Was geschah vor der Rückkehr Rand al'Thors, des legendären Wiedergeborenen Drachen? Welche Ereignisse führten zu Rands Flucht aus seiner Heimat? Das langerwartete Prequel über die Vorgeschichte und die Hintergründe zum Welterfolg »Das Rad der Zeit« ist eine faszinierende Reise in die Vergangenheit, eine Zeit voll düsterer Schlachten und mystischer Magie. Endlich lüftet Robert Jordan eines der bestgehüteten Geheimnisse seiner Welt – unverzichtbar für Robert Jordan-Fans und alle, die es werden wollen!

»Jeder Roman dieses Zyklus ist wie der Satz einer Sinfonie!«
Interzone

Christina Zina
Die Schwerter von Oranda
Roman. 318 Seiten. Serie Piper

Chantal Bergner, eine junge Wissenschaftlerin, hat es sich zur Aufgabe gemacht, den fernen Planeten Oranda zu erforschen. Sie begibt sich auf eine Zeitreise und gelangt an ihr Ziel. Heimlich schlüpft sie in die Rolle einer Kriegerin und dient fortan Herzog Aldo, der sich in seine tapfere Streiterin verliebt. Bald kommt Chantal geheimnisvollen übernatürlichen Kräften in Gestalt der Neun Lebenden Schwerter auf die Spur. Der Sage zufolge soll im verborgenen noch ein Zehntes Schwert existieren, das über die anderen gebietet. Als ein feindlicher Herzog sich im Besitz dieses Meisterschwertes wähnt, entbrennt ein schicksalhafter Kampf um die Macht auf Oranda.

SERIE PIPER

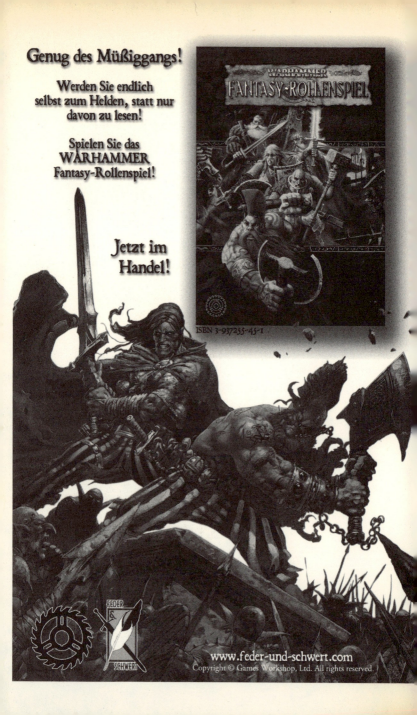